女優の娘

吉川トリコ

ポプラ文庫

CONTENTS

THE ACTRESS'S DAUGHTER

TORIKO YOSHIKAWA

1

ママが死んだ。

自宅のベッドで受話器を抱いたまま冷たくなっていたところをフィーが発見したらしい。死因はわかっていないが、遺体の近くには何種類かの錠剤と空のシャンパンボトルが転がっていたという。

ママにしてはずいぶんましな死にかただった。もっと衆目を集めるような派手な死にかたをするか、もしくはだれにも発見されずどろどろに腐って溶けて消えるか、そういう死にかたをするんだと思ってた。

「それ、いつ？」

「はっきりとはわからないけど、日付が変わってから明け方にかけてじゃないかな。昨日の夜、電話で話したときはまだ生きてたから」

あたりまえのことを深刻そうにフィーが言うので笑ってしまった。笑ってる場合じゃないときに笑ってしまう。小さいころからの私のくせだ。

「たぶん警察に搬送されることになると思う。いと、すぐこっちに来られる？

ちょっと僕じゃどうにもならないことが多すぎて……」

「そんなこと言われても困る。いまからライブだし」

ちょうどリハーサルが終わったばかりで、楽屋に戻ってきたヨヨギモチのメンバーが、あちー、づがれだー、と口々に叫びながら着替えをしているところだった。汗で濡れて重たくなったTシャツを背中に張りつかせたまま、私は動物園のように騒々しい楽屋を抜け出した。

「迎えに行くよ。ライブ終わるの何時？」

「え、わかんない」

ほんとはわかっていたけど、とっさに口走っていた。電話の向こうでフィーが静かに息を吐く。やっぱりフィーには通用しないか。一瞬ほっとし、すぐに大人を試す子どもみたいなまねをした自分を恥じた。

十月も終わるというのにYO！YO！ファームの場内は隅々まで冷房が効いてひんやりしている。スタッフが行き来する廊下を通ってロビーへ抜けると、掲示板の前でうずくまっている女の子の背中が見えた。ふわふわした水色のニットとショートパンツのあいだから裸の背中を剝《む》き出しにして、そのまわりをA－DASHのメンバーが取り囲んでいる。みんな今日は非番なのに、と思ってから、ああそっか、魔の二十五日だ、と気づく。だとすると、あの背中はみーちゃだ。

「ライブの場所って代々木《よよぎ》でいいんだよね？　十時におもてで待ってるから」

「やめて。だれかに見られたら困るし、ファームには来ないで」

声が響いたのか、みーちゃを囲んだ輪の中の一人がこちらをふりかえった。A－DASHの鉄砲玉と呼ばれている末永《すえなが》だ。

「由里子《ゆりこ》おばさんの連絡先わかるでしょ？　おばさんになんとかしてもらって。終わったらすぐそっち行くから」

一方的に言って通話を切った。警察に搬送ってどういうこと？　そこからマスコミに漏れたりしない？　絢《あや》さんには連絡した？　訊《き》きたいことは山ほどあったが状況が許さなかった。静まりかえったロビーにみーちゃのすすり泣く声が響いている。こうなることを見越してか、ロビーの隅にはビデオカメラを携えたスタッフの姿があった。何事もなかったような顔をして掲示板に近づき、私は貼り出されたばかりの順位表に目をやった。

「泣くなって、みーちゃ」

「負けたっつったって二位じゃん、二位」

「うちなんて十位以内に入ったこともないっつーの」

「どのみち年間一位はみーちゃに決まってるんだからさあ」

「そうそう、月間で負けたぐらいでいまさら揺るがないし」

ファームの場内にはいたるところにカメラが設置されていて、私たちの「日常」は切り貼りされ、毎週インターネットテレビの番組で放送される。いまここで行わ

れていることが次週の目玉になるのは決まったも同然だったが、みんなカメラの存在など忘れてしまったみたいに率直な発言をぽんぽん飛ばしていた。

A—DASHのメンバーは古株が多いからわかっているのだ。「使われる」ことばかりに気を取られているとたちまち場の空気がぎくしゃくし、しらけたことになってしまう。カメラの向こうにいるだれかにも、それはこわいぐらいに伝わる。しかし、どれだけ自然にしていようとしてもカメラがあるかぎり無意識のうちに作為は働く。それとわからぬ程度にふりかけられた粉砂糖に視聴者はうまみを感じるのだ。

「そんなこと、わかってる。わかってるけど、くやしい。くやしいし、こわい。ちょっとずつ、なんかが目減りしてくかんじ、する……」

ほとんど床にへばりつくような格好で嗚咽《おえつ》まじりにみーちゃが言葉を発する。「すり減らされる」「削られる」「消耗する」。彼女たちがそんな言葉を持ち出すたびに、私はガラスの陳列棚に並んだ色とりどりのキャンディを思い浮かべる。だれかの舌に舐《な》め取られ、少しずつ溶けて消えていくキャンディ。

毎月二十五日に貼り出されるファーム来場者による投票ランキングで、十数ヶ月ものあいだみーちゃは独走を続けていた。ショートカットのファニーフェイスで、アイドルっぽいルックスとは言いがたいけれど、卓越したパフォーマンスとざっくばらんなキャラクターでトップにのしあがったみーちゃを一位の座から引きずりお

ろしたのは、去年結成されたばかりのｔｕｎｅＵＰでセンターを務める里中晶《さとなかあきら》だ。みーちゃとは真逆のどこか陰《かげ》を感じさせる神秘的な美少女で、いわゆる正統派と呼ばれるタイプ。アイドルがこぞって気さくさやユニークな個性をアピールするようになった時代においてはもはや絶滅危惧種《きぐ》といえる。少しずつ順位を上げていることは知っていたが、まさかこんなに早く一位になるとは予想していなかった。

なんと声をかけていいのかわからず、私は手を伸ばしてずりあがっているみーちゃのニットの裾《すそ》を引っぱった。引っぱっても引っぱってもニットはしゅわしゅわと泡のようにずりあがってしまい、みーちゃの素肌は無防備にさらけ出されたままだった。

「ちょお、さっきからなに!?」

さすがに一瞬泣きやんで、みーちゃがふりかえった。両目とも瞼《まぶた》が腫《は》れあがっている。

「だれかと思ったらいとかよ！」

「背中丸出しにしてたら冷えるよ？」

「冷えるよ？　じゃねーよ。マジうぜえから！　つーかニット伸びんだろ！」

どすのきいた声で私の手を払いのける。輪の中でどっと笑いが起こる。

「出たよ、いとちゃんのボケボケ」

「空気読めし」

「いや、だってみーちゃが風邪ひいたら看病するの、寮のうちらだし」

「その前に自分こそ着替えてきなよ、汗でびちょびちょじゃん」

あはは、と私は笑い、そうだね、着替えてくるー、と言ってその場を離れた。おまえマジでふざけんなよ、風邪ひいても看病してやんねーからな！　ってみーちゃの声が追いかけてきてまた笑った。

ランキングの仕組みはいたってシンプルかつアナログなものだ。シリアルナンバー入りの投票券がファーム来場者に配られ、当日中に場内に設置された投票箱に投函《とうかん》しなければ無効になる。ＹＯ！ＹＯ！ファームには現在五〜八人からなる六組のユニットが在籍し、日替わりで単独ライブをすることもあれば複数のユニットが合同でイベントをしたり、メンバー総出でミュージカル公演を行うこともある。毎日のように足しげく通ってくるお客さんもいればたまにしかやってこないお客さんもいる。一途《いちず》にみーちゃに投票し続ける人もいれば、毎回ちがうメンバーに投票する人もいる。

私には不思議でならなかった。そんな不確かなものに、どうしてここまで無防備に心を預けられるんだろう。順位が一つ下がっただけで自分のすべてを否定されたみたいに泣き崩れる彼女たちの姿を見ていると、みんなの心が壊れちゃうんじゃないかとこわくなる。

泣かないで。こんなことぐらいであなたの価値は下がらない。だから、泣かないい

で。

順位の前ではむなしく響くだけの言葉。私はいつだって見ていることしかできなかった。

楽屋に戻ると、私が所属するヨヨギモチのメンバーはすでに着替えを済ませ、スタッフが運んできた弁当を食べていた。その細い体のどこに入るのか、まだ十五歳の春山《はるやま》は揚げ物と炭水化物だけで構成された弁当をぺろりと平らげ、さらに自分で買ってきたコンビニのざるそばにまで手を伸ばしている。ざるそばがヘルシーだと思うなよ、とこのあいだリーダーのまいまいに注意されたばかりだっていうのに。

お食事中にすみませんね、と断ってから楽屋の中央でおもむろに着替えはじめると、やめろー、食欲うせるー、とメンバーが各々ティッシュを丸めたものを投げつけてきて、楽屋は再び野生動物園と化した。さすがに楽屋の中までカメラは置かれていない。

「いと、順位表見てきた?」

「うん、いまロビーで電話するついでに」

「私も見に行こうと思ったんだけど、みーちゃ泣いてたから気まずくて引き返してきちゃった」

「びっくりした。里中が一位になってて」

ある程度は予想していただろうに、衝撃の事実を告げられたみたいに悲鳴があ

がった。やばいやばい、ｔｕｎｅＵＰきてるね、最近の勢いやばいよ、と口の中にものを詰め込んだままペコがもごもご言うと、里中だけじゃなく吉原《よしはら》もなにげに順位上げてきてない？　私前回抜かされちゃったよー、と割り箸《ばし》を振りまわしながらエリンギがかぶせる。みんな笑いながら話していたけど、いつもよりぴりぴりしてるのが肌でわかった。ヨヨギモチなんて脱力系のユニット名でイロモノ扱いされているこの子たちですら、魔の二十五日からは逃れられないのだ。一期生の私と二期生のまいまい、三期生のペコとエリンギ、最年少で四期生の春山、この五人がヨヨギモチの現メンバーである。

「いとはどうだった？　順位上がってた？」

ひとしきり騒いでから、社交辞令のようにまいまいが訊《たず》ねてきた。揚げ物を食べたばかりのつんと上向いた唇がグロスを塗ったみたいにぴかぴか光っている。まいまいはどんなときでもアイドルなんだなとつい感心してしまう。

「そういえば、自分の見てないや」

「はああああああ？」

「いと先輩、またそれですか」

「あ、まいまいは三位だったよ」

「ちょお、言うなって！」

この投票システムが導入されてから、私はずっと二十位前後を行ったり来たりし

ている。「個性の時代」にアイドルになってよかった。私みたいな地味なブスにも投票してくれる人がいるんだから。ランキングに対して私が思うことはそれ以上でも以下でもない。

最初のうちはそれでもいちおう把握しておかねばという気持ちがあるにはあったのだが、人気メンバーが卒業しても新規メンバーが加入してもあまりに自分の順位に変動がないので、今回のような事変でもないかぎりろくに順位表も見なくなった。そんな態度をいまのメンバーたちは、天然だとかボケボケだとかゴーイングマイウェイだとかそれぞれ好意的にキャラ付けして面白がってくれてるけど、最後に残された一期生かつ最年長の私への気遣いでもあるのだろう。

いとってさ、自分だけはちがうって顔してるよね、と去年卒業したはるちんに言われたことがある。はるちんは私と同期の一期生で、ヨヨギモチの初期メンバーでもある。

「誤解しないで。責めてるわけじゃない。ランキングなんてくだらないって私だって思ってる。でもいざ目の前にあんなわかりやすい形で出されるとやっぱへこむし、くっだらねえなと思いながらも振りまわされる。いいよね、いとは。いつも涼しい顔して、順位なんて気にしません、だれにも媚《こび》を売りませんって余裕ぶって、それでそこそこのところに食い込んでさ。社長にも気に入られててドラマの仕事とかもちょこちょこやってるし……ってごめん、それはいとの実力だよね。それはわかっ

てる。私なんてオーディション受けても通ったためしないしね。僻《ひが》んでも自分がみじめになるだけだって、それぐらいだれに言われなくたってわかってるよ？　でもさあ、そうかんたんに割り切れるもんでもないっていうか、こんなんずっと続けてたらさすがに腐ってくるっていうか……」

かなりお酒を飲んでいて呂律《ろれつ》もまわっていなかった。カメラが入っていればまちがいなく使われる決定的シーン。最初は寮の何人かで集まって私の部屋で飲んでいたのが、夜が更けるにつれて少しずつ人数が減り、最後には二人だけになった。

「いと見てるとずるいなって思っちゃう。自分のこと地味とかブスとか言ってさ、予防線張ってるのかけん制のつもりかなんなのか知らないけど——知りたくもないけど、逃げてるだけじゃん、そんなの。うちらと同じ土俵に上がるのがこわいだけじゃん」

首筋から胸元にかけて、もっちりと白いはるちんの肌がうすく色づいていた。いまから思えばすでに限界がきていたのだろう。舌の上に載せたとたん、しゅうっと溶けて消えるラムネみたいに甘く脆《もろ》く。それから時間を置かずにはるちんはライブで卒業を発表した。

たぶんはるちんはさびしかったんだと思う。初期からいるメンバーはみんな卒業してしまい、残っているのはいまいちやる気の見えない私だけで、順位も年々下がる一方、ごくまれに個人で入ってくる仕事は過激なグラビアぐらいで、よすがにす

るものが見つからなかったんだと思う。

彼女の訴えを、焼酎《しょうちゅう》で唇を濡らしながら私はへらへら笑って聞いていた。謝るのはかんたんだけどちがうと思ったし、反論するのはもっとちがった。

はるちんの言うとおりだった。

私はみんなとちがう。みんながキャンディなら私は胡桃《くるみ》。それを自分でわかっていた。

母親の死を知らされて、涙のひとつも流れてこない。私のほかにそんな子は、ここにはいない。


ライブがはじまる直前にママが死んだことを報告すると、マネージャーの阿部《あべ》さんは絶句していた。黒縁眼鏡《くろぶちめがね》の奥の目がきょときょとと忙《せわ》しなく動いて、今日のライブのことやこれからのスケジュールのことやなんか、瞬時に思いめぐらしているのが見て取れた。

「心配しなくてもライブには出るし、なるべくスケジュールに穴はあけないようにする。稽古とかリハは休ませてもらうことになるかもしれないけど」

「……ごめん」

「それは、なんのごめん？」

「えっ？」

「ううん、いいや」

気まずさをごまかすためにステージ用の厚底靴で廊下の床を蹴《け》っ飛ばした。非常口に近いこの位置ならカメラには映らないから、緊急の報告があるときなんかはみんなここで話し込んでいる。

「お母さんのことはほんとうにご愁傷《しゅうしょう》さまです。急ぎ社長と相談するから、独断でなにか発信するのは待ってほしい」

「それは、わかってる」

報せがあってからSNSの更新はしていないし、カメラのあるところでは極力おとなしくしていた。もともとそんなに頻繁に更新するほうではないから、二、三日放っておいたところでだれも気にしないだろう。

芸能人は親の死に目に会えない。親が死のうが槍《やり》が降ろうが本番第一。親の死を知りながら毅然とステージをこなす健気《けなげ》なアイドル。いかにも大衆受けしそうな物語だ。

「急だったから、まだ死因もはっきりしてなくて。公表しないで済むならそのほうがいいんだけど」

「それも含めて社長と相談する。えっと、お母さんは都内だったっけ?」

「うん。いまは目黒《めぐろ》にいる」

ママのことは事務所のだれにも話していなかった。かつて一世を風靡《ふうび》したポルノ

女優が母親だなんてアイドルにとってはマイナスにしかならないだろうと思って、事務所に入るときは由里子おばさんに代理で出てきてもらった。「私もおばあちゃんもあなたのママが映画に出たことを長いあいだ知らずにいたのに、最近はずいぶんちゃんとしてるんだね」とおばさんは感心していたけれど、いまになって母親の存在を知らされた阿部さんは内心で面食らっているだろう。

「斎場が決まったら教えてくれるかな。会社の名前で花送っても問題ない？」

スマホを取り出し、素早くなにかを打ち込みながら阿部さんが訊く。

「いい、いらない。たぶん葬式やんないし」

「そうなの？」

「わかんないけど、身内だけで済まそうかなって」

とにかく私はどうすれば事が公にならないかということだけを考えていた。ママの遺志やフィーの気持ちなど斟酌《しんしゃく》する余地もなかった。私ははっきりとママに苛《いら》立《だ》っていた。どうしてこのタイミングで死ぬの。あとちょっと、もうちょっと待ってくれてもよかったのに。

先月、私は二十四歳になった。ファームの年齢層は年々低くなり、いまでは十代が半数以上を占めている。最近は三十歳を越えて活躍する女性アイドルもいるみたいだけど、ファームでは二十五歳がボーダーだというなんとなくの不文律がある。個人の仕事が増えたあたりから「斉藤《さいとう》いと卒業」のフェイクニュースが出まわるよ

うになり、最近では面と向かって卒業はいつかと訊ねてくるファンもいるほどだ。いいかげん潮時だった。卒業するつもりなんてこれっぽっちもなかったのに、少しずつ追い詰められるように私は崖《がけ》っぷちに立たされていた。

「その、大丈夫……？」

自分でも気づかぬうちに何度も床を蹴っ飛ばしていたらしい。見かねてか、阿部さんが訊ねた。

「私が大丈夫って言ったら阿部さんは安心するの？」

阿部さんの目がざらりと濁《にご》る。厚底靴を履いていると、阿部さんの視線は私と変わらないぐらいの位置になる。

阿部さんは仕事はできるのかもしれないけど、こういうのはてんでだめだった。下手に踏み込みすぎて寄りかかられるのを恐れているんだろう。少し前に「アイドルなんて全員メンヘラだから」とＳＮＳで発言して炎上したコラムニストがいたけれど、阿部さんにもそういうかんじ、ちょっとある。

開演十五分前のベルが鳴り、急に慌ただしくなった廊下の先、ヨヨギモチのイメージカラーであるスモーキーグリーンの衣装を着たメンバーが楽屋からわらわら出てくるのが見えた。ママのことがばれたら、もうあそこにはいられない。

「大丈夫、なわけないじゃん」

はっと私は笑い、もう一度床を蹴っ飛ばしたら、キュッと音が鳴った。

「ごめん。そうだよね。でも、えっと、そろそろ本番だから、とりあえず……」

そう言って阿部さんは私の背中をぐいぐい押し、急《せ》かすようにステージへと誘導した。へたくそ、と心の中で舌打ちをして、私はメンバーの待機する場所へ駆け寄った。


幕が上がり、音楽が流れると、体が勝手に動き出す。サイリウムの海が嵐のように大きくうねる。下から突き上げるような歓声に連れていかれる。

歌も踊りもそんなにうまくない。笑顔だって取ってつけたみたいだとよく言われる。アイドルになりたくてなったわけじゃない。それでもステージに立つと、戻ってきた、と感じる。

ライトの熱や観客の視線、メンバーの呼吸を浴びるように感じ、ステップを踏むごとにだんだんとあの場所に近づいていくのがわかる。頭の中がさえざえとクリアになり、みずみずしい生気が全身にいきわたる。やがて扉が見えてくる。その向こうには真っ白な部屋が広がっている。静かで孤独な白い部屋が。

ライブの映像を後から見るとびっくりする。ずいぶんと殺気立った目をしてるから。もともとアイドルらしからぬ狐目だけど、それにしたってひどい。でも、最近はそういうのが受けるみたいだった。アイドルを逸脱したアイドル、みたいなのが。

「ステージに立ったとたん豹変《ひょうへん》する手懐けられない獣《けもの》」と評された記事が一時期ネッ

トで話題になっていたこともある。私にはよくわからない。アイドルになりたくてなったわけじゃない。だけど、アイドルを逸脱したいわけでもない。私はただ無我夢中で踊っているだけだ。

大勢の人から注目を浴びたい。表現すること、歌って踊ることが好き。ずっとアイドルになりたかった。女優へのステップアップのため。だれかを見返してやりたい。だれかの記憶に残りたい。だれかの美しい夢になりたい——。

アイドルの数だけ理由はあるが、どうしてステージに立つのかと訊かれたら、あの場所に行きたいからだと私は答える。メンバーのだれに話しても伝わらなかったあの場所を、ママだけは知っていた。

「それはとてつもないエクスタシー。セックスなんて比じゃないわ。パン！　って頭がぶっ飛んで真っ白な世界に放り込まれるの」

集中力を欠いた現場では扉に手をかけることもできないけど、あっちに行けたときはとてもいい演技ができるのだとところかまわずふれまわっていたせいか、ママには絶えず薬物中毒の噂《うわさ》がついてまわった。

「白いものを食べて、おなかの中を白く清めておくこと。そしたらあっちに行けるから」

ママの食事を用意するのはフィーの役目だった。豆腐、卵の白身、白かぶ、大根、白菜の白いとこ、白いごはん、プレーンのヨーグルトに粉砂糖。撮影の前は白いも

のばかり食卓に並んでうんざりした。文句のひとつも言ってやりたかったけど、ママもフィーもどがつくほど真面目《まじめ》な顔をしていたから言えなかった。

一時期、取りつかれたように白いもので身をかためていた時期もあった。白いかつらをかぶり、白いファーのコートを着て、インテリアも車の内外装も白で統一し、マスカラから口紅、ネイルにいたるまで真っ白。その手の宗教に入ったのか、占い師かなにかに騙《だま》されているのではないかと週刊誌に書き立てられていたようだが、半年ともたずに「白の時代」は終わりを告げた。世間が戸惑いを隠しきれないでいる中、いかにも熱しやすく冷めやすいママらしいねとフィーと二人でけらけら笑っていたことを覚えている。ママと暮らすのはたいへんだったけど、そのぶんだけ愉快で楽しいこともあったのだ。

「いと、アンコール、出るよ」

まいまいの細い腕が胴体に巻きつき、ひやりとしたその感触に意識を引き戻された。甘酸っぱい汗のにおいがする。舞台袖《そで》でもつれあったメンバーが、金平糖がぶつかりあうようなひゃらひゃらした笑い声をあげている。客席から私たちを呼ぶ声がする。目が覚めてしまったことを惜しむような、戻ってきたことにほっとするような、どちらともつかない気持ちで再びライトの下に飛び出していく。


ファームを出ると、雨のにおいがした。

傘を借りるほどでもなかったので、おもてに並んだ出待ちの列に会釈しながら大通りまで出てタクシーをつかまえた。

「目黒までお願いします」

山手線《やまのて》で一本だったけど、ライブ帰りのファンと電車で乗り合わせるのは気まずかったし、雨の中をマンションまで歩いていくのも憂鬱《ゆううつ》だった。

「雨、降ってきたね」

「はあ」

「今夜は持ちこたえるんじゃないかって思ってたけど」

「……そうですか」

仕事が終わってからも愛嬌《あいきょう》をふりまく気力はなくて、気のない返事をしていたらそのうち運転手は静かになった。かわりに気前よくパタパタ上がっていくメーターを睨《にら》みつけ、やっぱりフィーに迎えに来てもらえばよかったといまさら後悔した。ママが生きてたらママにタクシー代を請求できたのに……なんてバカなことまで考えて、雨に滲《にじ》んだ街灯を映し込み七色に光る車窓に、はあっと息を吹きかけた。

アイドルの給料は驚くほど安い。最初聞かされたときは、ゼロが一つ足りないんじゃないかと本気で疑った。外部での個人仕事が増え、私はみんなよりもらっているほうだとは思うけど、それでも気軽にタクシーに乗れるほどの収入はない。寮がなければいまごろ飢え死にしていただろう。

「その角で降ります。あと領収証ください」

念のためマンションの手前でタクシーを降り、雨の中を一ブロックほど歩いた。ここに来るのはいつぶりだろう。なにかが変わったような気もするが、なにも変わらず当時のままある気もする。まちがい探しをするように、夜に沈んだ住宅街に目を凝《こ》らしながら赤レンガの外装の古いマンションに入り、呼吸するようになめらかな動作でエレベーターに乗り込んだ。

「おかえり、早かったね」

玄関のチャイムを鳴らしたら、すぐにフィーが出た。

「ここが自分の家だなんてもう思ってない」

憎まれ口を叩《たた》く私に、うっすら笑って、おかえり、ともう一度フィーはくりかえした。

かつてママとフィーと三人で暮らしていたこの部屋は、現在ではフィーの名義になっている。十二年前に離婚したとき、慰謝料《いしゃりょう》代わりにママがフィーに与えたのだ。その後、ママは私を連れて世田谷《せたがや》区にある再婚相手の家に移り住んだが、それからもたびたび私は一人でこの部屋を訪れた。そのときには「おかえり」なんて口が裂《さ》けても言わなかったのに、いまさらその言葉を使うのが腹立たしかった。ママのいるところが私の家だということに、どうしても彼はしたいようだった。

「ママは?」

雨に濡れたスニーカーを脱いで玄関をあがる。下駄箱の上に、封の開いていない請求書やダイレクトメールが乱雑に散らばっている。

「警察が来て、連れていかれたよ」

すべての感情が抜け落ちた真っ白な顔をしてフィーが言った。

「早ければ明日には帰してもらえるだろうって。さっきまで由里子さんも来てたけど、事情聴取が終わってからいったん家に戻った」

死んでいないみたいにママのことを話してるのがなんだか変なかんじだった。なにが起こったのか、私もフィーも、まだよくわかっていないのかもしれなかった。密閉されたガラス容器に二人して閉じ込められてしまったみたいに現実感が遠く薄い。

「これで拭《ふ》きな。風邪ひくよ」

差し出されたタオルをそのまま使うのはなんとなくためらわれ、においを嗅《か》いでみた。フィーがいつも使っていた柔軟剤のにおいがして、ようやく安心して髪の毛や肩についた雨を払う。ママと対面しなくて済んだことに、私はあからさまにほっとしていた。

「おなかは空《す》いてない？」

「うん、大丈夫」

「お茶淹《い》れるよ」

「うん……あ、ココアがいい」
部屋の中はあいかわらず統一感のないちぐはぐなインテリアで取っ散らかってい
て、以前にもまして雑然としているように見えた。週に一、二回はフィーが様子を
見にきていたようだが、掃除が行き届いていないのか、全体的になんとなく煤《すす》けて
いる。人工的な甘い花のにおいと堆積《たいせき》した埃《ほこり》の乾いたにおいがまじりあい、なるべ
く口で息をしていたら喉《のど》がいがいがしてきた。サイドボードの上に手を滑らせると、
ざらりと不快な感触がした。
二年前、世田谷の男と離婚したママが強引に押しかける形でこの部屋に住み着く
ようになったと聞かされたときは耳を疑った。恋人の太一《たいち》さんと暮らしていた
フィーはやむをえずすぐ近くに部屋を借りたという。もともとこの部屋に住み続け
ることを快く思っていなかった太一さんは、これを機に離れた場所に移ることを望
んだようだが、フィーがそれを拒否した。霧子《きりこ》さんに呼び出されたらいつでも駆け
つけられるようにすぐ近くにいたい、と。ママもどうかしてると思ったが、フィー
はさらにその上をいっていた。
「あっちで座って待っててなよ」
「いいの、見てたいの」
キッチンに入り込み、ミルクパンで牛乳を温めているフィーの隣にぴったりくっ
ついて手元を覗《のぞ》き込んだ。男の人にしてはすんなりと細く美しい、だけど適度に骨っ

ぽい手がマグカップにココアの粉を入れ、熱湯を少しだけ注ぐ。ぐるぐるとスプーンでかきまわし、粉をよく練る。温めた牛乳を少しずつ注ぎ、最後にバターを一切れ落とす。

寒い冬の夜、よくフィーが作ってくれた。二人だけのときはそのままシンプルに飲むのだけど、ママがいるとマシュマロやチョコチップクッキーやラム酒やなんか、なんでも放り込むので闇《やみ》ココアになった。子どもみたいなママとちょっとだけお兄さんのフィー、正真正銘子どもの私。よくあんな三人で暮らせていたものだ。

〝白の時代〟に買い替えた白い天板のダイニングテーブルには本や雑誌、書類や菓子の空き箱なんかが堆《うずたか》く積まれていた。わずかに空いたスペースにカップを置き、私たちは向き合って座った。

「虫の知らせってやつかな。今日はこっちに寄るつもりはなかったんだけど、なんとなく気になって、そしたら……」

最後までは言葉にせず、フィーは子どもがするみたいにカップを両手で包み込んで唇を寄せた。もう四十半ばになるはずだったが、そうしているとまだ二十歳《はたち》そこそこの頼りない青年のように見えた。フィーよりずっと若いはずの阿部さんのほうがよっぽど老けている。私も同じようにカップを両手で持って口をつけた。焼けるように熱いココアが細く道筋を作りながら胃に落ちていく。

「ざっと探してみたんだけど、遺書らしきものは見つからなかったよ。どこかに潜

んでいるかもしれないから今夜は徹夜で探そうと思ってる」

言いながらフィーはシャツの胸ポケットから眼鏡を取り出し、落ち着かない素振りで手近にあった書類をめくった。いまこうしている時間も惜しいみたいに。

「まさかそれ老眼鏡？」

「うん」

ココアの湯気でレンズが白く曇っている。

「フィーが眼鏡してるとこ、はじめて見た」

「そうだっけ？　けっこう前からしてるけど」

電話ではたまに話していたけど、こうして会うのはひさしぶりだった。ママの世話を押しつけた後ろめたさから避けていたのもあるけれど、血のつながりもなければ戸籍の上でも他人のフィーと頻繁に顔を合わせるのは私にとってあまりにリスクが大きかった。アイドルでいるために、私は家族を捨てたのだ。

「フィー」

「うん？」

「私にはもうフィーしかいない」

あらかじめ用意されていた台詞《せりふ》を読みあげるように私は言った。フィーが負担に感じないぐらいの軽さで響けばいいなと思った。昔から私は、うまく甘えられない子どもだった。

「ママのことが知られたら、ファームにはいられなくなる。そしたら私、どうしたらいい？」

ママが死んだと聞かされても泣けなかったのに、はじめて涙がつるっとこぼれた。自分から捨てたくせに、どうやったらフィーをつなぎとめられるのかとそればかりをいま私は考えていた。

ほんとうに、どうしたらいいんだろう。

羅針盤《らしんばん》を失った船のように途方に暮れた気持ちで、カップを握る手に力をこめた。

「おまえ、いとだろ。赤い糸」

火葬場を出たところで話しかけられた。みんな黒っぽい服を着てるのに、一人だけ原宿《はらじゅく》あたりで売っていそうなソフトクリームやドーナツのワッペンがついたスタジャンを着て悪目立ちしている年齢不詳の男だった。白髪《しらが》まじりの髪を肩まで伸《の》ばし、若手俳優の子たちがしてるみたいな流行《はや》りの形の眼鏡をかけている。その吊り上がった目に見覚えがあった。

「赤井《あかい》じゃなくて、斉藤です」

口にしてからしまったと思ったが、

「どっちでもいいよ、そんなの」

男は小馬鹿にするみたいに笑って、じろじろと含みのある目つきで私を見た。

「ふうん、そっか、おまえがあんときの」

酒臭い息が顔にかかるぐらい近づいてきて、思わず私は一歩あとずさった。次の瞬間なにをされるかわからないという空恐ろしさがひゃっと背中を走る。

「小向井《こむかい》監督、ここではちょっと……」

SOSを察知したのか、すかさず絢さんが近づいてきて、わざとらしく周囲に視線を走らせた。

火葬場のまわりには関係者がばらばらと残っていて、煙草《たばこ》を吸ったり談笑したりしている。火葬のあいだ、泣いていた人もいればただ俯《うつむ》いているだけの人もいた。午前中の陽の下にいるのはあまり似つかわしくないような、堅気じゃないかんじの人ばかりだった。中には有名人もいたのかもしれないが、なるべく見ないようにしていたからよくわからない。「自殺?」と囁《ささや》く声が聞こえてきたけど、気のせいだと思ってやりすごした。みんな華やかで美しかったころの赤井霧子の友人たちだ。

「あなたは先に待合室に行ってなさい」

私と男のあいだに割り込むようにして絢さんが促した。素直に従い、私はその場を離れた。

この数日ぐずぐずとだらしなく降り続けていた雨は今朝《けさ》になってからりと晴れて、頭上には青い空が広がっている。待合室のある別棟の入り口で、ふと気になってふりかえると、男はまだこちらを見ていた。

死亡診断書には虚血性心不全と書かれていた。

あの晩、フィーは遅くまで部屋中を引っくりかえしていたが、ついに遺書は見つからずじまいだった。ママのことだからどうせ無理難題を書きつけてあるに決まってる、どうするの、葬式はうんと派手に盛大に、リゾートホテルの宴会場を借り切って、最高のお酒と音楽、夜を徹してみんなで騒ぎましょうなんて書かれてたら、もうやめよう、遺書を探すのなんてやめようよ、とどれだけ私がわめきちらしてもフィーは取り合わなかった。フィーみたいなのを業界用語で強火《つよび》オタって呼ぶんだよ、といやみのつもりで言ったら、年季がちがうからね、としれっと答えていた。

遺書が見つからなくてほんとによかったと思う。

次の日、ママのマネージャーだった絢さんに電話して、ママの死を公表するのは少し待ってほしいこと、葬儀は親族だけでかんたんに済ませたいことを伝えた。「もちろん、あなたの意向を尊重する」と絢さんは言っていたが、蓋《ふた》を開けたら三十人近い参列者が火葬に立ち会うことになっていた。どこから情報が漏れたのか？　そんなのわかりきったことだ。

「却《かえ》ってよかったのかもね。ほら、霧子さんはにぎやかなのが好きな人だったでしょ？」なんて言って、絢さんはばつの悪さをごまかしていたけれど。「ここにいる人たちは霧子さんのごく近しい人ばかりだから、霧子さんもきっと喜んでいるわよ」

ごく近しい人ばかりのわりには、私のことを知っている人はいなそうだったし、私のほうでもそれは同じだった。ママに友だちがいたなんて聞いたことがなかった。ママには私とフィーしかいないんだと思っていた。私は赤井霧子という女優のことをよく知らなかった。

「やっぱあれ小向井祐介《ゆうすけ》だよね？　なんか似てるなあとは思ってたんだよ。私はじめて映画館で観たの、小向井祐介が撮ったやつだよ。なみわたたって映画、昔流行ったじゃん。『涙の海をわたって』。平川《ひらかわ》みすずが病気で死んじゃうやつ。まさかこんなところで本人に会えるなんてびっくり」

「斉藤家」の札がかかった待合室に入っていくと、はしゃいだ敏江《としえ》の声が耳に飛び込んできた。窓に張りつくようにして、隣に立つ夫の腕をぐいぐい引っぱっている。まずいところに入ってきてしまったと思っていたら、「敏江、やめなさい！」とすぐさま由里子おばさんの叱責《しっせき》が飛んだ。それで敏江も私がやってきたことに気づいたようだった。

「あ、いとちゃんだー」

四歳になる敏江の娘が椅子《いす》からぴょんと飛び降りて、ほとんど体当たりするような勢いで私の腰に抱きついた。

「ひさしぶりだね、沙羅《さら》。元気にしてた？」

「元気、元気！」

「やったね、いえーい」

「いえーい」

ハイタッチする私と沙羅を、待合室にいた親族が遠巻きに眺めているのがわかった。やっぱりフィーは来なくて正解だったかもしれない。私だってできることならパスしたかったぐらいだ。親族らしくきちんと喪服を着た大人たちの中で、黒いタートルのセーターに黒いスキニーパンツという喪主らしからぬ格好の私は完全に浮いていた。

「ほーら、沙羅ちゃんは、ママのとこ行ってなさい」由里子おばさんが寄ってきて、私の体にしがみついた沙羅をやさしく引きはがし、敏江のいるほうへと追いやった。

「ばあばの言うこと聞いて、ね？」

白い襟《えり》付きの黒いワンピースを着た沙羅は、すぐに私のことなど忘れてしまったみたいに母親のもとへ走っていく。

「突然のことでたいへんだったね、いとちゃん」

部屋中に響きわたるような大きな声で由里子おばさんは言った。みるみるうちにその目に涙が溜まってあふれだす。

「いやだ、ごめん、ごめんね。いとちゃんが泣いてないのに私が泣いちゃって、困っちゃうわよね。でもね、私はとにかくあなたがかわいそうでかわいそうで、泣かずにいられないのよ。あなたを前にしたら、自分のかなしみなんてどこかに飛んでいっ

てしまうみたい」

こみあげる嗚咽につっかえつっかえやっとそれだけ言うと、由里子おばさんは、わっとハンカチに顔を伏《ふ》せて泣き出した。

わかってる。由里子おばさんに悪気はない。いっぺんの曇りなく完璧な善意で言っているのだ。わかってはいるけど、受け入れられるかといったら別の話だった。

私は笑った。私を憐《あわ》れんで泣く伯母《おば》に対抗するように、声をあげて笑った。由里子おばさんは涙に濡れた顔をあげ、気味の悪いものでも見るように私を見た。また笑っちゃいけないときに笑ってしまったみたいだ。

「どこ行くの、いと」

なにも言わずに待合室を出ていこうとする私を見かねて敏江が呼び止めた。私はひらひらと手を振って外へ出た。火葬場の前で小向井祐介と話し込んでいた絢さんが気づいて声をかけてきたが、無視して斎場を出て、ちょうど通りかかったタクシーをつかまえた。

「どちらへ？」

運転手に訊かれてすぐには答えられなかった。少し考えてから、代々木へ、と告げた。タクシーの窓から青い空にのぼっていく煙《けむり》を探したが、東京の空には煙どころか煙突の一本も見つからなかった。

『伝説のポルノ女優・赤井霧子（52）早すぎる死　遺された娘はアイドルだった!?』という記事が週刊誌に出たのはその翌週のことだった。

2

いとという名前はママがつけた。

「赤井いと。運命の赤い糸のいと。ロマンティックだって思わない？」

なんて得意げにふれまわっていたらしいけど、赤井霧子というのはデビュー作『赤い霧』にちなんでつけられた芸名で、ママのほんとうの名前は斉藤季里子《きりこ》だった。二十八歳のときに、ママは独りで私を産んだ。あたりまえだけど、生まれてきた子は赤井いとではなく斉藤いとになる。えっ、ああ、そう、あなた斉藤さんでしたかってびっくりしちゃった、といつだったか無邪気に笑っていた。

まだシングルマザーという言葉もなかった時代のことだから、世間の風は相当つめたかったようだ。マスコミに追いかけまわされ、週刊誌やワイドショーで激しいバッシングにさらされながら、それでもけろりとした顔で出産について語るママの映像が残っている。

「すごいなんてもんじゃなかった。出産は神聖なものだって言うじゃない？　まさにそのとおり、神様とセックスしてるみたいだった。あんなの、ほんとに、はじめて。出産はオーガズムよ。何度も何度も波が襲ってきて最高の体験だった。男の人はかわいそうね、あんな快感を味わえないなんて」

大勢の取材陣に囲まれ、ウェーブのかかった髪にスカーフを巻きつけ、サングラスに赤い唇の女優ぶったママの姿に私は笑ってしまった。やりすぎなぐらいやりすぎだった。思春期まっただ中に目にしていたらまたちがったのかもしれないけど、ここまでくると痛快ですらあった。さすがママ。

ワイドショーでは朝からどのチャンネルでも〝伝説の女優〟赤井霧子の訃報とその娘――代々木を拠点に活動するアイドルプロジェクト〝ＹＯ！ＹＯ！ファーム〟に在籍する斉藤いとについてかなりの時間を割いていた。ほかにたいした事件がなかったんだろうか。それとも私が思っているより赤井霧子はニュースバリューのある女優なのかもしれなかった。事務所が用意したホテルの部屋で、私はそれを見ていた。

「とんでもない発言ですねえ」とお昼のワイドショーの司会者が苦笑まじりに言う。

「いまの時代にこんな発言をしたら炎上してたいへんなことになりますよ。大らかな時代だったんですね」

「ぶっ飛んでますよね。最高にパンクですよ」

辛口のコメントで人気を集めている女装タレントが、司会者の話を遮るように身を乗り出した。

「あたしは当時から霧子さんのファンでしたけど、このときの騒ぎはよく覚えてます。霧子さんがいちばんきれいで輝いていたときでしたね。まさに女ざかりの最盛期、当時はプッツン女優なんて呼ばれて連日マスコミを騒がせてましたけど、こんな面白い人いまいないでしょ？　最近の人たちってなんかみんな汲々《きゆうきゆう》としちゃって、霧子さんの娘さんの……斉藤いとさんでしたっけ？　ああいうアイドルの子たちに特に顕著ですけど、いやね、みんないい子ですよ？　ちゃんと時間も守るし、礼儀正しくて真面目で努力家でね。でもさー、あたしが古い人間だからかわかんないけど、絶望的につまんないんだよね！　一部の人間にだけおもねってるっていうか、狭い世界で完結しちゃってるっていうか。髪形とかも真っ黒で前髪ぱっつんてして、定規で測ったみたいに同じじゃない？　大量生産のお人形かってかんじで見分けがつかないんだもん。

さっきの霧子さんのVなんて、発言こそ過激でしたけど、ファッションもメイクも、ザ・女優ってかんじでそりゃあすてきだったわよ。最近の女優さんなんかも、みんな洗いざらしを通りこしてばっさばさに漂白されちゃってんじゃない。〝飾らないわたし〟がそんなにいいのかね。もっとこう〝あたし、女優です〟みたいな我の強い女がいてもいいのに、みんなお行儀よくなっちゃって。残念ながらあたしは

霧子さんとお仕事をごいっしょしたことはなかったんですけど、聞いた話だとプライベートも仕事もめちゃくちゃだったみたいよ。気分が乗らなければ撮影をボイコットするのもあたりまえって。いまそんなことやってたら速攻で干されちゃうもんね。どっちがいい悪いっていうんじゃなくて、霧子さんみたいなかっこいい女――まあ不良ですよね、既存の価値観をぶち壊すようなめちゃくちゃなのがいてこそ優等生も活きるんじゃないかってあたしなんかは思っちゃうんですけど。ほーんと、つまんない世の中になっちゃったよね。彩りがなくて、さびしいったらない」

女装タレントが長広舌をふるうと、それに乗っかるようにほかのコメンテーターも〝不寛容な世の中〟に苦言を呈《てい》しはじめた。またこのパターンか。朝からずっとテレビにかじりついていたけど、どのワイドショーも最終的にはそこに行きつくみたいだった。「みんな同じに見える」とアイドルを笑ってる人たちが、みんな同じことをやってるんだから、やっぱり私も笑うしかなかった。

私に言わせればいまの時代のほうがよっぽど寛容だった。昔あれだけバッシングを受けていたママが、いまさら「ぶっ飛んでてかっこいい」ってことにされちゃうんだから。それとも、死んだらぜんぶなかったことになっちゃうんだろうか。それこそ漂白されて、遠く美しい時代の話ってことにされちゃうんだろうか。

あのころ、私の小さな世界はめちゃくちゃだった。いまよりテレビの影響が大きかったということもあるんだろうけど、近所を歩けば白い目で見られ、学校に行け

ば同級生から容赦《ようしゃ》ない言葉を投げつけられ、郵便受けに脅迫まがいの文書が放り込まれていることもしょっちゅうだったし、部屋のドアに叩きつけられた腐った卵の強烈なにおいをいまも覚えている。マンションの前に大勢のマスコミが詰めかけているると、またママがなにかやらかしたんだなと物心つくころには理解するようになっていた。うちにはテレビがなかったから（酔っぱらってぶち切れたママがベランダから放り投げてしまった）、なにをやらかしたのかまではわからなかったけれど。

ママはしきじょうきょう。どうやらそれでみんな怒ってるらしい。いんらんでふしだらでみだらなおんな。騒ぎが起きるたびになんらかの形でその手の言葉を耳にしていたから、セックスというものの存在もまだ知らないうちに、しきじょうきょうという忌《い》むべきものがこの世に存在し、そのうちの一人がママだということを私は知った。

――あんなの、ほんとに、はじめて。

陶然とした表情のママを思い出し、もう一度、私は笑った。欲情を煽《あお》るような濡れた目で、だらしなく見える一歩手前まで唇をゆるませ、たっぷりと声に息を含ませて。挑発的ですごくきれいだった。ただきれいというだけじゃなくて、ずっと見ていたくなるような魔法がかった磁力があった。

ママがいちばんきれいで輝いていたとき、女ざかりの最盛期だと、あの女装タレ

ントは言っていたけど、じゃあそれからは？　それから二十四年、えんえんと続いたママの人生はなんだったっていうんだろう。

そんなことを決められる人がいるとしたら、それは神様だ。

「斉藤いとさんはいわゆるアイドルっぽくない見た目をされていますが、お母さまの霧子さんもどちらかというと個性派といったかんじで、正統派とはちょっとちがうのかな、といった印象を受けますが……」

今度は娘の斉藤いとについて、有識者と呼ばれている人たちが話しはじめている。現代のアイドル事情に詳しいという態のような髭《ひげ》を生やした小太りの男性タレントが、司会者にふられて話し出す。

「そこがアイドルの面白いところで、八〇年代のアイドルはクラスで一番か二番目にかわいいってかんじの女の子ばかりでしたが、最近はそういう子もいるにはいるんですけど、一瞬えっ!?　と思うような顔の子も……えーっと、慎重に言葉を選んで言いますと、味がある、と言いますか、そういうかんじの子が増えていますね。アイドルも多様化しているんです。斉藤さんの所属するY〇！Y〇！ファームもそうですけど、一番人気のある子が一番かわいいとはかぎらないのが、アイドルの興味深く面白いところだと僕は思ってます。

斉藤さんはよくご自身のことをブスだなんだと発言されてるようですが、敢えてブスキャラを演じるアイドルも最近は増えていますね。自虐で笑いを取れる子はプ

ロブスとして男性からも女性からも支持を得やすいですし、〝私、ブスだけどがんばってます〟って自分から発信することで、健気だなとかわきまえてるなとか応援してあげたいと思わせる作戦なんじゃないですかね。アイドルなんてどうせ全員自分のことかわいいと思ってるんだろ？　ってついオーディエンス側の人間は思っちゃうわけじゃないですか。それに対するアイドル側からのカウンターといいますか、まあ、言ってみればビジネスブスですよ、ビジネスブス。同じブスでも斉藤さんなんてその中ではぜんぜん許容範囲ですよね。ぜんぜんありっていうか、ブス界でも――」

テレビの電源を切って、私はベッドに寝転んだ。くだらなすぎて腹も立たなかった。

窓からわずかに見える空はいやみなぐらいよく晴れて、少しずつ雲が流れていく様子をしばらくそのまま見つめていた。

日付が変わるころ、阿部さんがやってきた。昨晩ライブを終えてから強制的にホテルに缶詰めにされて、丸一日が経とうとしていた。

「これ、てきとうに買ってきたから」

挨拶《あいさつ》もそこそこに阿部さんはコンビニのポリ袋を乱暴にテーブルの上に置いた。おなかが空いたらルームサービスを取るよう言われていたけど、値段にひるんで、

朝からミニバーのビールとミックスナッツしか食べていなかった。空腹に負けて、私はポリ袋に手を伸ばした。おにぎりとかヨーグルトとか真空パックされた惣菜とか、見ただけで腹の底が冷えそうなものばかり。食べ物を漁る音を阿部さんに聞かれるのが恥ずかしくて、ちりちりと耳が熱くなる。

「明日、事務所で社長から話があるから」

おにぎりのフィルムを剝がしながら、私は黙ってうなずいた。

「じゃあ、また明日の朝、迎えに来る。九時には出られるようにしといて」

用件だけ伝えると阿部さんはすぐに部屋を出ていこうとした。

「待って」

思わず呼び止めたら、阿部さんがスローモーションのような動きでふりかえった。普段からそんなに覇気《はき》のある人じゃないけど、いつにもまして打ち捨てられた老犬のようにくたびれて見える。

「あの、スマホの充電が切れてて……」

「フロントに聞いてみなよ。たぶん充電器、置いてあるから」

「それと、ライブ終わりでこっち来たから、着替えとかなんにも持ってなくて——」

「風呂で洗って干しとけば？　ホテルってけっこう乾燥してるから、明日の朝には乾いてんじゃない？　ドライヤーで乾かすとかほかにもいろいろ方法あるでしょ。

ちょっとは自分で考えてよ。……もういいかな？　俺これから事務所戻らなくちゃいけなくて」

最後まで言い終える前に阿部さんは私に背を向け、部屋を出ていこうとした。外がどうなっているのか――メンバーはなんて言っているのか、ファンの様子はどんなだったか、気になっていることはたくさんあったけど、それ以上は訊けなかった。

阿部さんが出ていってから、一口だけかじったおにぎりを袋に放り、フロントに電話して充電器を部屋まで届けてもらうようお願いした。それから、ルームサービスでオムライスを注文した。

電話の音で目が覚めた。起きてしばらくは、自分がどこにいるのかわからなかった。枕元のスマホに手を伸ばして電話に出る。

「もしもし」

寝る前にミニバーのウィスキーを一気飲みしたせいか、かすかすの声が出た。やっと出た、なんべんも電話したのに、と電話の相手は言った。外にいるのか、車の走る乾いた音が背後に聞こえる。ごめん、と反射で私は答えた。ずっと電源切れてて、さっき見たらメールや着信が三百件とかあって、いちいち追うのもしんどくて、それで……。まだ半分眠りに引きずられたままの意識でだらだらと言い訳をした。

「いまどこ？」

「……わからない」

「わからないってことはないでしょ」

「どっか、ホテル」

「どっかってどこ。どこのホテル？」

「わかんない」

だんだん意識が冴えてきたけれど、寝ぼけたままのふりをした。

「いまからそっち行くから場所教えて」

「わかんないから無理」

「なあ、頼むって。ちょっとだけでもいいから会いたいんだ。心配してるんだよ、いとのこと」

言っていることがよくわからなかった。彼に心配されるようなことがなにかあっただろうか。

「ごめん、でも無理」

それだけ言って電話を切った。時計を見たら二時をまわっていた。

どこかで飲んでいて、酔っぱらった勢いで電話をかけてきたんだろう。本気で私のことを心配しているなら、いまだけはなにがあっても会いに来ちゃいけないってわかりそうなものなのに。

ナイトモードに切り替え、頭から布団をかぶる。眠れそうにないと思ったけど、

わりとあっさり眠りの幕は降りてきて、起きたときには彼のことなど夢のように忘れていた。


「なんで黙ってた、母親のこと」

ずっと黙り込んでいた社長がやっと口を開いた。事務所の片隅に設置された応接スペースで向き合って、十分近く沈黙が続いていたところだった。不機嫌の圧でその場を支配しようとする、社長のいつものやり口だ。

「すみませんでした」

「謝れって言ってんじゃない。なんで黙ってたのかって訊いてるんだよ」

そう言って社長は短く切りそろえたごましお頭をばりばりと掻《か》いた。窓から射し込む陽の光にさらされ、空中にフケが飛び散るのがはっきりと見えた。落ち着くまでしばらく息を止める。

「……母のことを言ったら、オーディションに受からないと思って」

「は？　なんで？」

社長はいつもこうだ。ぜんぶ言葉にさせようとする。言いにくいことも、言いたくないこともぜんぶ。

「母はポルノ映画出身ですし、イメージのいい女優ではありませんでしたから。アイドルはイメージ商売だっていつも社長、言ってるじゃないですか」

「ふうん、イメージねえ……」

面白くなさそうにつぶやいて、腕を組み、目をつぶる。いつものパターンだと、このままさらに数分黙り込むはずだった。社長との圧迫面談後、泣きながら寮に帰ってきた子も少なくない。

社長のすぐ背後からこちらにカメラを向けているスタッフと目が合った。次の放送分の目玉は私か。毎週毎週そう都合よく事件が起こるわけではないから、特定のメンバーに焦点をあてたり練習風景や楽屋芸でお茶を濁す回も多いのだが、このところの撮れ高に番組制作班はさぞ喜んでいることだろう。

古い雑居ビルのワンフロアを借り切った事務所内には、デスクに向かって作業する社員が二、三人いるぐらいであとはみんな出払っていた。ホテルからここまで私を連れてきた阿部さんは、さっきからずっと電話でだれかと話し込んでいる。

「……赤井霧子、か。まあ、知ってたら採らなかったな」

テーブルの上に広げたままの週刊誌に目を落とし、社長がつぶやいた。わかっていたつもりだったが、面と向かって言われると面白くはなかった。

「俺がよくわからんのは、おまえがそこまでしてアイドルやりたそうには見えなかったってとこなんだよな」

無精髭の生えた顎《あご》をざりざりと撫《な》でながら社長は私を見た。昨晩の酒がまだ抜けていないみたいにどろりと澱《よど》んだ目をしているけど、人を見る目だけはたしかだ。

社長の言うとおり、私は寮に入りたかったのであって、アイドルになりたかったわけじゃない。

「なあんか、引っかかったんだよな。なんか引っかかってつい採っちゃったんだよ。しまったなあって、どうせすぐやめんだろって思って見てたら、いつまで経ってもやめねえし、なんなんだこいつって」

はあ、と生返事したら、そういう態度のことを言ってんだよ、とじゃまくさそうに社長は吐き捨てた。

オーディションを受けたのは十八歳のときだ。雑誌にYO!YO!ファーム一期生募集の告知が出ていたのを敏江が見つけてきて、いっしょに受けることになった。ママの二番目の夫である世田谷の男の家を飛び出した私は、一時期、北関東の由里子おばさんのもとに身を寄せていた。

「新しいアイドルプロジェクトがはじまるんだって。一期生はかなりの人数が受かるみたいだよ。寮もあるみたいだし、いとといっしょならお母さんも許してくれるかもしれない。ねえ、いと、お願い」

高校卒業後は東京に出たがっていた敏江と、一刻も早く自立したいと願っていた私の目的が思いがけない形で合致した。

同い年の敏江は子どものころからませていて、いくつも年上のおねえさんみたいにあれこれと私の世話を焼いてくれた。学校でだれとも交じらずぽつねんとしてい

た私に、大人を相手にするときとはちがう、子ども同士の触れあいを教えてくれたのが敏江だった。おしゃれやメイクはおろか、ムダ毛の処理や体の磨きかたすら知らないおぼこで陰気な私と、活動的でミーハーで垢抜《あかぬ》けている敏江とでは、あきらかに敏江のほうがアイドル向きだと思った。敏江がいるだけでその場の空気がぱっと華やいでみんなが笑顔になる。敏江は男の子に人気があった。女の子にはもっと。それなのに、オーディションに受かったのは私のほうだった。

よほどショックだったのか、敏江は手がつけられないほど泣き暴れ、ためらうことなく口撃の矢を私に向けた。なんであんたなんか、あんたみたいな地味で鈍臭い子が。それで敏江の気が済むならいくらでもサンドバッグになろうと私は思った。殴られるのには慣れていた。なんだブスじゃん。女優の娘のわりにパッとしない。母親が仕事を取るために醜男《ぶおとこ》と寝てできた子。臭い。うざい。きもい。いつのころからか、私の心は胡桃のようにぶ厚く硬いかさぶたで覆われ、ちょっとやそっとのことでは傷つかないようになっていた。だからぜんぜん平気だった。痛みを痛みとして認識できなくなっていた私には、自分の感情をごまかすことなく、まっすぐこちらにぶつけてくる敏江がまぶしかった。

「悪いけど、もうこの家にあなたを置いてやれないわ」

由里子おばさんに言われるまでもなく、すぐに私は寮に移った。

卒業後も地元に留まった敏江は、バイト先のショッピングモールでいまの夫と出

会い、沙羅を妊娠していることがわかって結婚した。結婚式は私もママもそろって欠席したが、歩けるようになった沙羅を連れて家族でライブを観にきてくれた。ひさしぶりに電話がかかってきて、なにかと思ったらチケットの手配を頼まれたので、自腹を切って彼らを招待した。この子がもうちょい大きくなったらヨヨギモチに入れてよね。終演後、楽屋に顔を出した敏江は照れくさそうに言って笑っていた。

それで禊《みそぎ》は済んだとばかりに、いままではお互いなんにもなかったような顔をしているけど、かつて私たちのあいだにあった親密な空気はどこかへ流れて消えてしまった。瓶の底にこびりついたジャムをかき集めるみたいに愛情の残滓《ざんし》をちびちび舐めながら、いま私たちはほほえみあっている。

「健気なものが見たいんだよ」

「けなげなもの」

社長の言葉を、そのまま私はくりかえした。うまく舌がまわらない。

「無垢《むく》な少女が、揉《も》まれて傷ついてぺしゃんこになって、それでも何度も立ちあがる、そういうのを見せるのがいまの時代のアイドルなんじゃねえの」

背中を丸出しにして泣いてるみーちゃ、酔っぱらってくだを巻くはるちん、泣いて喚《わめ》いて私を罵《ののし》った敏江、いなくなってしまったあの子や彼女、大勢の女の子たちがいっぺんに脳裏をよぎった。お人形みたいにそっくりで、去勢された女の子たちあの女装タレントが言っていたことと社長が言っていることは、ぜんぜんちがうよ

うで、根は同じなのかもしれなかった。

いつから？　いつからそういうことになってしまったんだろう。見えないだれかの手によってコントロールされてるかんじがすごくする。私たちはその手が支配する大きな水槽に放り込まれ、のぼせるほど熱せられた水の中をぐるぐるとまわり続け、酸素をもとめて水面に顔を出す。そこを、すくわれる。

「なにをするにも鈍いんだよ。おまえみたいにすでに地獄を見てきたような顔してるやつ、ぜんぜんだめ。話になんない。この騒ぎだって、自分には関係ないってどっかで思ってるんだろ」

図星を指されて危うく笑ってしまいそうになった。実際そのとおりだった。テレビからしきりに自分の名前が聞こえてきても、ライブ映像がくりかえし映し出されても、まったく自分とは関係ない遠い世界の話のようだった。ファームのまわりに集まっていたマスコミの人たちがいっせいに駆け寄ってきてフラッシュを焚《た》かれても、なんか芸能人みたい、と他人事《ひとごと》のように思っただけだった。

「俺も焼きがまわったな」そう言って社長は大きく息を吐いた。ばりばりと頭皮から血が出そうなぐらい激しく頭を掻きむしる。「一人ぐらいこういうのがいても面白いんじゃないかって、もうちょっと見たいなって、思っちゃったんだよ、俺が」

カメラがあるからだろうか、社長がこんなことを言うのはめずらしかった。所属タレントのスキャンダルに興奮しているというのもあるだろうし、旺盛《おうせい》なサービス

精神がそうさせるのかもしれなかった。そう思って見ると、社長の言動すべてにぶ厚い糖衣がかけられているように見えた。

「どうすればいいですか」

ごっこにつきあわされるのもめんどうで、単刀直入に訊いた。

「おまえはどうしたいんだよ」

「続けたいです」

即答すると、うろんなものでも見るように社長が目をすがめた。

「そんなふうには見えねえけどな」

「でも、続けたいです」

何回目かの、不機嫌をあらわにした社長のため息。こちらを圧するためだけに吐き出される汚い息。

「私の罪はなんですか?」

これ以上はだめだと思うのに止まらなかった。カメラがあるのに——ちがう、カメラがあるからだ。

「週刊誌に載ったこと? 騒ぎを起こしたこと? それは申し訳ないと思っています。だけど、私は母のことを黙っていただけです。たまたま母が女優だったというだけです」

これまでにも恋愛スキャンダルを起こしたメンバーは何人かいた。ひどいときに

は卒業宣言もさせてもらえず即解雇、残留を請うため社長に土下座する姿をインターネットテレビの番組で流された子もいる。謹慎後、残留を許されたメンバーはランキング上位の子ばかりだったけれど、スキャンダルで人気が急落し、しばらくするとみんな卒業していった。

いまもって私はわからないでいる。彼女たちの罪はなんだったのか。それを決めているのはだれなのか。

電話を終えた阿部さんが、なにか察して席を立つのが視界の端《はし》に見えた。阿部さんがこちらにたどり着くより先に、「小向井祐介」と社長が言った。

「え？」

どうしてその名前がここに出てくるのか、意味がわからなかった。ようやく私から「いい顔」を引き出せたことに満足したように笑って、社長はのけぞるようにソファの背もたれに体を預けた。

「小向井祐介が赤井霧子の追悼《ついとう》ドキュメンタリーを撮りたいんだと。その案内人におまえを指名してるんだよ」

阿部さんがすかさずデスクに取って返し、企画書を持ってきた。テーブルの上の週刊誌とそれを私は交互に見た。いくらなんでも早すぎる。だれかが裏で手を引いているのはあきらかだった。どこから週刊誌に情報が漏れたのか、ずっと不思議だったけど、それで合点がいった。

「小向井さんは劇場公開も視野に入れてるって話だよ。日楽《にちらく》がずいぶん乗り気らしい。あのしぶちんがこんな企画に乗ってくるなんて、どういう風の吹きまわしかと思ったが、赤井霧子っていやあ会社が傾きかけてたのを救ってくれた命の恩人だもんな。うちに寄せたドキュメンタリーと抱き合わせにすりゃ、回収できると踏んだんだろ」

まだやるとも言っていないうちから、「小向井さん」に呼びかたが変わったのを苦々しく思いながら、私は社長の話を聞いていた。

「おまえの言うイメージってやつも、これで保たれんじゃねえの。うちにとっても悪い話じゃないが、まあ、おまえ次第だな」

やらないなら出ていけ。そう言ってるのと同じだった。

カメラが私の顔にズームするのが、気配でわかった。

ネットには、「斉藤いとの父親はだれか？」という検証記事がすでにあがっていた。俳優や映画プロデューサー、プロダクションの社長や実業家、何人かの候補の中に小向井祐介の名前があった。かつて日楽が手がけていた成人映画レーベル〝ヌーベルポルノ〟で赤井霧子主演の映画を何本も撮っていたことから候補に挙がっているようだった。実際、過去に何度か週刊誌に写真を撮られたこともあったらしい。

小向井祐介は特に映画好きというわけでもない敏江が顔を知っているほどの有名

人だ。ヌーベルポルノを卒業してから何本目かに撮った文芸作品が国内の映画賞を総ナメにし、現在では日本映画界を代表するヒットメーカーである。テレビや雑誌への露出も多く、三十年以上のキャリアがありながらいまも精力的に年一、二本のペースで映画を撮り続けている。その小向井祐介が、実の娘かもしれないアイドルを使って赤井霧子のドキュメンタリーを撮るのだ。話題性は十分だった。

「ヌーベルポルノ最後の星にして世紀のスキャンダル女優・赤井霧子、時代のあだ花と呼ばれた女の悲運の生涯を追う」

何度読んでも頭に入ってこない企画書にもう一度目を落とす。私のぜんぜん知らない女の物語だった。

「いまちょっと話せる？」

スマホが鳴って、見るとまいまいからメッセージが入っていた。「いいよー」と打つと、「秒で行く」と返ってきた。まいまいの部屋は同じフロアにあるから、へたしたらほんとに秒で来る。なにか片づけるものはないかと部屋を見わたし、企画書と週刊誌をまとめてベッドの下に突っ込んだ。

私たちの暮らす寮――事務所が一棟借りしたオートロック完備のワンルームマンションは、ファームとは駅を挟んで反対側、南新宿《みなみしんじゅく》方面に少し進んだ住宅街の中にある。阿部さんの運転する車で事務所から戻ってきて、寮の前に不審な人影がなかったことに私はほっとした。またここに帰ってこられた。

以前、元メンバーと男性アイドルのベッド写真が流出した際に、寮の場所がネットに流れて全員で引っ越しするはめになった。「民族大移動だね」「いやどっちかっつーとペンギン」などと冗談を言いながら、寮住まいのメンバーは状況を面白がってけらけら笑っていたけれど、普段の業務に加えて引っ越しにかかわる手続きやマスコミ対応に追われ、大人たちは死にそうな顔をしていた。

「おじゃましまーす」と首をすぼめて部屋に入ってきたまいまいは、マシュマロ素材のもこもこしたルームガウンを着ていた。「うわ、静電気きたよ」と私が言ったら、「静電気言うな!」とすかさず返ってきた。

「人のおしゃれを笑うなってなんべん言ったらわかるの。ほんとあかんから、あんたのそういうの」

私は笑った。三日ぶりにちゃんと笑った。

つまらないものですが、と言ってまいまいは、ガウンの袖に仕込んだ焼酎《しょうちゅう》の瓶を口だけ覗かせた。九州にあるまいまいの実家から焼酎が送られてくると、寮のみんなにふるまうのがいつのころからかお決まりになっていた。一時期まいまいは「芋《いも》焼酎先輩」と呼ばれていたほどだ。

瓶の口を引っぱりだし、「コブラだー」と私がおちょくると、「あばよ、クリスタルボーイ」と言ってまいまいは左腕のサイコガンを撃つまねをした。だれかが寮に置いていった『コブラ』が私たちの愛読書だった。しばしのあいだ、コブラとクリ

スタルボーイは死闘を繰り広げ、それから転げまわって笑った。いつもこんな調子だから、なかなか本題に入れない。

冷蔵庫にあったキムチとクリームチーズ、冷凍餃子《ギョーザ》を焼いて折りたたみ式のちゃぶ台の上に広げ、私たちは乾杯した。寮に入ったときに、新宿の量販店で間に合わせに買った家具をいまも私は使い続けている。

「このたびは、ご迷惑をおかけしまして」

どうやって話を切り出そうか、まいまいが探っている気配があったので、私から言った。

「ほんとだよ！」と言葉の調子とは裏腹にほっとしたようにまいまいが答える。「心配、した。みんなしてた。あ、春山のバカは、テレビに自分が映るたびにぎゃーって喜んでたけど」

昨日は非番だったが、だれからともなくヨヨギモチのメンバーで集まろうということになり、ファームの控え室でワイドショーを見ていたのだという。

「すごいね、あいつ」

「いや、ほんとに。これでヨヨギモチの知名度が上がるならぜんぜんありですよねーとか肉まん食いながら言ってたし。大物になるよ」

アイドルファンのあいだでは周知されているが、YO！YO！ファームの一般的な知名度はまだまだ低い。ランキング上位のメンバーがバラエティ番組に呼ばれた

り、端役でドラマに出たりすることがあるぐらいで、ユニット単位でテレビに出ることなんてほとんどない。音楽番組も、新曲リリースのたびにねじ込んでもらえるのはA－DASHぐらいで、ヨヨギモチに関していえば年に一度か二度、声がかかればいいほうだ。

「よかった、みんな怒ってるんじゃないかって思ってたから」

「怒るようなことではないでしょ」

「だけど、これでヨヨギモチのイメージが悪くなったりしたら……」

うーん、イメージかあ、と社長と似たような反応をまいまいはした。

「怒るっていうか、納得したかな、私は。なるほど、そういうことかって思った。ああいうバックグラウンドがあるからいとなんだって。言ってくれたらよかったのに、と思ってちょっとさびしかったし、ぜんぜん気づけなかった自分にもむかついたけど、まあそれも含めていとだよなあって」

枝毛なんて一本もないみたいにつるつるしたまいまいの髪が肩から流れ落ちるのを、焼酎のロックを舐めながら私は見つめていた。まいまいは矢を他人ではなく自分に向ける。それは、ファームのメンバーに共通して言えることかもしれなかった。

ここにいる子たちはみんなびっくりするぐらいやさしい。水槽の中で、金魚のように長い尾ひれをひらひらさせ、かわいくささめきあっている。女ばかりの世界だからさぞぎすぎすどろどろしているのだろうと世間で噂されていることは知ってい

るし、中に飛び込むまでは私自身もそう思っていたが、ドラマや漫画で描かれるようなわかりやすい女同士の争いなど、ここでは見たことがない。ゆるい派閥ができたり、あの子とあの子は仲がよくて、あの子とあの子はウマが合わない、といった話を聞いたりすることもあるけれど、その程度のことなら男女の別なく起こることだろう。

二期生として入ってきたまいまいとは、ユニットが同じこともあっていちばん長くいっしょにいる。A－DASHのように「メンバーは家族でありライバルであり親友」と結束力を売りにしているユニットもあるけれど、ヨヨギモチはメンバーの出入りが激しく、最年長の私と最年少の春山とでは九歳の年の差があるから、もう少しビジネスライクな雰囲気がある。メンバーに対し「友だち」という言葉は使わない、馴れあいたくはない、とリーダーであるまいまいがインタビューやSNSなどで公言しているからかもしれない。長年上位にランクインしながら一度も一位を獲れずにいるのは、そのせいではないかと本人は分析しているようだが、だれよりも情が深いくせにあくまで潔癖な態度を崩そうとしないまいまいを私は好ましく思っていた。

「私ね、よくないなって思うんだけど、変なくせがあって」

「えっ、やめて、襲わないでっ」

なにかを察して、私はとっさに胸の前でバツを作った。

「だれが襲うかよ！」とまいまいはこぶしを振るうまねをして、静かにその手をおろした。「やっぱいいや、やめとこ」

彼女がいったん言い出したら、なにをしたって覆らないことを私は知っていた。だけどおそらく、聞きたくないことを回避できる超能力が私にあることをまいまいは知らない。

「つらかったね、お母さんのこと」

ちいさく洟《はな》をすすって、まいまいが言った。

少しためらってから、うん、と答えた。

「きれいなひとだったんだね、いとのママ」

「そう見えるならよかった」

うん、と答えるのも変かと思って、よけいに変な答えになってしまったが、「きれいだよ、すごく」と大真面目な顔でまいまいはくりかえした。こぼれそうに大きな瞳がわずかに潤《うる》んでいる。いつもならどんなボケも見逃さず鋭いつっこみを決めるのに、この話題に関しては腕が鈍るみたいだった。まいまいにとって家族というのは、「すごくきれい」なものなんだろう。失ったら、心が破けてしまうほどたいせつなものなんだろう。

まいまいもそうだけど、アイドルになる子は家族に愛されて育った子が多い。寮住まいのメンバーは地方出身の子ばかりで、都内なのに寮に入っているのは私ぐら

いだ。寮には毎日のようにどこかしらから仕送りの段ボールが届き、愛媛県出身の子は「みかん先輩」と呼ばれているし、北海道出身の子は「ポテト先輩」と呼ばれている（そのあげく「なんだ、またイモか」「毛ガニ先輩の降臨が待たれる」「ウニ先輩でも可」などとひどい言われようをしている）。

子役のころから活動している子も多く、家族のサポートがないとやってられないということもあるのだろうが、きちんと慈しまれて育った子どもにしかないいいしるしが、アイドルには必要なのかもしれない。みにくいアヒルの子のような気持ちで遠巻きに私はそれを見つめていた。

ねえ、まいまい、私ね、ママが死んだって聞いたとき、ほっとしたの。これでもうママに会わなくて済むと思ってほっとしたんだよ。

言えるはずもない言葉を焼酎で飲み込み、かわりに私はスマホを取り出して、ねえ、これ見てよ、とまいまいに画面を向けた。「げっ、なにこのクソコラ」とまいまいの顔が世にもおぞましいものでも見たかのように歪《ゆが》む。赤井霧子かどうかもわからない豊満な女の裸に私の顔を合成したアイコラが、いくつもネットに出まわっていた。

「やばいよね。最初見たとき笑っちゃったもん。くだらなすぎて。なにが楽しくてこんなの作るんだろ。ほら見てよ、またこんなのあった」

「やめなよ、いと」

スマホの画面に蓋をするように、まいまいが手を伸ばした。

「わっ、静電気」と、私は大げさに後ずさった。「ばちっときた、いまばちっと」

まいまいは困ったように笑って、なにも言わずにガウンを脱いだ。

次の週、新しい記事が出た。
赤井霧子の火葬を途中で抜け出した娘について参列者が証言し、母娘の不仲を煽るような内容だった。どこにカメラが潜んでいたのか、火葬場を出てタクシーに乗る私の姿もばっちり撮られていた。アイドルデビューした娘は、赤井霧子が望んでもいっさい会おうとしなかったという「母娘をよく知る関係者」の証言もあった。
「スキャンダルが続き、お騒がせ女優として名前を見ない日はないという時期もあったが、一方で業界内では扱いづらい存在とみなされ、赤井は次第に仕事を干されるようになっていた。『不遇な晩年を送っているうちに、アイドルとして活動をはじめた娘に複雑な思いを抱くようになっていたのではないか』と関係者は語る。『彼女は人一倍、若さと美貌に執着の強い人でしたからね。可能性を秘めた若い娘に嫉妬《しっと》を抱《いだ》いていたとしてもおかしくありません』
それでもやはり、自分の腹を痛めて産んだ子だ。晩年、赤井は『娘に会いたいのに会ってもらえない』と周囲に漏らしていたようだ。赤井自身、芸能界で活動するようになってからは実家の両親と疎遠になっており、『罰が当たった』と嘆いてい

たという。まさに、あの親にしてこの子あり。血は争えないとはよく言ったものだ」まるで見てきたことのように書かれているので、これこそ真実なんじゃないかと思えてくるほどだった。

会いたいならいつだって会いに来れたはずだ。だって私はアイドルなんだから。お金さえ払えばだれでも私に接触できる。

だけどママは、一度だって会いに来ようとはしなかったし、目黒の部屋にはヨヨギモチのCDの一枚だって置いてなかった。私の写真が掲載されている雑誌も出演したドラマを録画したディスクも。ママが私を追いかけようとした痕跡《こんせき》は一つも見当たらなかった。

週刊誌がこぞって母娘の愛憎劇を書き立てる一方で、ネットでは、母親の死を知らされた直後にそんなけぶりをいっさい見せずステージをこなした私を擁護《ようご》する声が、当日ライブに来ていた参拝客（ヨヨギモチオタ→餅《もち》好き→毎日お正月→参拝客ということで、いつごろからかヨヨギモチの熱心なオタクのことをそう呼ぶようになっている）を中心に広がっていた。まいまいを除くヨヨギモチのメンバーもそれぞれSNSで援護射撃し、ますますの盛りあがりを見せている。

ママが死んだ日から更新が止まっている私のアカウントも、人々の好奇心に拍車をかけるようだった。フォロワー数は三倍に増え、過去の発言があちこちで掘り起こされ、読み切れないほどの数のリプライがついた。ファンでもなんでもない煽り

アカウントから「騙された」「謝罪しろ」「売名乙」といったようなメッセージが送られてきたり、なにかと卑猥《ひわい》な言葉を飛ばされたりもしたけれど、「がんばって」「応援してます」「信じてる」「いとちゃんがどこのだれでも、ファンであることに変わりはありません」という友好的なメッセージのほうがずっと多かった。

「ここはポエムをかましてやるべきだね」

ネットリテラシーが高く、「SNSの魔術師」の呼び声も高いみーちゃが言うには、遠まわしで曖昧《あいまい》で思わせぶりな心象風景を映し出すようなポエムと空の写真（この場合、夕暮れが好ましい）をツイッターでもブログでもなくインスタグラムにアップするのがいまこのタイミングで更新するならベストであるとのことだった。

「えーっ、空はないでしょ、空は」

隣で聞いていたたまいまいが難色を示した。

「は？　じゃあなんだったらいいっつーんだよ？　まさかラテとか？　パンケーキとか？」

「そんなこと一言も言ってねーし！　っていうか、インスタにしょっちゅうラテアート載せてる私にケンカ売ってる？　もうちょっとほかになんかあるでしょ。さすがに空の写真はくさすぎない？」

「なんかってなんだよ。アイディア出してから文句言えよ。空の包容力なめんなよ！」

放っておくとこのまま言い争いがエスカレートしていきそうだったので、あのう、と私は手をあげた。

「みんなで写真撮りませんか」

その日、私たちは事務所が借りているレッスン場に集まり、大晦日《おおみそか》のカウントダウンイベントで披露するシャッフルユニットの打ち合わせをしていた。ファームでライブ中のｔｕｎｅＵＰを除いたメンバー総ぞろいの集合写真を撮って、私はインスタグラムにアップした。いろいろ考えた末に、「リハ終了！　おなかすいたー！」というコメントを添えた。みーちゃはなにか言いたげだったが、「いいと思う。いとらしくて」とまいまいは満足そうだった。

「あー、ほんとおなかすいたなー」

「寮帰ったらみんなで具材持ち寄って闇鍋しようよ」

「げーっ、ほんとみーちゃそういうの好きだね」

「うるさい、あんたらが食に保守的すぎるんだ」

わいわいと話しながら帰りじたくを済ませ、レッスン場のビルを出たところで、のっそりと大きな影が動いた。瞬時にみんな、身を寄せ合う。

「よう、赤い糸」

夕闇の中から姿を現したのは、『マトリックス』のキアヌ・リーブスみたいな革のロングコートを着た小向井祐介だった。この胡散《うさん》くささマックスのおじさんがだ

れなのか、すぐに察知した子もいたみたいだったが、小向井祐介はほかの子など目に入っていないみたいにまっすぐ私だけを見ていた。

「ちょっとつきあえよ」

顎をしゃくってそれだけ言うと、さっさとこちらに背中を向けて再び闇に吸い込まれていく。追いかけようとして足を踏み出すと、右腕に抵抗があった。すぐ隣にいたまいまいが私のジャンパーの袖を握っていた。

大丈夫。

目だけでうなずいて、私はその手を振りほどいた。

3

「父親のことを知らなきゃ、自分がだれだかわからない」

子どものころに見た映画の台詞だ。もうタイトルも忘れてしまったけれど、ティーン向けのアメリカ映画だったと記憶している。

ママのいない日曜日は、街で映画を観て、老舗《しにせ》の（「シブめの」という言いかたをフィーはした）洋食屋でごはんを食べて帰ってくるのが私とフィーの定番だった。

なんの映画を観るかはいつもフィーが決めていた。かわりにポップコーンのフレーバーを選ぶ権利は私のものだった。

その台詞の意味が、私にはよくわからなかった。フィーの選ぶ映画はときどき私には難しく、頭から終わりまでちんぷんかんぷんだったりすることもあったのだけれど、そういうことでもなくて、父親を知らないこととアイデンティティの問題をイコールで結んでしまう乱暴さに戸惑っていたのだと思う。もしかしたらアメリカ的な考えかただったりするんだろうか？　いま考えてみてもよくわからない。

父親を知らなくても私にはママとフィーがいた。なさぬ仲といってしまえばそれまでだけどフィーと私の関係はなにかもっと別の、いまだ名前をつけられたことのないようなものだったし、なにより私はママの娘だった。それだけでもうおなかいっぱいだった。

「こないだも思ったけど、あんまり似てねえな」

いつのまに、どこから取り出したのか、小向井祐介は手の中にすっぽり収まるサイズのカメラをこちらに向けていた。撮影中を示す赤いランプが揺れている。撮らないで、と言うのもなんだかかっこわるい気がしたので、せめてもの意思表示のつもりでレンズを睨みつけたら、「ウケる」と言って小向井祐介は乾いた笑い声をあげた。

この人が、私の父親なんだろうか。

へらへらとだらけた表情の中で目だけが尖《とが》っている。くせのあるごわごわしてそうな髪の毛。歩くスピードが速い――というより、一歩が大きい。背が高く、手脚も長い。

無意識のうちに共通点を見つけ出そうとしてしまう。無数のガラス玉の中から同じ色だけ拾い集めるみたいに、ママにはなくて私にあるものを一つ一つ数えあげてしまう。この人が父親だからといって、なにがどうなるわけでもないのに。

「おじさん、焦《じ》らされるのあんま好きじゃなくってさ、そろそろいい返事を聞かせてもらえないかと思って会いに来ちゃったよ」

大通りから一本入った人通りの少ない道を私たちは歩いていた。小向井祐介は私にカメラを向けたまま、後ろ歩きでも速度を落とさない。六十半ばとは思えないほど動きが機敏で、現役というかんじがすごくする。

追悼ドキュメンタリーの企画を知らされてから、すでに二週間が経つ。性急にことが進むのを危惧してか、あるいは母親を亡くしたばかりの私へのいちおうの配慮か、とくに社長からも阿部さんからも返事を急かされなかったので、ライブやリハや撮影や、日々の仕事に集中して、なるべく考えないようにしていた。ママが死んだことすらまだうまく処理できていないのに、これ以上なにか考えるのは無理だった。

「なんでいまさらママの映画なんて、撮ろうと思ったんですか」

埃っぽく乾いた風が正面から吹いてきて、リハで温まっていた体が急速に冷えていく。レンズから目をそらさぬまま、私は首をすくめてストールに顔半分をうずめた。空腹が寒さに拍車をかける。

「なんでってしょうがないだろ、撮りたいと思っちゃったんだから」

「だから、なんで撮りたいと思ったか、それを訊いてるんです」

「じゃあ、おまえはなんで生きてんの？」

え、と口から漏れた声は、空気を震わせただけでほとんど音にならなかった。ナイフの刃《やいば》をいきなり剝き出しにして喉元に突きつけられたみたいだった。

「おまえが訊いてるのはそういうことだよ。なんでもくそもない、撮りたいから撮るんだよ。君はあれか、なにをするにも理由がいるタイプなわけ？」

「そういうんじゃないけど、どうしてなのか知っておきたくて。それでなくても売名だとかなんだってネットで叩かれてて……わけわかんない、むしろ私はママのことをだれにも知られたくなかったのに、いまさら売名とか言われるなんて。その上こんな映画に出たらまたどんなこと言われるか――」

「思ってたよりつまんないこと言うんだな。俺の見込み違いだったか」

はじめて会ったときと同じ、小馬鹿にした笑いかたをして、小向井祐介は興味を失ったようにカメラを下ろした。赤井でも斉藤でもおまえがだれでもどうでもいい、とあのとき小向井祐介は言った。私が娘だろうとそうでなかろうと彼にとってはど

うだっていいことなのかもしれなかった。そう思ったら、かっと顔が熱くなった。

「企画書がっ……」

喉が詰まって、声がうまく出せない。社長と向き合っているときとはちがう。もっと容赦がなく甘えが許されない。うかつなことを言ったら刺される。それぐらいの緊張感があった。なんだかんだ言って社長は私たちがかわいいんだと思う。一度は拾ったものだから、なるべく捨てたくないんだと思う。そこが、決定的にこの人とはちがった。

「あんな、くそみたいな企画書、送られてきて、疑問に思わずに、いられない」

くそ、のところだけやたらと力が入ってしまった。

「悲運の生涯って、なに。決めつけてんじゃねえよ。あんたがママのなにを知ってるっていうんだよ」

──ちがう、そんなことで怒ってるんじゃない。

私はもう一度カメラを向けてほしいだけだった。つまらない子だなんて思われたくなかった。この男に私を認めさせたかった。そのためにママを侮辱するなと義憤に駆られているふりをした。監督への不信感をあらわにする女優の娘。この映画にはおあつらえむきだった。

自分の中にこんな獰猛《どうもう》な欲求があったことに私自身が驚いていた。いまこの瞬間まで映画に出たいなんて一ミリも考えていなかったのに。

どうでもよかったはずだった。立ち位置も歌割りもファン投票の順位も握手会の行列の長さもフォロワーの数もオーディションの合否すら私にはどうでもいいことだった。

だけど、だめだ。これだけは譲れない。この役は私のものだった。だれにも渡したくない。

「やっぱいいね」

小向井祐介ははじけるような声をあげて笑った。それこそ銃弾を避《よ》けるキアヌ・リーブスのように大きな体をのけぞらせて。ロングコートの裾が動きに合わせて揺れる。背後から歩いてきた若いサラリーマンがぎょっとしたように彼を見、それが小向井祐介だと気づいてさらに驚いたようだった。数メートル先に行ったところでスーツのポケットからスマホを取り出し、ちらちらとこちらをふりかえっている。有名人はたいへんだな、と他人事のように思ってから、すぐに私も顔を伏せた。そうだった。いまや私も時の人なのだった。

「いや、あれはさ、手癖《てぐせ》みたいなもんでさ」

サラリーマンがこちらにスマホのカメラを向けているのに気づいたのか、小向井祐介はごく自然な動きでもと来た道を引き返し、すぐ脇道に入った。いままでにこういうことを何百回と経験しているんだろう。ぎくしゃくと私もその後に続き、数歩先でくるりと反転した小向井祐介の手の中に再び赤いランプが灯《とも》っているのを見

つけた。媚薬《びやく》を塗り込んだ爪の先で、つ、と引っかかれたみたいな甘い疼《うず》きが胸に走る。

「最近よくあるじゃん？　宣伝文句につられて映画を観に行ったら思ってたのとぜんぜんちがうってこと。ほんとはよくないよ？　よくないんだけど、みんな必死なのよ。どうやって映画館に人を呼ぼうか、あの手この手を使ってやってるわけ。そういうなんちゅーの？　業界ルールの中で生まれた伝統芸っていうか、フォーマットがあんのよ、わかるっしょ？　葬式に黒い服着てくとか、ご愁傷さまですって遺族に挨拶するとか、そういうのと同じなの。それだけ守っておけばみんな納得してくれるっていうかさ、いわば大人の社交よ。とにかく俺も急いでて、鉄は熱いうちに打てじゃないけど、これは時間との勝負だって、そんで書き飛ばしたやつだもんで……」

今度は私が笑う番だった。

「監督こそつまんないこと言いますね」

「うそ。おじさんダセェこと言っちゃった？」

「ださいっていうかきもい。甘えてる。黒い服なんて着てなかったくせに、自分だけ許してもらおうとか」

「いや、でも、ごねるのも仕事みたいなとこ、あるからさ、俺の場合」

「きも」

赤いランプが執拗《しつよう》に追いかけてくる。監督はカメラの液晶画面に目を落としたままで、直接私を見ようとはしなかった。監督がなにを求めているのか、私にはもうわかっていた。だてに長年アイドルをやってるわけじゃない。

「実際、俺は赤井霧子のことなんてなんも知らないよ。知ってたら撮りたいなんて思わんし、これがどんな映画になるのかなんて撮ってみなきゃわかんない」

向こうから走ってきた車のヘッドライトが後光のように小向井祐介を照らした。黒いシルエットが淡い闇の中に浮かびあがる。

「はじめて惚《ほ》れ込んで撮った女優だ。思い入れがないって言ったら嘘《うそ》になるが、もし俺にロマンティックななにかを期待してるんならやめといたほうがいい。でもおまえ、そんなタマじゃねえよな？」

こんなふうにどれだけの女優を口説《くど》いてきたんだろう。追い討ちをかけるように胸の底を甘く引っかかれて悪い気はしなかったが、やっぱりこの男がこわいと思った。この男もママをだしにして映画が撮りたいだけなのだ。

「火葬場で見かけたときはまだ半信半疑だったけど、ライブ観ていけんじゃねえかって思ったんだ」

「えっ、いつ？」

驚いて目を剝く私に、それ、そんな重要なこと？　と言って小向井祐介は首をこきりと鳴らした。こんな目立つ人が客席にいたらすぐ気づきそうだけど、二階の関

係者席からこっそり観てたんだろうか。大人のやりそうなことだなと思った。

「なんべんも言うけど、ぜんぜん似てないなって思ってたんだよ、最初は。でもさ……君、スピとかいける人？」

「スピ具合にもよる」

「魂《たましい》がおんなじ色してるなって思ったの、ライブ観て」

「たましい」

ほんとにスピなことを言い出すので笑ってしまった。真顔でこんなことを言っている自分を恥じるみたいに小向井祐介もちょっと笑った。

「わかんない、オーラでもなんでもいいけど、色がついてるとしたらおんなじ色だなって」

なんとなくだけど、彼の言いたいことはわかるような気がした。ママと私のたましいが同じ色をしているというのなら、それはたぶん赤じゃない。どちらかといったら白に近いんじゃないかって。

「なあ、赤い糸。撮らせてよ、俺に」

左手でカメラを構えたまま、小向井祐介は右手をこちらに差し出した。手を払われることなどありえないと思ってる、すごく傲慢《ごうまん》な顔をしていた。請うているのはこの男のほうなのに、私のほうから懇願しているような気さえしてくる。

「私が見張っとかないと、クソださい映画になりそうだから」

ジャンパーのポケットに突っ込んでいた手で、私は差し出された大きな手を叩いた。乾いた音が陽の沈んだ晩秋の路上に響く。

「そうそう、放っておくとこのおじさんすぐクソエモ映画撮っちゃうからね」

最近の作品がネットでどんなふうに言われているかちゃんと把握しているらしい。小向井祐介が背中を丸めてちまちまとエゴサしている姿を想像したらなんだかおかしかった。

「その、おじさんって自分で言うのもやめたほうがいいと思う。媚《こ》びてるみたいに聞こえる」

「媚びてる？　俺がぁ？　おまえにぃ？」

「むりめの若者言葉もやめれば」

最後まで小向井祐介はカメラから顔をあげなかった。だんだん私もだれに向かってしゃべってるのかわからなくなってきた。この人が父親かどうかなんて、もうどうでもよくなっていた。


大通りまで出ると、小向井祐介はタクシーをつかまえて、じゃ、おつかれさーん、また連絡するわ、とぴらぴら手を振りながら去っていった。軽っ、と若干の不安をおぼえながら見送っているうちに、ママもこうしてあの人を見送ったことがあるんだろうかとふと思ったけど、ワイドショーで見たあの全身女優みたいな女が路上に

置き去りにされる姿なんて、うまく想像できなかった。

小向井祐介としゃべっているうちに、いつのまにか渋谷《しぶや》のほうまで来ていたようだ。駅に向かって歩き出しながら阿部さんに報告のメールを打つ。

坂を下っていくうちに人の流れが濁りはじめ、渋谷の雑踏に紛れたとたん、私はだれでもなくなった。だれも私を見つけない。ぶしつけにカメラのレンズを向けられることもない。せいせいするような解放感とすうすうするような心もとなさがいっぺんに襲ってきて、意味もなくまわりを見まわす。スクランブル交差点ですれちがった何人かの目が私にではなく頭上に向いていることに気づいてふりかえると、ビルの大型スクリーンに有名な女性アイドルグループの最新MVが映し出されていた。私を見て。かわいいと言って。みんな笑顔で歌っているのに、なぜかちいさく震えているように見えた。信号が点滅し、流れに逆らわず急ぎ足で横断歩道を渡り切る。

寮に帰ったら質問攻めにされることは目に見えていたので、反対方向の電車に乗り、目黒で降りた。改札を抜けたところでフィーに電話をかけると、聞きたくない声が出た。

「あ、いとちゃん?　ずいぶんひさしぶりだね」

「どうも」

なにが「あ、いとちゃん?」だよしらじらしいと思いながら、負けじと私も応じ

た。

「フィーに代わってくれませんか」

「フィー？　フィーなんて人、うちにはいないけど」

向こうにも聞こえるぐらいはっきりと私は舌打ちした。またこれか。

「あのさ、めんどくさくていちいち相手してらんないんだけど。っていうかフィーの携帯に勝手に出るのやめてって前にも言ったよね？」

「そんなこと、いとちゃんに言われる筋合いないでしょ。こっちだってなんべんも言ってるけど、血がつながってるわけじゃあるまいし、なんの関係もない赤の他人なんだから、俺と篤郎《あつろう》の問題にいちいち口出さないでちょうだい」

口論になると、太一さんはちょっと「おねえ口調」になる。そのほうが遠慮なくものを言いやすいんだろう。アイドルの女の子たちが荒々しい男言葉を使うのと似たようなことなのかもしれなかった。

「はっきり言って迷惑なんだよね、あんたらのごたごたに巻き込まれるの。ここ何週間か、取材だとかなんだとかってマスコミの連中が押しかけてきて困ってんだから。いいかげんうちらに関わるのやめてくれない」

「は？　そんなのぜんぶフィーが決めたことでしょ。子どもじゃあるまいし、いい年した大人がなに言ってんの。マスコミがそっちに押しかけてんだとしたら、それはぜんぶフィーの選択が招いたことじゃん。私たちが巻き込んだわけじゃない。

フィーだって当事者なんです。部外者なのはそっちでしょ」

やっぱりフィーのところにもマスコミが行ってるのか。後ろめたさに呑《の》み込まれまいと私はまくしたてた。小向井祐介と相対していたときの残響が体の中にまだあって、いつもに輪をかけて攻撃的になっていた。

三人で暮らしていたころ、ママがW不倫騒ぎを起こしたことがある。相手は俳優だったか司会者だったか、とにかく当時かなりのビッグネームだったらしく、連日マスコミが押しかけてきて日常生活もままならないほどだったけど、ママは一度だって私たちに謝らなかったし、言い訳さえしなかった。「しょうがないよね、私の稼いだ金で食ってるんだもん。これぐらいのことはがまんしなくちゃ」そう言って、けろりとした顔で毛布にくるまり、緑色のテントの中で備蓄のカップラーメンをすすっていた。せっかくだから気分を高めようとママが言い出して、部屋の中に防災用のテントを張り、しばらくその中で過ごしていたのだ。その軟禁生活をいちばん楽しんでいたのはまちがいなくママだった。いちばんに飽きてしまったのもママだったけれど。

私たちの生活は――あれを「生活」と呼んでいいのかわからないけど――なにからなにまででたらめだった。いやならいつでも捨てられたはずだ。少なくともフィーにはその自由があった。だけどフィーは捨てなかった。いまもって捨てずにいる。それが私にとっての免罪符であり、太一さんに突きつけてやれる最強のカードだっ

た。

「きもちわるい。篤郎のこと、フィーなんて呼ばないでよ。ぞっとする」

捨て台詞とともに通話が切れた。すぐにかけ直したが、着信拒否されたのか、呼び出しもしない。「なんだよ、あのヒステリー男」と吐き捨てたら、心のやわらかい部分がぴりぴりと硬化していくのがわかった。ははは、と力なく私は笑った。

どうしよう、これから。

なかば茫然《ぼうぜん》として駅の構内を出たところで、通りを歩いていた同年代の集団にぶつかった。飲み会の帰りか、やけにテンションが高い。とっさに顔を伏せたが、だれも私になんか注意を払っていなかった。どうするー？ カラオケ行くー？ あたしコーヒー飲みたーい！ 楽しそうな笑い声を聞いているうちに空腹だったことを思い出した。

時計を見ると、すでに九時をまわっている。リハの休憩中に春山にもらった――というよりまいまいがリーダー命令で没収したクッキーを一枚かじっただけだった。てきとうな店に入ってなんでもいいからおなかに入れよう。そう思うのに、なかなか体が動こうとせず、スマホの画面を見下ろしたままぼんやり路上に立ち尽くしていた。

子どもっぽい独占欲だ。太一さんのも、私のも。わかっている。だけど、わかっているからといってどうにかなるものでもなかった。

太一さんは私たちがフィーをフィーと呼ぶことを嫌っていた。ママの好きだった歌手のフィービ・スノウから取ってフィー。まるで美しい毛並みの猫につけるみたいな名前だねと私もママもフィーだってその呼び名を気に入っていた。フィーのほんとうの名前なんて長いこと知らずにいたから、いまさら篤郎と呼べと言われても知らないだれかの名前のようで馴染まなかった。私たちがフィーをフィーと呼ぶのは、フィーは私たちのものだとスタンプを捺《お》してるようなものだと太一さんは言った。それを言うなら、太一さんがことさらに篤郎と呼ぶのだってスタンプじゃないかって私には思えた。

太一さんとフィーがいっしょに暮らしはじめたのは、まだママも私も世田谷の家にいたころだから、八年以上前のことになる。それこそぞっとする。あとちょっとで追い越されてしまう。私たちと暮らしていた年月を。

フィーは一人でいられない人だった。金銭的にも精神的にもだれかを頼らないと生きていけない彼のために、神様はギフトを与えた。嵐のように人を惹《ひ》きつけて離さない強い力ではないが、いったん目にしたら放っておけないようなあえかな魅力が彼にはあった。彼にそのつもりはなくとも向こうから勝手に引っかかってくるのだから、たちの悪いジゴロのようなものだった。相手がいなくなるとすぐにどこからか新しい相手がやってきたけれど、どの人ともそんなに長くは続かなかった。私が部屋に入り浸ってあからさまな〝後妻いびり〟をしたせいもあるだろうが、元妻

が赤井霧子だということを意識しすぎて自滅していく女も多かった。いっぺんに何人も押し寄せて、修羅場《しゅらば》になったりすることもあったようだ。みんな自分と同じだけの情熱をフィーに求めたが、捨てられた仔犬《こいぬ》の皮をかぶった高貴な猫にそんなものを求めるほうが酷というものだった。

一人だけ変わった女がいた。植物のようにひっそりとした暮らしぶりで、ママなんかよりよほどフィーに似合いの女だった。欲望や情動など遠く波のかなたに置いてきたような淡いほほえみを浮かべ、私が部屋に行くと、不思議な味のするお茶とぜんぜん甘くないお菓子を出してくれた。

あの女にくらべれば、太一さんのほうがいくらかましかもしれなかった。シンプルでわかりやすい太一さんが相手ならこちらも心おきなく張りあえるが、あの女はなんとなく不気味でうかつに手が出せなかった。なにを考えているのかよくわからず——というよりその内側には虚無が広がっているのでは、と思わせるような底知れなさがあって、次第に部屋から足が遠のいた。後にも先にも、あんな形でフィーを囲った人はいなかった。

それでも半年もしないうちに女は部屋を出ていった。都内に数軒、トレーニングジムを経営している太一さんが腕力にものを言わせて追い出したんじゃないかと私はにらんでいるが、ほんとうのところはどうだかわからない。部屋には女の痕跡がそこかしこに残されていて見つけるそばからゴミ箱にぶち込んでやったけど、忘れ

たころに未精製の砂糖やベルギーリネンのシーツや天然ハーブを練りこんだ石鹸《せっけん》なんかがひょっこり出てきたりして、そのたび亡霊を目にしたかのようにひゅっと背筋が寒くなった。情念とは無縁のような顔をした女が残していったスタンプ。いまもフィーはあのへんな味のお茶を愛飲している。

どんな相手といっしょにいたとしても、フィーの飼い主はママなんだとどこかで私は思っていた。だれもほんとうにはフィーを手に入れられないと安心していられた。だけど、もうママはいない。

手の中に再び光が灯る。指先が冷え切っていて、あやうく取り落としそうになりながら急いで電話に出た。

「ごめん、いと、電話に出られなくて。いまどこにいる？」

聞きたかった声がやっと聞こえた。えき、と甘ったれた声で私は言った。

「おなか空いてない？　外は寒いでしょ。あったかくして部屋で待ってるから、早くおいで」

なにか答えたら泣いてしまいそうで、返事のかわりにピッと通話を切り、青信号に向かって駆け出した。

これ、渡しておくよ、とフィーは言って、変なキーホルダーのついた鍵《かぎ》をよこした。なにかの景品でもらったものだろう。どこかで目にしたことのあるような塩化

ビニル樹脂のマスコットキャラクターがぶら下がっている。

「これからは、いつでも好きなときに来ていいから」

ださっ、と照れ隠しにつぶやいて、私はそれを受け取った。センスはいいのに、こういうところに頓着しないのがフィーらしかった。ぎゅっと握って、手のひらに食い込む感触を味わう。

ママが死んだ直後にくらべると、部屋の中はずいぶん片づいていた。ダイニングテーブルの上に、やたらとギラギラした赤い骨壺《こつつぼ》が置かれている。赤けりゃなんでもいいとばかりに、由里子おばさんがてきとうに選んだのだろう。事務手続きも葬儀の手配もなにもかもまかせきりにした上に、火葬の途中で抜け出してきてしまったのだから文句を言える筋合いではないが、こんな趣味の悪い部屋に押し込められたママがなんだか気の毒だった。

作法もよくわからないので、それっぽく手を合わせていると、

「このあいだ由里子さんと電話で話したけど、斉藤家の墓はもういっぱいなんだって？」

卵雑炊の入った小さな土鍋をテーブルに運んできたフィーが、そういえば、といったふうに訊ねた。

「うん、そうみたい。何年か前にママのママが入って、それでいっぱいになったって」

「どうしようか、霧子さんのお墓」

「由里子おばさんはなんて?」

「とくになにも言ってなかったけど」

「え、どうしよう」

私たちはしばらく黙って見つめあい、それから困ったように赤い骨壺に目をやった。なにをどうしたらいいのか、私には見当もつかなかった。ぜんぶ由里子おばさんがやってくれるんだとばかり思っていたから。

「そもそもお墓って、絶対にいるものなの?」

ばかみたいな質問だと、口にした瞬間からおかしくなって笑ってしまった。つられてフィーも少し笑った。

「さあ、どうなんだろう。考えたこともなかった」

期待はしてなかったけど、フィーの返事は頼りないものだった。フィーには親族がいない——もしかしたらいるのかもしれないけど、聞いたことがないから私にとってはいないのと同じだった。

熱いうちに、と促され、私は木の匙《さじ》で雑炊をすくって口に入れた。普段インスタントかコンビニばかりだから、たまにこうしてフィーの作ったものを食べると薄味で驚く。

「すごくこわいこと、言っていい?」

「やだ」

即答したのに、かまわずフィーは続けた。

「たまにニュースになったりするでしょ、親の遺体を放置したとかいって逮捕される、けっこういい年した……」

「聞きたくないって言ってるのに」

「あの人たちはどうしようもなく怠惰《たいだ》なんだと思ってたんだけど、もしかしたら——」

「でも届けたじゃん。フィーはすぐに警察に電話した。ちゃんと火葬もした。ぜんぜんちがうよ」

「わからないよ。僕だって、いとや由里子さんがいなかったら、いまごろ霧子さんを押し入れに閉じ込めていたかもしれない」

湯気のむこうにフィーがかすんで見える。なにを思ってフィーがそんなことを言うのかわからなくて、私は黙々と雑炊を口に運んだ。

社会を知らないまま年だけ重ねてしまった王子様。この部屋に閉じ込められているのはフィー自身かもしれない。十代から働いているとはいっても、私だって芸能界という特殊な世界のことしか知らないんだから大差はないはずなのに、はじめてフィーを憐れだと思った。

ママとフィーが出会ったのは、私が生まれた直後のことだったそうだ。どこにも

行くあてのない家出少年だったフィーを渋谷の街角で拾ったのだと、いつかママは話していた。

「ちょうどいいって思ったの。赤ん坊抱えてちゃ私も働けないし、ちょうどいいからベビーシッターとして連れて帰ろうって」

父親のわからない子を産んで間もないうちに、若い男を部屋に連れ込んでるとあっては、さすがに絢さんも黙っていなかった。ベビーシッターならこちらで用意するからその男とは別れろと猛反対に遭い、「わかった。だったら結婚する。それなら問題ないでしょ」と出会ってひと月もしないうちに結婚を発表。もうむちゃくちゃだ。

二人の関係がどんなものであったのか、実際のところはわからないし訊いたところではぐらかされるだけだろうが（どこかの時点で「はっきりさせないでおくほうがセクシー」だと方針を決めたらしい）、次から次へと外の男たちと浮名を流すママにフィーが心を乱している様子はなかったし、あとからやってきた太一さんやフィーの女たちのような生臭さをママに感じたこともなかった。夫婦というよりは仲のいいきょうだいのようであり、横暴な主人と従順な使用人のようでもあった。ママはべたべたとやたら私には触れてくるのに、薄氷に隔たれているみたいに二人が触れ合うことはなかった。私たちは大きなベッドに三人並んで眠った。

「ごちそうさまでした」

急いで食べたから舌を火傷《やけど》してしまった。すぐにフィーは土鍋を下げ、ポットの湯で淹れたお茶を運んできた。あずき色のへんな味のするお茶。

「海に撒《ま》いたりしたらだめなのかな。そのほうが霧子さんには合ってる気がする」

さっきの話の続きだとすぐにはわからず、私は一拍遅れて身を乗り出した。

「いいね、それ。映画とかでよく見るやつだよね。もうめんどくさいからそうしちゃおうよ」

「めんどくさいからって……うん、でもそうだね。霧子さんが好きだったパリのセーヌ川か、どこかあったかい南の島か……」

「いいね。二人で撒きに行こう。なんなら世界中にばら撒いちゃおう。どっかのお墓に入るよりそのほうがママっぽい」

「世界一周の豪華客船に乗って、少しずつあちこちにばら撒くっていうのは？」

「最高！」

そんなお金どこにあるの。太一さんが許すわけない。そんなに長く休めないよ――現実的な問題に蓋をして、叶うはずもない夢物語をするのが私たちは得意だった。もしここにママがいたら、私たちが思いつきもしないようなぶっ飛んだアイディアを出してきただろう。聞けないのが残念だった。

「それって、いつまでにしなきゃだめとか決まってるの？　あ、四十九日だっけ？」

「さあ、僕もよく知らない」

「おとなのくせに」

にやにやしながらからかうと、「調べれば済むことだからかまいません」と老眼鏡をかけながらフィーは言って、スマホに手を伸ばした。

「うーん、いつまでにってことはないみたいだね。それまで、もう少しましな骨壺を見つけてきて移し替えてあげようか」

「フィーにまかせる。私はよくわかんないし。あ、そういえば、来月、偲《しの》ぶ会をやるって絢さんが言ってたけど」

スマホから顔をあげて、フィーがこちらを見た。

「らしいね」

「知ってたの？」

「新聞で見た」

やっぱり眼鏡をかけているフィーなんて見慣れない。どういう気持ちでいるのか、眼鏡をかけた表情からはぜんぜん読み取れなかった。

「ごめん」

とっさに私は謝った。太一さんにあんな啖呵《たんか》を切ったのにこれじゃ台なしだった。

「なにがごめんなの」

「いろいろと、マスコミが来たって太一さんに聞いたし、それに……」

「いとが謝ることじゃないよ」

「そうだけど……」

人が死ぬってめんどくさいことなんだな、とつくづく私は思った。これまで手の中にあったものが、針で突《つ》いたようにあふれだし、あ、あ、あ、と声をあげてるあいだにどこかへ流れていってしまったみたいだった。押し入れに閉じ込めておきたくなる気持ちがわかる気がする。ママの死は、私たちの手にあまった。

小向井祐介がママのドキュメンタリーを撮ることを話したら、フィーはどんな顔をするだろう。悲しむような気もするし、へえ、そうなんだ、とさらりと受け流されそうな気もする。フィーが赤井霧子にどれだけの執着があるのか、読めなかった。どちらにしろほかの形で知られるぐらいなら、私の口から話しておいたほうがいいに決まっていた。

「やっぱり買おうか、お墓」

なのに私はぜんぜん別のことを口走っていた。私たちの手の外にあることではなく、中にあることの話をしたかった。そうすれば、フィーに疎外感を与える心配もない。

「いくらぐらいするものなのかわかんないけど、ママの宝石とか毛皮を売れば安いお墓ぐらい買えるでしょ。半分はどこかに撒きに行くとしても、近くになんにもないのもさびしいし、いずれはそこに私もフィーも入ればいいんだし」

叶うはずもない夢物語。だけどフィーは、今度は乗ってこなかった。なにか一言

でも返してくれればいいのに、きれいに聞こえないふりをした。

「もう遅いから今日は泊まっていきなよ。ベッド用意しておいたから」

不自然なほど透んだ声でそれだけ言い残し、静かに部屋を出ていった。

テーブルの上に広げた両手のひらを私はじっと見下ろした。合鍵を握りしめた痕《あと》はすでに消えていた。この流れはもう止められない。いったん手からあふれだしたものは取り返せないのだ。

憐れむぐらいなら、憐れまれたほうがましだった。


その日から私は、時間を見つけては目黒のマンションに通い詰めた。

物置と化している北側の部屋のクローゼットに、ママが出演した映画やテレビ番組のビデオテープが大量に残されていた。ヌーベルポルノ何周年か記念で、最近になってディスク化されたものもある。古い雑誌のスクラップも何冊か見つけた。ママが自分でやるとは思えないから、おそらくフィーがこつこつと整理していたのだろう。

私はママの出演作をほとんどまともに見たことがなかった。とくに見たいと思ったこともなかったし、そもそも家にテレビもビデオもなかったんだから見られるわけがなかった。いかがわしいかんじの映画に出ていたようだということは、直接教えられたわけでもないのにいやでも耳に入ってきた。一般映画に出演するように

なってからも「脱ぎ要員」として呼ばれることが多かったみたいで、「おまえの母親、またおっぱい出してたんだろ」と学校で男子たちが猿のように騒いでいたのをおぼえている。その後ろでわあきゃあ言ってた女の子たちの声も。

一度だけ、寮に入ってから、夜中にやっていた古いノワール映画でママの姿を見た。裸同然のスリップ姿で男に泣いてすがる情婦の役。レースを透かし、ぷつりと乳首が浮いていた。最初はママだとわからず、なにか引っかかるものを感じて最後までずるずる見ていたら、エンドロールに赤井霧子の名前を見つけて驚いた。八番手ぐらいのそんなに出番も多くない役だった。赤井霧子のフィルモグラフィはヌーベルポルノ時代の作品が大半を占めている。一般映画での主演作は一本もない。

リサイクルショップで買ってきた中古のビデオデッキを、ママが死ぬ前に使っていた寝室のテレビにつなぎ、ビデオに書かれている年代順に見ていった。ドキュメンタリーの撮影に入る前に小向井祐介がどんなふうにママを撮ったのか見ておきたいと思ったのだ。

見はじめてすぐに、当初の目的なんてどこかへ飛んでしまった。なにか光を放つ物体が画面を横切り、それが赤井霧子だと気づく前に、誘蛾灯《ゆうがとう》に集まる虫のように目が吸い寄せられた。なにこれ、と思った。奇跡を見ているみたいだった。私にはそこだけ光って見えた。私にだけそう見えてるのか、だれの目にもそう見えてるのか、不安をおぼえるほどだった。

思っていたより、汚らしいかんじはしなかった。「ヌーベルポルノをはじめとする成人映画からは多くの優れた映画監督が輩出された」という記事をネットで読んだことがあったが、ここまでちゃんとしてるとは思わなかった。もちろん中にはただいやらしいだけの映画もあったけど、ある男女の出会いと別れを描いた詩情あふれる作品や、売春婦たちの悲哀がひりひりと胸に迫ってくるような作品、低予算ながらけれんみを利かせたバイオレンス活劇やナンセンスなコメディ映画など、ゆたかで多彩な作品群に見飽きることはなかった。小向井祐介の作品は当時から「クソエモ」の片鱗《へんりん》を見せていて、過剰にセンチメンタルではあったけれどその過剰さが魅力でもあったし、小向井祐介の撮る赤井霧子はほかのだれが撮ったものより甘く儚《はかな》かった。

人妻にしても風俗嬢にしても、赤井霧子が演じるのは奔放《ほんぽう》で天真爛漫《てんしんらんまん》で少し頭の悪い女の役が多かった。地球を征服しにやってきたニンフォマニアの宇宙人という役柄は、設定もむちゃくちゃだけど、あまりに陽気であっけらかんとしているので腹を抱えて笑ってしまった。決して完璧に整った美人というわけではない。焦点が合っていないような、ぽやっとした目と肉感的な唇が、当時は「小悪魔的」「バタ臭い」と言われていたようだけれど、いま見るととても現代的だった。胸はそこまで大きくなく、あばらが浮くほど痩《や》せていて、ネットで見つけたコラ画像の豊満で熟れきった女の裸とはまったくの別物だった。一時代を築いた女の裸にしてはずい

ぶんと貧相だったが、それぐらいでは翳《かげ》ることのない女優の光ばかりが目を焼いた。

一晩に三本も四本も立て続けに見て、そのままぶっ倒れるようにまだかすかにママのにおいが残るベッドで眠った。ママの夢を見ることもあったし、裸の女たちが笑い声をあげながらすすき野原を駆け、水辺を漂い、宇宙船に吸い込まれていく夢を見ることもあった。一度、ママの遺品を整理しにやってきたフィーと鉢合わせ、「目がいってる」とぎょっとされた。自覚はあった。ステージの上でもないのに白い部屋の扉が開きかけていたから。寝ても覚めても、熱に浮かされたようにママの残像を追いかけた。

4

ずっと不思議に思っていたことがある。

「女優って、優れた女って書くのよ」

曇ったガラスに、埃の積もったボードの上に、鏡に赤いルージュで、「女優」と大きく書いては、くりかえしママは言った。そして、必ずその隣に「娘」と書いた。

「良い女と書いて娘。だからあんたは、どうしたって私にかなわないの」

何度も何度も、くりかえし。

私には不思議でならなかった。そんなこと、だれが見たってそうに決まってるのに、どうしてママはわざわざ何度もくりかえすんだろうって。

「ほんとあんたってブスだよね、だれに似たんだか。糸目のいーとちゃん」

長く伸ばした爪で私にデコピンして、けらけら笑っていた。ママのデコピンはあたりが強く、火を押しつけられたみたいにいつまでもひりひりと痛んだ。

「なんて顔してるの。ブスが余計にブスになる。ほら、笑いなさいよ」

ほっぺたをやわらかく抓《つね》られて、ぎこちなく私は笑った。それを見て、ママはまた笑う。へんな顔、と言って笑う。だから私も笑った。つままれた片頬が引き攣《つ》れて痛んでも。

週刊誌には、白雪姫の母親のように娘の若さに嫉妬していたと書かれていたけれど、私はただ若いだけで、美しくもなんともない醜《みにく》い子どもだった。くだらなすぎて笑ってしまう。若さなんていつかはみんな失うものなのに。

長いあいだずっと私は、赤井霧子という女優と私のママが結びつかないでいた。

赤井霧子は女そのものというかんじがするが、私のママは性のにおいがあまりしない人だった。赤井霧子はどんな色の服を着ていてもつねに赤の気配をまとっているような女だったが、ママが赤を着ているところを私は見たことがない。赤井霧子は退屈を恐れていたようだが、私のママはくだらないことでも子どもみたいに転げま

わって笑う人だった。

いまも両者は分離したまま私の中にあるが、ふいに交わる瞬間があって、そのたびになにかが指の先をかすめていく。

崇拝が足りなかったのかもしれない。

膨大な赤井霧子のフィルムを前に、いま私はそんなことを思っている。画面の向こうから光の塊《かたまり》がゆっくりと歩いてくる。神々しいのに適度にだらしなくて、ちゃんと男をその気にさせる。コケティッシュなのにイノセントな夢の女。おでこを、ほっぺたを撫でさすりながら私はそれに見とれた。こんなひれ伏したくなるような女優だなんて知らなかったから。

ごめん、ママ。もっと早くに気づいていればよかった。ごめんなさい。


十二月に入ってすぐ、寮に一通の封筒が届いた。

「三〇四の斉藤さん、郵便受けがいっぱいで物が入らなくなってるから、中のもの出して」

レッスン場から戻ってきたところを赤いフレームの眼鏡をかけた女性の管理人につかまった。ダイヤルロックの開けかたを忘れて、長いあいだそのままにしておいたのだ。

「いとってほんとだらしねえよな」

「見た目はキリッとしてるのにぜんぜんなってないんだから」

外野に好き放題言われながら管理人の立ち会いのもと、やっと開けた中から出てきたのは、銀行や行政からのお知らせ、DMの類《たぐい》のほかに、B5サイズの白いクッション封筒が一通だった。差出人はなし。消印は十一月二十四日。私宛に郵便物が送られてくることなどほとんどないので、なんだろうと訝《いぶか》りながらその場で封を開けたら、一本のDVDが出てきた。極端に布の部分が少ないショーツを穿《は》き、腕をクロスし、両手で乳房を覆う「手ブラ」姿の女の子の写真がジャケットに使われている。「アイドル農場《ファーム》からAV初出荷　食べごろBODY　神谷《かみや》なお」。少し遅れて文字が頭に入ってきた。

「これって……」

その場にいた全員が息を呑んだ。「神谷なお」とあるけど、写真に写っているのははるちんだった。去年卒業した同期の元メンバー。「非売品」のシールが貼られたパッケージの裏には裸で男優と絡んでいる写真がびっしり並んでいる。頭の裏側がぞわぞわし、見たくないと思うのに、一枚一枚まちがい探しをするみたいに目を這《は》わせてしまう。いっしょにお風呂に入ったことも何度もあるし、近くで着替えるところも数えきれないほど見ているから知っている。小さい写真ばかりだったが、どれもまちがいなくはるちんだった。

そういう噂があることは、メンバーのだれかが話していたのを聞いてなんとなく

知っていた。まさかそんなことあるわけない。はるちんが目指しているのは女優だ。グラビアで水着になるのもいやがってたはるちんがAVデビューなんてするわけがない。卒業したアイドルについてまわるたちの悪い噂に決まってる。そう思って、すぐに蓋をした。そのことについて、それ以上なにか考えてしまうのがいやだった。

封筒の中にはDVDのほかになにも入っていなかった。メッセージの書かれたカードもメモも付箋《ふせん》の一枚すら。ここの住所と私の部屋番号まで知っているということは、はるちん本人から送られてきたものなのだろう。書いたそばからしゅわしゅわと消えていってしまいそうな宛書の字に見覚えがあった。

「もおおおお、これだからいとはさあ」

さっきまでだれよりはしゃいで私のだらしなさをいじり倒していたみーちゃが、唐突に大きな声をあげた。

「こんな、人のいるところでむやみに郵便物開けたりすんなって。見ろよみんなの顔、めっちゃ気まずいかんじになってんだろ」

そう言ってがすがすと力ない蹴りを私のふくらはぎに入れる。よろめくふりをして、私はDVDを封筒にしまった。吐き出した息が頼りない笑いに変わる。

「っていうかいと、リハ終わったら目黒行くって言ってなかった？」

そんなことを言ったおぼえはなかったが、行くつもりではあったので、あ、うん、とうなずいた。

「荷物置いたら、すぐ」

それだけ言ってエレベーターに乗り込もうとする私を、「へたくそか」って顔してみーちゃが見送っていた。ほかのメンバーの顔は見ることができなかった。

目黒に向かう電車の中でスマホを開き、未読のまま放置してあったはるちんからのメールを開いた。週刊誌に記事が出てから、卒業したメンバーや連絡先だけ交換してそれきりだった共演者、ゴジョの会で知り合った男の子たちなんかから送られてきた大量のメールをそのままにしてあったのだ。

おひさしぶりです。また遊びに行くねって言ったきりご無沙汰《ぶさた》しちゃってごめん。八月のスペシャルドラマ見ました。すごくよかった。主演の子よりいとのほうが目立ってた気がする↑言いすぎｗ　ヨヨギモチの新曲もいいかんじだね。どんだけチェックしてんだよって？　意識して追いかけてるわけじゃないんだけど、なにかと目に入ってきちゃうんだよね。ツンデレってやつですわ（違
ネットでニュース見て驚きました。テレビでもすごい騒ぎになってるね。大丈夫？　つらいことがあったら相談に乗ってもいいよ……って、あれ、ちょっとウエメセ？　まちがえた、相談に乗らさせていただきます……これだとへりくだりすぎ？　まあどっちでもいいや。なんか言いたいことあったら電話でもメールでもお待ちしています。現役組には言いにくいこともあるだろうし、同期のよしみってやつで、愚痴《ぐち》

でもなんでもいいから、ゴミ箱みたいに私を使ってください。ゴミ箱って言いすぎか、ほらあの、王さまの耳はロバの耳みたいな？

実際のところ女優の娘ってどんなかんじ？　ないしょにしてたってことは、もしかしていとにとってはあんまりよくないことだったんでしょうか。いとのお母さんのこと、私はあんまり知らないけど、もし私がいとと同じ立場だったら……と考えかけて、虚しくなってやめました。だって私はいとじゃないしね。

思ったのは、やっぱりいとはスタートからちがってたんだってこと。社長が贔屓《ひいき》していたのもこれで納得いきました。ってこんなこと書くとまた僻んでるって思われちゃうかな（汗　まったくないなんてことを言ったら偽善者と思われるかもしれないけど、ほんとにほんとで正真正銘「ない」んです。僻むっていうよりか、最初から持ってるものがちがうんだなあって。「配られたカードで勝負するしかない」ってあの有名な言葉――だれの言葉だったっけ？　そういう心境っていうか。あきらめともちょっとちがうんだけど、「納得」っていうのがいちばんしっくりくるかな。

もしかしたらもうそっちに情報いってるかもしれないけど、今度、私AVデビューすることになったのです！　うひゃあ！　だからっていうんじゃないけど、いとのお母さんに親近感っていうか、おこがましいかもだけど感じたりするところもあって。

女優になる夢をあきらめたわけじゃないよ？　これはそのためのステップなん

だって思ってる。配られたカードで勝負に出たわけです。そんなにいいカードを持ってるわけじゃないけど、ラッキーなことに私はまだそこそこ若く（ってことにしといてw）、人気はあんまりなかったけどアイドルをやれてたぐらいにはかわいいし（ってことに略）、色の白いは七難隠すっていうくらいで私のもち肌は「お宝」なんだそうです。どこまで行けるか自分の力を試してみたいと思うのに理由なんていらないよね。行きたいんです、先へ。

で、昨日はその情報解禁日だったんだけど、いとのお母さんのニュースに食われちゃったのか、ネット見ててもぜんぜん話題になってないんだよね。ウケる。大げさかもしれないけど、けっこう捨て身の覚悟だったんだよ。バンジージャンプするみたいな。なのにこれだもん。不発弾。気づかれないまま冷蔵庫の隅で腐って消えちゃうレタスの気持ち――ってそんなのいとにはわかんないか。あーあってかんじ（笑

いとを責めてるわけじゃありません。だれが悪いとか、そんなんじゃないってそれぐらいの理性はあるつもり。でもなんでって思っちゃう。ほんと私って持ってない。

せめていとには知っておいてもらいたくて、迷惑かもしれないけどこんなメールを送ってしまいました。ごめんなさい。返信不要です。

はるちんからのメールは、いままで見たことがないくらいの長文だった。不穏に胸がどきどきいって、電車の揺れなのか、体の内側からくるものなのか、酩酊《めいてい》したみたいに目の前がくらんでまともに文字が入ってこなかった。何回も読んだ。頭からくりかえし、ぜんぶの意味を読み取れるまで何度でもくりかえし。

書くのにどれだけの時間を費やしたのだろう。送信日時は最初の記事が出た二日後の夜中——ちょうどホテルでスマホの電源が落ちていたときだ。はるちんの肉筆はあんなにもかぼそいのに、機械を通して届けられたメッセージは、おそらく本人が意図した以上にあられもなく多くのものを伝えていた。虚勢と言い訳とそこから垣間見える本音と。

目黒のマンションに到着してすぐ、戸棚にあったブランデーをグラスに注いで飲み干した。立て続けに二杯飲み、息をつく。普段はお酒がなくても平気だけど、なにかあると自傷みたいに飲んでしまう。悪いところばかりママに似てしまった。

冷蔵庫に残っていたシャンパンを開け、グラスを持って寝室に向かう。世田谷の男と別れてからはろくな収入がなかったはずなのに、部屋には高そうな酒ばかり残されていた。慰謝料でももらっていたのか、それともフィーが用意したものなんだろうか？　太一さんは相当お金を持っていそうだけど、自分の稼いだ金をママの酒代に使われたらさぞかし気分が悪いだろうなと思ったら、うっかり同情してしまいそうになった。

私の知っているかぎり、晩年のママはほとんど仕事をしていない。年を追うごとに芝居の仕事が減っていき、最後にはお騒がせゴシップ女優としてのキャラを面白がられてバラエティ番組のにぎやかしになっていたようだが、小器用なテレビタレントに囲まれてうまく立ちまわることができず、すぐに飽きられた。前後不覚なほどママが酔っぱらうようになったのはそのころからだ。

「死なせて。ねえ、死なせてよ」

酒瓶を抱えたまま床に這いつくばるようにして泣きわめくママを、なだめすかしてベッドまで連れていくのは私の役目だった。抗うつ剤も飲んでいたから、いつもどろどろで二階まで連れていくのがたいへんだった。そのうち世田谷の男が一階の空き部屋にママのためのベッドを用意した。足が冷たいとしきりに言うので、ベッドに入って温めてあげているうちにいっしょに朝まで眠ってしまうことがよくあった。私がママを置き去りにして世田谷の家を出てからは、どうやってベッドまでたどり着いていたんだろう。だれがママを温めてくれたんだろう。死ぬときも一人、寒さに震えていたんだろうか。

死ぬ間際のママの様子を訊ねればフィーはいくらでも話してくれるだろうが、見ないふりで通してきたものにわざわざこちらから触れる気にはなれなかった。そのためならいくらでも私は怠惰になれる。

寮の部屋に置いておきたくなくて、バッグに突っ込んできた白い封筒をテレビの

前に投げ出した。どのみち寮にはプレイヤーがないから、見るならこの部屋で見るしかなかった。はるちんが私の出演したドラマを見てくれたように、ヨヨギモチの新曲を聴いてくれたように、私もこれを見るべきなんだろう。たぶんそれが正しいんだろう。そう思うのに、どこかで腑《ふ》に落ちないところもあって、ベッドの上に胡坐《あぐら》をかいて私はグラスのシャンパンを飲んだ。

なにを思ってこんなものを送りつけてきたのか、はるちんの胸中を想像すると気が滅入った。返信はいらないと書いてあったが、長いあいだ既読にすらならなかったことが大きかったのだろう。細かいことをうじうじと気に病むようなところがはるちんにはあった。そのくせ気に入らないことがあったらぶつかっていかずにはいられない向こう気の強さも併せ持っていた。「いとも大概だけど、私も集団生活向いてないいね」と笑っていたことがある。もしかしたらAVデビューをママのニュースでかき消してしまったことより、それによって私への注目が高まっていることのほうがはるちんには耐えがたいのかもしれない。

こんなの、ほとんど暴力じゃないか。

自分のことを知らしめたいというはるちんの暗い欲望は、これまで正面からストレートに私をぶん殴ってきただれの言葉よりずしりと内臓にきた。やり返してやるつもりで返信ボタンを押し、思うまま文字を打ち込んだ。

ＤＶＤ届きました。おめでとうと言うべきなのかもしれないけど、そんなふうに

はなかじゃないのでいたくありません。情けなくて、呆《あき》れるばかりです。ばかじゃないかって思いました。なに考えてるのって思いました。だれになにを言われたか知らないけど――なんとなく想像はつくけど、AVに出たからって女優になんかなれるわけがない。いいとこ低予算映画の脱ぎ要員で終わるのがオチだよ。はるちんは知らないかもしれないけど、うちのママ、すごい女優だったんです。AVなんかといっしょにしないでください。ポルノとはいっても、ちゃんとした監督が撮ったちゃんとした映画に出てたんです。それでもだめだった。つぶれちゃった。赤井霧子でも無理だったことをはるちんにできるわけない。女の子が一度でもそこに落ちてしまったら、這いあがることなんて無理なのかもしれない。はるちんのばか。どうして先に一言でも相談してくれなかったの？　……はるちん、それでもよかったの？　そうまでして、だれかに自分を見てもらいたかったの？

誤って送信してしまわないようにすぐに削除し、杯を重ねた。こういうときに限ってうまく酔えなくて、やけくそみたいに高い酒を飲んだ。

カメラをこちらに向けてほしいという獣のような衝動を私はすでに知っていた。甘く脆い女の子たちを引っかけるための罠があちこちに仕掛けられていて、一瞬でも気を抜いたらかんたんに食われてしまうことを知っていた。怪物のように肥大したそれに呑み込まれていくはるちんのイメージが、どろどろに溶けたフラペチーノみたくマーブル模様を描く。吐き気がこみあげてきてトイレに駆け込んだ。逆流し

たアルコールが喉を焼き、鐘《かね》を撞《つ》いたみたいに頭が鈍く痛んだ。

赤井霧子を偲ぶ会は、月命日の二十五日を避けて、十二月の半ばに行われることになった。

「クリスマスにぶつけると、イベントとかいろいろあって、みんな他所《よそ》に行っちゃうからね」

そう言って絢さんが手配したのは、目黒にあるホテルの宴会場だった。足を踏み入れてすぐ、金ぴかの内装に度肝を抜かれた。会場の奥まった場所には赤い薔薇《ばら》の花祭壇が設置され、中央には金と黒で額装された遺影が飾られていた。悪趣味までいかないぎりぎりのバランスでエレガントにまとまっていて、すごく赤井霧子っぽかった。

リハを途中で抜け出して阿部さんの運転する車で会場入りすると、めずらしく社長もスーツを着てやってきていた。インターネット番組のカメラも漏れなくついている。

「なんだよ、主賓《しゆひん》のわりに地味だな。ドレスとまでは言わんが、もうちょっとほかになかったのか」

火葬のときに着ていた黒いセーターとパンツ姿の私を見て、社長は大げさに片眉を吊りあげたが、どこか面白がっているふうでもあった。

「給料が安くて、服なんて買えません」

「言うようになったじゃねえか。まあ、下手にめかしこんでくるよりそっちのほうがウケるかもな」

なにを着てこようか、いちおう私も考えたのだ。ママのクローゼットには、昔ママが着ていた胸や背中が開いたドレスやいかにも女優ってかんじのゴージャスな着物なんかが並んでいたけれどとても着こなせる気はしなかったし、中高生の時分に買い与えられたワンピースもまだ残っていたが、さすがに流行遅れで子どもっぽかった。サイズが合いそうな寮住まいのメンバーの一張羅《いっちょうら》も見せてもらったが、ギャルっぽかったり甘すぎたりで私には似合わなかった。

一階から由里子おばさんと敏江一家がエスカレーターを上がってくるのが見えて、敏江に聞いてみればよかったな、と思った。敏江は火葬のときに着ていた喪服ではなく、流行りのデザインの黒いベロアのトップスにハイウエストのワイドパンツを合わせ、先の尖った黒いハイヒールを履いていた。昔の敏江だったら「なにその格好、だっさ」と私を見て遠慮なく笑っただろうけど、今日の敏江は「いとー」と遠くから手を振るだけだった。

この会は、赤井霧子の事務所と映画会社の日楽が共同で主催したもので、絢さんからいろんな人（ほとんどみんな似たようなスーツを着て、似たような姿かたちをしたおじさんだった）を紹介され、まともに受け答えできないでいる私の隣で阿部

さんは如才《じょさい》なく名刺をばらまき、社長はいつもとちがってだれに対してもニコニコかんじよく笑っていた。

招待客が集まりはじめると、テレビや雑誌で見かけたことのある顔もちらちらと見えるようになった。あの人たちが赤井霧子とどんな関係があったのかはわからないが、話題作りのために絢さんがかき集めたことは容易に想像がついた。

さぞ敏江が喜んでいるだろうなとしらけた気持ちで眺めていると、ひかえめにドレスアップした招待客にまじって小向井祐介がエスカレーターを上がってくるのが見えた。さすがに今日はスーツを着ている。とっさに身構えたが、小向井祐介は私には目もくれず、受付の前にずらずら並んでいる日楽関係者に「どーもどーも」と声をかけ、「カントクー」と遠くから呼びかけた女優とおぼしき女にへらへらと手を振り、最後には絢さんにつかまってどこかへ連れていかれた。

気づけば各社のマスコミも含め、会場の八割近くを埋める人数が集まっていた。これだけ集まれば盛会と呼んで差し支えないだろう。

あまり格式ばったかんじにはせず、気軽なパーティーにしてほしいとあらかじめ絢さんには伝えてあったのだけど、会がはじまったと同時に会場の照明が落とされ湿っぽい音楽が流れ出し、事務所の偉い人なのかそれとも日楽の偉い人か、さっき紹介されたはずなのにもうわからなくなってしまったおじさんたちが順繰りに挨拶をはじめた。マジかよと思ってまわりを見まわすと、由里子おばさんも敏江も社長

までもが神妙な顔をして花祭壇を見つめている。それを見て、さらにマジかと私は思った。

招待状を送っておいたが、フィーは姿を現さなかった。どうせ来ないだろうなとは思っていたけど、いまここにいてくれたらいっしょにこのバカバカしい演出を笑えたのに。

「なんだこれ、ひっでえな」

頭の上から声が降ってきて、ふりかえるとにやけ面をした小向井祐介がすぐ後ろに立っていた。

「だっせーの、霧子が泣くぜ」

私はなにも言わず正面を向いた。

「赤井霧子は本物の女優でした。本物の——最後の、女優でした」

どこかで聞いたようなレトリックを壇上のおじさんが声高に叫ぶと、小向井祐介が声を殺して笑っている気配がした。私はうつむいて、こみあげる笑いをやりすごした。

「あのころ、私は——おそらくここにいるみなさんも、いや、もっと言えば、日本中の男たちが赤井霧子という女優に熱狂していました。会社の資料室を探して、昔のフィルムを何本か観賞したのですが、いま見ても色褪せることのない輝きに感謝の気持ちでいっぱいになりました。この姿を我々に残してくれてありがとう、と。

赤井霧子とそのフィルムは我々の遺産です」

私の中では「すごい女優を見つけた！」ってかんじでにわかに赤井霧子フィーバーが起こっていたのだが、あたりまえだけどみんなの中ではとっくに過去の人になっているみたいだった。赤井霧子の新しい作品が撮られないことを嘆く声は最後まで聞こえてきそうになかった。「赤井霧子」を「マリリン・モンロー」に差し替えたところでなんの違和感もない。「和製マリリン・モンロー」と呼ばれた女優は大勢いたけれど、赤井霧子もその一人だったということを、部屋に残されていた雑誌のスクラップを読んで知った。

マリリン・モンローは若くて人気のあるときに死んだから伝説になったけど、死なずに生きてたらどうだったかしらね。いつだったか、ママが言っていた。

世田谷の家で、私たちは暇さえあれば洋画チャンネルの古い映画を見ていた。変わらないいんじゃないの、と十代の少女の生真面目さでもって私は答えた。いつ死んだってマリリン・モンローはマリリン・モンローだよ、と。はじめから娘にまともな答えなど求めていなかったのだろう。あんたにわかるわけないか、とばかにしたようにママは笑っていた。生き永らえてしまったマリリン・モンローの気持ちなんて。

私は祭壇の中央に飾られた遺影に目をやった。おそらく二十代後半――あの女装タレントが「最盛期」と言っていた時代のものだろう。頬杖《ほおづえ》をついて、どこか遠く

を見るようなうつろな瞳で笑っている。遺影にするにはずいぶんとラフな写真だったが、女優の素顔を偲ばせるにはちょうどいいのかもしれない。赤井霧子というよりは、どちらかっていうとママのほうに近い。あるいは、そのあわいというかんじがした。もしかしたら赤井霧子はとっくの昔に死んでいて、ママだけがこの世に残されてしまっていたのかもしれなかった。

退屈な挨拶が終わり、天井から大きなスクリーンが降りてくると、照明がさらに落とされた。ショートフィルムがはじまり、「小向井祐介」のクレジットが映し出され、招待客からどよめきが起こった。すぐにそれは、戸惑いを含んだざわめきに変わる。スクリーンに映っているのが赤井霧子ではなくその娘だったからだ。

「あんたがママのなにを知ってるの？」

挑むようにカメラを睨みつける自分の姿に、かあっと耳の先まで熱くなる。最初に代々木の路上でこの言葉を口にしたとき、カメラはまわっていなかった。あれから小向井祐介に請われて撮りなおした映像だった。

「知らないよ、赤井霧子のことなんて。だから撮りたいんだ。おれといっしょに探してくれないか」

小向井祐介の台詞もあのときとはずいぶんニュアンスが変わって、ロマンティックに変換されていた。

こういうふうに作られていくものなんだ。アイドルだって同じようなものかもし

れないけど、こんなあからさまな形で編集されたのははじめてで、火照《ほて》った頭が水をかけられたみたいに一瞬で冷めた。ワンテイク目の、肌が引き攣れるような緊張感や、目をそむけたくなるような野蛮《やばん》さは、フィルムの上からきれいに取り除かれていた。

製作発表をするならこのタイミングしかない、と言い出したのは絢さんだった。マスコミも大勢やってくるし、翌日のワイドショーで扱われるだろうから、と。その時点で、大人たちのあいだで話がついているみたいだった。とにかく絢さんは、赤井霧子をこのまま終わらせたくないらしかった。都内の映画館で行われた追悼上映会も盛況だったようだし、「赤井霧子傑作選」と銘打ったＤＶＤ－ＢＯＸを発売する話も動いているらしい。

司会者に名前を呼ばれ、私は監督とともに壇上に上がった。フラッシュがいっせいに焚かれる。アイドルの斉藤いとではなく、赤井霧子の娘として公の場所に出るのはこれがはじめてだった。

「ご紹介にあずかりました、ええっと、監督と、今回はプロデューサーも兼任します、小向井祐介です。これまで恥知らずとあちこちで言われてきましたが、ここにきて大きな恥を上塗りしようかなと思っているところです」

監督がマイクを持って挨拶すると、会場から笑いが起こった。

「ご存じのとおり、赤井霧子はいろんな意味で扇情的な女優でした。プッツン女優

――っていまはもう言わないんだっけ？」

そこで小向井祐介は伺いを立てるかのように私を見、私がとっさに反応できないでいると、すぐに会場のほうに向き直った。

「まあなんだ、なかなかにヤバい女優で、ね？　そんな彼女のドキュメンタリーを、過去にいろいろと噂のあった僕が撮るんだから、いやでも好奇心を煽るっていうか、ほんとに激ヤバ企画だと思うんです。だけど、こんなこと、ここで話したら怒られちゃうかもしれないけど、そんなゴシップ的に面白い映画になるか保証はできません。うんと真面目に映画を撮るつもりです。うんと真面目に一人の女を追いかけようと思ってます。いつもの僕の悪いくせが出てふざけたことをしでかしそうになったら、きっとここにいる彼女が止めてくれるはずです。わざわざ紹介なんてしなくても、ゴシップ好きのみなさまにおかれましてはどのみちご存じでしょうが、今回の映画のナビゲーターをしてくれる斉藤いとさんです」

この男にとってはすべてがパフォーマンスなんだな、とぼんやりしながら横で聞いていたので、「あ、はい」とまぬけな返事をしてしまった。

「斉藤いとです。よろしくお願いします」

用意していた言葉すべてがすっ飛んで、それ以上なにも出てこなかった。

「そんだけ？　ほかになんかないの？」

小向井祐介がおちょくるようなことを言い、

「あ、はい、精一杯つとめさせていただきます」

と答えたら、会場に失笑が起こった。


トイレを出たところで絢さんが待ち構えていた。

「おつかれさまです」

こめかみを揉みながらスマホをいじっていた絢さんは、私に気づいてさっと姿勢を正した。このままホテルを抜け出してとんずらしようかと思っていたが、同じ手は通用しないみたいだ。あーあ、と息を吐き、私は廊下に設置されていたベンチに腰かけた。

「ごめんなさい。せっかく場を作ってくれたのに、あんなことになっちゃって。ださかったね、私」

完全な失態だった。退屈なスピーチを繰り出していたおじさんたちよりもっとひどい。

「なにやってんだよおまえ。やめだやめやめ、もうぜんぶやめちまえ」

壇上から降りてきた私に、社長は開口一番、吐き捨てた。まわりの目があるからそれでも抑えていたほうだとは思うが、阿部さんの制止も聞かず、不機嫌そうに頭を掻きむしりながら会場を出ていった。遠くのほうからその様子を指差して、小向井祐介はいつまでもげらげら笑っていた。

「私に謝ることでもないでしょう。もし私があなたのマネージャーだったら、あなたのところの社長同様、怒り散らしていたとは思うけど」

本気で言ってるのか冗談なのか、よくわからないトーンで絢さんは答えた。淡い琥珀《こはく》色のレンズが嵌《は》まった眼鏡が巧妙に絢さんの本心を覆っている。

「フォローのつもりなのかわかんないけど、絢さんに言われるとよけいこわい」

「ごめんなさい。脅《おど》してるつもりはないんだけど」

ベンチに腰かけた私を見下ろすようにして、絢さんは腕を組んだ。それだけでものすごく威圧感がある。

「私もそろそろ現場を引退していい年だけど、もしあなたがうちにくるなら……って考えてはいるのよ」

考えてもいなかった申し出に驚いて、私はぺたりと壁に背をつけた。大理石の冷たさがセーターを通して伝わってくる。

「アイドルをやめて本格的に女優に転身するなら、いまがベストのタイミングだと思う。潮目を読み違えるとこの業界はとりかえしがつかないわよ。私ならあなたにもっといい道を用意してあげられる。考えてみてちょうだい」

どこまで本気で言っているのか、絢さんの表情からはやっぱり読み取れなかった。赤井霧子は絢さんがはじめて担当したタレントだと聞いている。仕事がなくなってからも手放さなかったほど執着していたとも。

「私が女優に転身したがってるみたいな言いかたするんだね」

「そうじゃないの？」

私は曖昧に首を振って笑った。

アイドルの最終目標が女優だと、いつからか決まっていることみたいになってる。たしかに女優志望の割合は高いとは思う。はるちんもそうだしまいまいもいずれは女優になりたいと公言しているが、みんながみんな女優を目指しているわけじゃない。卒業してから猛勉強して大学を受験した子もいれば、家業を手伝っている子もいる。ダンサーを目指して単身ニューヨークに飛んだ子もいれば、衣装を作る仕事がしたいと専門学校に通いはじめた子もいる。結婚して子どもを産んだ子もいれば、たしかな夢も目標もないままだらだらと年齢を重ねているだけの子だっている。

「女優になりたかったら最初から女優になってるよ。私はそんなまわりくどいことはしない」

絢さんからの申し出は、女優志望の子たちからすれば願ってもないことなのかもしれないが、私にはぴんとこなかった。女優。優れた女がなる職業。私になれるわけないじゃないか。万が一なれたとして、いずれママのように使い捨てられるなら、なりたいと思えるわけもなかった。

「なんで女子アイドルはあたりまえのように卒業が前提になってるんだろうね。卒業しなくて済むならそのほうがいいのに。生涯アイドル続けますって子がいたって

よくない？」

　私にはこの先のビジョンがまったくない。ファームを卒業したら、アルバイトでもしながら食いつないでいくんだろうというぼんやりしたイメージがあるだけだった。

「あなたは――」

　絢さんが口を開きかけたとき、会場を抜けてこちらに近づいてくる人物があった。六十がらみの男で、高級そうなスーツを着て、明るい色に染めた髪をかっちりセットしているのに、どことなく崩れた印象がある。芸能人だろうか。そう思ってみると、どこかで見たことがあるような気がしないでもない。

「岸田《きしだ》さん、今日はお越しいただきありがとうございます」

　私をかばうように絢さんが立ちはだかったが、岸田と呼ばれた男はするりと身をかわして私に声をかけた。

「斉藤いとさんだよね。さっきはいいもの見させてもらったよ」

　絢さんが顎をしゃくって指図してくるので、私はしぶしぶ立ち上がった。自分のことはだれもが知っていて当然とばかりに名乗りもしないから、やっぱり芸能人なのだろう。それも、そこそこ有名な。

「すみません、お見苦しくて……」

　こんなとき、なんて言うのが正解なのかわからなくて、語尾はうやむやにした。

「ぜんぜんぜん、すれてなくていいじゃない。最近は器用にこなす子ばっかで面白くないからね」

「はあ……」

「今度うちの番組にも出てよ。ディレクターには僕から言っておくからさ」

「はあ、どうも」

もうちょっと愛想よく受け答えしろと顔だけで絢さんが訴えてくるが、その顔芸を見ているほうがよほど面白かった。

「そんな硬くならなくてもいいって。困ったことがあったらいつでも言ってよ。お母さんには僕も昔かなりお世話になったからね」

妙にねばっこい手つきで肩を撫でられ、反射で体がびくりとなった。先程まではうってかわったように、絢さんの横顔がこわばっている。ああそうか、「お世話になった」ってそういう意味で言ってるのか。

「なによ、いいじゃんべつに、もう時効でしょ時効」

岸田某《なにがし》は悪びれもせずにやにや笑って、ご褒美を待つ犬のような顔つきでこちらの反応をうかがっていた。ちょっときわどいジョークのつもりなのだろう。そういうことがしゃれていて面白いとされている世界のルールで生きている男。ならばもう正解を探して怯《おび》えることはなかった。

「生前は母がお世話になりました」

ちらとも笑顔を見せずにそっけなく答えると、岸田某は拍子抜けしたような顔をした。

「あの、すみません、お名前をなんとおっしゃるのか、うかがってもよろしかったですか。外部の人と個人的に連絡先を交換するのは事務所から禁止されているので、なにか困ったことがあったときには改めてマネージャーのほうからご連絡させていただきます」

こんなときだけつるつる言葉が出てくる自分が恨めしかった。

「あー、うん、そうね……」

岸田某は目を白黒させ、返事を濁して男子トイレに逃げていった。

完全に姿が見えなくなってから、

「まずかったかな？」

と訊いたら、絢さんはなにも言わずに含み笑いで肩をすくめた。その肩越しに、カメラスタッフを引き連れた阿部さんが私を捜して会場を出てくるのが見えた。さっきの話、考えておいて、と絢さんは耳打ちし、すっとその場を離れていった。

5

大晦日のカウントダウンイベントが終わると、寮住まいのメンバーは小屋から解き放たれる鳩のようにいっせいに帰省していった。

「おいでよ、おせち用意しておくから」

年末に電話で話したときにフィーはそう言っていたけれど、あまり気が進まなくて、私はいつもどおり正月を寮で過ごすことにした。

赤井霧子と元夫は死ぬ直前までひんぱんに行き来があったこと、元夫は現在男性のパートナーと暮らしていること、そのパートナーが経営する著名人も数多く通うトレーニングジムについてまで、週刊誌は子細に報じていた。母親が死んだとたん、目黒のマンションに足しげく通うようになった娘の写真が載せられた号もあった。「アイドルとは思えないほど地味」と書かれていた。だれが読むんだろうこんなの、と目にするたびに呆れるが、ファームのメンバーの中には海外セレブのゴシップを必死に追ってる子もいたりするから、どこかしらに需要があるんだろう。

ある週刊誌には、赤井霧子と出会う以前のフィーについて、シングルマザーの母

親に虐待を受けていただとか、学校にもろくに通っていなかっただとか、十代で家を飛び出してからは路上で男娼《だんしょう》のような真似《まね》をしていただとか、にわかには信じられないようなことが書かれていた。

そのことについて、私からはなにも訊かなかったし、フィーからもなにも言ってこなかった。同じように、赤井霧子のドキュメンタリー映画についても、どちらもなにも言わなかった。偲ぶ会の翌日には、テレビのワイドショーで取り上げられていたからフィーの耳に届いていないわけがない。フィーはほとんどテレビを見ない人だったけど（家にテレビがなかったんだからあたりまえだ）、耳聡い太一さんがどこからか情報を仕入れてきて吹き込んだに決まってる。だからってわけでもないけど、あの日以来、目黒のマンションには行っていなかった。

また逃げるんだ？　まだ逃げ続けるんだ？　どこか遠いところから声がする。でもフィーだってそうしてるしと言い訳みたいに急いで考える。私たちは子どもだから許される――たぶん、まだ、許される……。

人の気配のない静まりかえった寮の部屋で、いつにも増してやたらとにぎやかな正月のバラエティ番組をつけっぱなしにし、暖房もつけずに私は布団にくるまっていた。おなかが空いたらそのへんに転がっているお菓子の袋に手を伸ばし、眠くなったらとろとろと寝て、起きたときにいまが何時なのかわからなくて、無性にだれかの声が聞きたくなった。部屋の中にいるのに吐く息が白くて、おかしくもないのに

一人で笑った。

どこかで聞いたことのある声がして、すがるような気持ちでテレビに目をやると岸田某が映っていた。揃いの羽織袴《はかま》を着た人気アイドルグループの男の子たちに囲まれた岸田某は、妙なテンションでずれたことばかり言っては共演者を困惑させていた。うわあ、と思ってテレビを消し、再び頭から布団をかぶって無理に眠ってしまおうとしたけど、ママが死んでから二ヶ月ちょっとのあいだに起こったことが、なにかのスイッチが入ったみたいに脈絡なく次々と浮かんで眠りを遠ざけた。

小向井祐介との事故みたいなめぐりあい。無機質なホテルの部屋とルームサービスのオムライス。毎週のように自分のことが載る週刊誌。はるちんから送られてきた封筒。赤井霧子とその作品。ホテルの宴会場でたくさんの芸能人が水族館の魚みたいに悠然と泳いでいたこと。

旅先にいるみたいに現実感が希薄で、目の前を流れていく手ぶれのひどい映像に悪酔いしていた。それまでの生活がそっくりぜんぶ変わったわけじゃないのに、前後ではっきりと隔絶があって、以前の自分が毎日なにを考えてどんなふうに暮らしていたのかもう思い出せなかった。

ママが死んだと聞いても、世界はがらがらと融け崩れることなくそこにあった。そのことに私は驚いていた。ママがいなくなっても、私が続いていくことが信じられなかった。ママを捨てたのは私なのに、いまさらみなしごになったような気持ち

でいた。

ゴジョの会のメンバーからメールがきたのは二日の昼過ぎだった。東京居残り組で新年会をやるから来ないかという誘いのメールだった。いつもならスルーしていたところだが、ほかにすることもないし人恋しさも極まっていたのでいそいそとシャワーを浴びて、出かける準備をした。いつものセーターにジーンズ、普段はほとんど化粧しないけど、出がけになんとなく気が向いてもらいものの赤いリップティントを塗った。

代々木から二駅電車に乗り、人通りの少ない渋谷の街を駆け足になって通りすぎ、指定された店に向かう。アボカドと生ハムとグレープフルーツのサラダとか土鍋で供されるパエリア風鯛《たい》めしとかカマンベールチーズをフライにしたものとか、「この店、女子ウケしそうなメニューばっかっしょ」とゴジョの会の男の子たちが好んで使う創作料理居酒屋だった。どちらかというと男子たちのほうが喜んでいるように私には見えた。

「きたよ、ゆうめいじーん」

奥の個室に通されると、すでに七、八人の男女が集まっていた。ニュース見たよー、すごい騒ぎになってるじゃん、最近ぜんぜん顔出さないからもう俺らとは遊んでられないのかと思ってたよ。昼から飲んでいるという男の子たちに絡まれなが

ら、おしぼりを受け取りビールを注文する。ガヤる男の子たちの隅から二本だけ、じっとりした視線が伸びてくるのを察知して、なるべくそちらのほうは見ないようにした。佳基《よしき》は来ないって聞いてたのに。リップティントなんて塗ってくるんじゃなかったとすぐさま後悔した。

「いとちゃん来るって言ったらこいつ静岡の実家からすっ飛んできやがんの。いまさっき、品川《しながわ》からここまで直《ちょく》で来たって」

隣に座っているケンチくんに突かれ、やめろってえ、とその手を邪魔くさそうに振り払いながら佳基がにやにや笑っている。この人たち、こんなにガキだったたっけ？たった二ヶ月で細胞ぜんぶが入れ替わってしまったみたいに、彼らのすることなすことが幼く見えた。

「ふーん、実家のお母さんがかわいそうだね」

それだけ言って、ちょうど運ばれてきたビールを乾杯もせずにジョッキ半分ほど飲みほした。おー、いい飲みっぷりですねー、ちょっといとちゃん冷たいんじゃないのー、有名になったからって俺たちを捨てないでえ。いちいち騒ぎ立てる男子たちにいいかげんうんざりして、速攻で席を移動し、奥のほうに一人で座っていた里中晶に声をかけた。

「めずらしいね里中、こんなところで会うの」

「最近、誘われるようになったんで」

枝毛切れ毛の一本もなさそうなつるつるの黒髪を姫カットにした里中は、にこりともせずに首を傾げた。いつでもぴんと伸びた背筋。「だれが相手だろうと、媚びるとか無理なんで」という里中の発言を思い出し、あいかわらず硬いなあとジョッキに口をつけたまま私は苦笑した。

四期生のオーディションでのこの発言がインターネット番組で放送されるや一躍話題になり、ｔｕｎｅＵＰのデビュー曲の歌詞にそのまま使われてしまったという経緯からして、里中晶のデビューは事件だった。笑わないことを剛腕で認めさせてしまった稀有《けう》な存在として、その飛びぬけた美貌もあいまって、アイドルファンのあいだだけでなく一般にも認知が広まっている。いまやファームで一、二を争う知名度ではないだろうか（その双璧をなしているのは、もしかしたら赤井霧子の娘かもしれなかった）。

里中はまだ十九歳なのでウーロン茶を飲んでいた。いまここにカメラが入ってきたとしてもたぶんセーフ、事務所から厳重注意を受けるぐらいで済むだろうけど、未成年の飲酒喫煙は一発アウトだ。

「そういえば里中、このあいだも一位になってたね。デビューしてまだ一年とちょっとなのにすごいじゃん。おめでとう」

なにか話題はないかと、柄にもなくへんに媚びてるみたいなことを言ってしまった。面映《おもは》ゆさをごまかすためぐいっとジョッキを傾ける。十月のあの日から、里中

はランキング一位の座をキープしている。

「ありがとうございます。いとさんも、こういう言いかたはへんですけど、ある意味よかったですよね」

え、なにが？　と目の動きだけで訊ねると、里中はひんやりと美しい真顔のまま答えた。

「順位、前とぜんぜん変わってないから。あ、信頼できるなって思いました」

もう少しでビールを噴き出すところだった。里中の言うとおり、スキャンダル以後も大きな変動のないまま私は二十位前後をうろうろしている。多少の上下動はあるだろうと覚悟していたのにまったく微動だにしないので、思わずランキング表に向かって「おい！」とつっこんだところを翌週のインターネット番組で流されてしまった。

「いとさんのファンはいとさんがなにをやっても離れない。そんなかんじがします」

「あー、まあ正統派じゃないもんね。物好きな人が多いっていうか、ほら、珍味ってくせになるし……」

「そういうの、いらないです。アイドルに正道も邪道もない。つまんないこと言わないでください」

「……あ、はい。ごめんなさい」

これだ。下手なことを言うとばっさりと切られる。里中には確固たる美学があり、

自身も熱心なアイドルファンであることで有名だった。〝天然〟でやってる私とはものがちがうのだ。美しさだけでトップを獲れるほど甘い世界じゃない。

「いやなんですよ、私、YO!YO!好きで入ってきてるから、初期メンバーのいとさんにそういうださいこと言われるの」

「うん、ほんとごめん、ごめんなさい……いつもはそんな、おかしな謙遜《けんそん》とかしないんだけど、なんでか里中相手だと調子がくるって」

「どうしてですか？」

ごまかしは許さないと言わんばかりに矢のような視線を向けてくる里中に、そういうところが、とは言えなかった。

「どうしてだろう、自分でもよくわかんないけど、なんか、緊張……する、のかな？」

「なんですか、それ。しっかりしてくださいよ」

へらへら笑ってやりすごしながら、私はこの子に引け目を感じてるんだろうな、と思った。はるちんが私に対して感じているのも、おそらくこれに近いものなんだろう。

「ちょっとなに、こんなところで女子会してないで、俺らとも話そうよー」

調子のよさそうな茶髪の男の子――はじめて見る顔だった――が割り込んできて、なにをしにここに来たのか思い出した。そうだった、我々は異性との交流をしにきたのだった。

ゴジョの会と呼ばれているこの集まりがいつごろからはじまったものなのかはっきりとはわからないけれど、私が参加するようになってからは二年が経つ。主な参加者は、2・5次元舞台や少女漫画原作の映像作品など、女性向けコンテンツを主戦場とする若手俳優の男の子たちと、YO!YO!ファームを筆頭にさまざまな事務所に所属するアイドルの女の子たちだ。

特定の相手との交際が許されないのならグループ交際してしまえ、という乱暴な発想からはじまった会のようだが、こうやって同じ年頃の男の子たちとときどき飲んで騒いでいるだけで、行き場のないさびしさや日々蓄積されていくフラストレーションがなだめられるのはたしかだった。過去には、この会で知り合った相手とスキャンダルを起こし事務所をクビになった女性アイドルもいたし（男のほうはお咎《とが》めなしだったが、ほとぼりが冷めるまでは針の筵《むしろ》だったそうだ）、現在進行形でひそやかに続いているカップルもいるみたいだけど、あくまでこれは相互扶助の会なのだというスタンスは一貫している。

ファームのメンバーは私にとって家族同然で、騒がしく明るい彼女たちに囲まれて毎日すごく楽しくて、だけどそれだけでは埋められないものがあることをこの会に参加するようになって知った。事務所に入って驚いたことのひとつは、女の子たちの距離の近さ、スキンシップの多さだった。だれかと肌をすりあわせることで無意識のうちに性欲をなだめようとしてのことかもしれないが、みんな細くて痩せて

るのに触れるとやわらかく、ぬるま湯に体を浸すようにどこまでも心地よくて、私には刺激にならなかった。

ここで出会う男の子たちははっきりと異物だ。隣に気配があるだけでざわざわと、普段は意識することもない体の奥底にある水面が波立つ。ふとした折に触れた一部が、ざらりとやすりをかけられたように熱を持つ。メンバーの中には女の子同士でセックスの真似《まね》ごとをして渇きを慰撫《いぶ》する子たちもいるようだったが、私の体が欲しているのはどうしようもなく男で、そのことがときどき自分でも耐えがたかった。

こんなもの、ないならないほうがよかった。これがたった一人のだれかに向かって流れ出したら、それが恋ってことになるんだろうか？　恋をしてなきゃ死んでしまうとばかりに来る日も来る日も夜に溺《おぼ》れていた赤井霧子。思い詰めたような目をして生臭いにおいを発していたフィーの女たち。あれが恋だというなら、どちらにせよ私には必要のないものだった。

「俺、コーヘイ。よろしく」

彼がそう言った瞬間「コーヘイ」と頭の中に文字が浮かぶほど、はっきりした発音だった。コーヘイは人気男性アイドル主演の学園ドラマやヤンキー映画のタイトルを並べたて、十代のころからエキストラ同然の役で出演していたが、あるとき舞台の世界に入ってみて目の前が開けたようになった、と続けざまに聞いたこともない舞台のタイトルを並べた。今月の半ばからは乙女ゲームを原作にしたミュージカ

ルの全国ツアーがはじまるという。ピンポン玉みたいにぽんぽんと提供される情報を、私と里中は手のひらの上でころころと持てあました。アイドルがみんな、コミュニケーション巧者というわけじゃない。

「二人はあれでしょ、YO！YO！ファームなんだよね？」

私と里中がピンポン玉の扱いに困っているのを気にも留めない軽やかさで、コーヘイはするりと話題を変えた。個室には他事務所の女の子が一人いるだけで、里中と私のほかにファームのメンバーはいなかった。

「はい、そうです」

いっさい硬度をゆるめず里中が答えた。

「私は四期生で、デビュー二年目のｔｕｎｅＵＰというユニットに所属する里中晶と申します。おかげさまで昨年の十月にファン投票ではじめての一位をいただき、以来一位にランキングし続けています。現在はライブ活動のほかにラジオ番組のレギュラーを持たせていただいていて、若手メンバーを中心にティーン向けのファッション誌でリレー連載もやらせていただいています」

情報量に対し情報量で応じた里中に、へー、そうなんだ、すっげーじゃん、YO！YO！ファームでいちばんってことはつまり宇宙一ってことじゃーん、とコーヘイは手慣れたものだった。体勢は変えず、首だけひねってコーヘイのほうを向いた里中の後頭部に、天使の輪が光っているのを見て、心のやわらかな部分がそろりと撫

でられる。たぶんこのかんじが萌《も》えってやつなんだと思う。

　里中みたいな子がこの会に顔を出しているのは意外といえば意外だった。だれに誘われて来るようになったんだろう。いま里中がスキャンダルを起こしたら、ファームにとってこれ以上の痛手はない。わかっていてその相手は里中をこの会に引きずり込んだんだろうか。気にはなったが、わざわざ問いただすほど野暮じゃないし、里中ならまず大丈夫だろうという安心感もあった。

　最初に私を誘ったのははるちんだった。手っ取り早く酔える安い缶チューハイも、気まぐれに吸う煙草も、個人輸入（「密輸入」とはるちんは言っていた）した海外製のダイエットサプリも、悪いことはだいたいなんでもはるちんから教わった。

「ゴジョの会っつーのがあってさ」二年前、まいまいも含めた三人で寮の部屋で飲んでいるときに、はるちんが切り出した。「ときどき集まってみんなで飲むだけなんだけど、いいストレス発散になるよ」

　最近テレビで見かけるようになった若手俳優の名前を何人か挙げ、こないだはあの子も来てた、彼も見かけた、と興奮に顔を輝かせながらはるちんはまくしたてた。

「すごくない？　二人も今度いっしょに行こうよ」

「私はいいや。ちょっと、そういうのはあんまり……」とその場が気まずくならないようにやんわりとまいまいは誘いを断っていたけれど、どがつくほど潔癖な彼女のことだから心中は穏やかではなかっただろう。メンバーの恋愛スキャンダルが発

覚するたびに、だれより激しく怒りをあらわにし、我がことのように憔悴《しょうすい》するのがまいまいだった。

「いとが行きたいって言うなら止めないけど、ファンやメンバーを裏切るようなまねだけはやめて」

とまで釘《くぎ》を刺されたのに、私ははるちんの誘いに乗った。単純にどんなものか興味があったし、肌に合わなければ次は行かなければいいだけだと思ったから。

「しょうがないよね、意識高いからまいまいは」

はるちんは肩をすくめて笑っていたが、まいまいの反応は私から見ても少々過敏に思えた。自分も我慢してるんだからおまえも我慢しろとばかりに眉間に皺《しわ》を寄せ、ルールに従わせようとする〝学級委員〟への反発がなかったといったら嘘になる。ファンやメンバーを脅しの材料にせずに、まいまい自身が私に行ってほしくないんだと言ってくれたらよかったのに、そうできないのがまいまいだった。それ以来、まいまいのいるところではこの会のことは名前すら出さないように気をつけている。

何度か会に参加しているあいだに、みーちゃと顔を合わせることもあったが、飽きてしまったのか、個人仕事が忙しくてそれどころではないのか、そのうち姿を見かけなくなった。地元に仲のいい男友だちが大勢いるとかで、みーちゃにはあまり切実さが感じられなかったし、お茶の間にまで浸透している〝おっさん〟キャラが

いい方向に作用しているのかもしれない。

ほかのメンバーも似たようなもので、うまく利用しているぶんには問題がないのだけれど、中にはバランスが保てず特定のだれかにずぶずぶハマってしまう子もいて、事務所に入って日が浅かったり、思うようにファン投票の順位が上がらなかったり、男の子にあまり免疫がないような子たちは、危なっかしくて見ていられなかった。彼女たちの抱え込んだ切実さが、はっきり色や形になっておもてに出るのであればまだ対処のしようもあったけれど、いったんのぼせあがってしまった相手にはどんな言葉も届かないことぐらいさすがの私も心得ていた。男の子に免疫がないのは私だって同じだったのに、彼女たちと私のなにがちがうっていうんだろう。

あの子がいっちゃった。あの子もいっちゃった。そのうちみんないってしまう。急流に呑み込まれ、どこかへ連れさられていく女の子たちを、水槽の中から私は見送っている。

どっちが健全なんだろうって思うこともある。うまくきれいにやれちゃうほうが穢《けが》らわしいんじゃないかって。普通の女の子があたりまえにしていることが、私たちの手にかかるとたちまち罪になる。裏切り者の烙印《らくいん》を押され、石を投げられても文句を言えない重大な罪。

夢とか希望とか応援とか癒しとか憧《あこが》れとか愛とか現実逃避とか名前はなんだっていいけど、私たちが歌って踊る姿にみんな欲望を投影する。自分が見たい物語を見

る。耳当たりのいい言葉でオブラートにくるんでごまかしているけれど、アイドルが欲望の処理装置であることは疑いようもない事実だ。女優だって俳優だってみんな同じ。光の当たる場所に立ち、観客からシャワーのように注がれる欲望をお金に換えて生きている。

だったら、私たちのこれは、どこへやったらいいんだろう。ゴミ箱みたいに私を使ってくださいとはるちんはメールに書いていたけれど、ゴミ箱だっていつかはいっぱいになる。

「かゆい！」

ぼんやりとビールを飲んでいたら、突然隣で、里中が叫んだ。かゆいかゆいと手に持っていたスプーンを放り投げ、おしぼりでがしがしと乱暴に顔を拭いている。とろろいもと明太子の鉄板焼きにやられたらしい。

「そんなに雑に拭いたらよくないいんじゃない？　メイクさんに教わらなかった？」

おろおろと不安そうに里中を見つめるコーヘイの肌は、そのへんの女子アイドルよりよっぽどきれいでつやつやしていた。

「あ、大丈夫です、私、鈍感肌なんで」

「そういう問題かあ？」

「いろいろ強いんです、こう見えて」

「どう見たって強くないでしょ、それ。とろろにやられてんじゃん」

とぼけた二人のやりとりを聞いているうちに思わず笑ってしまい、「やばい、里中かわいそかわいい」ただのファンみたいなことを口走ったら、里中がいやそうな目で私を睨んだ。

「やめてくださいよ。そういうあざといの、狙ってないですから」

「ごめん、でも、こんなふいにくるもの、自分で止められない」

素直な気持ちをつるりと吐き出したら、おしぼりで舌まで拭《ぬぐ》っていた里中が、まあ、わかりますけど、と言って今日はじめての笑顔を見せた。


お開きになるころには狭い個室に二十人近い人数が集まっていた。「里中ちゃんって面白いね」と新しいおもちゃを見つけたみたいに男の子たちからいじくりまわされ、「私そういうんじゃないです！　そういうんじゃないですから！」としきりに抵抗していた里中は、最後にはうんざりしたように疲れた顔をして都内の実家に帰っていった。

二次会へ流れようとしている彼らに手を振って別れ、酔い覚ましに歩いて帰ろうかと代々木方面に歩き出すと、すぐに追いかけてくる足音があった。たぶんそういうことになるだろうな、と思っていたから振りかえりもしなかった。

「二次会、行かないんだ？」

いまみんなにバイバイって言ったの見てなかった？　という言葉を呑み込んで、

「行かなーい」

とまのびした声で答えたら吐き気がした。いやになる。ほんとに。

「送ってくよ」

そこでようやく佳基は隣に並んだ。佳基が隣にくるといつも、長い、と思う。ひょろりとうっかり伸びすぎてしまった蔓草《つるくさ》のようだ。身長は小向井祐介と変わらないぐらいだけど、圧迫感がまったくない。

「どうしようかな……」

もったいつけるみたいにつぶやいて、ひとけのまばらな渋谷の路上をぐるりと見回す。このところ目黒のマンションやファームのまわりで週刊誌の張り込みっぽい車を見かけることがあったけど、今日は大丈夫そうだった。なにかを期待するような潤んだ仔犬の目で、佳基がぱちぱちとまばたきしている。ああ、もう、と私は目をつぶる。さびしくて、もうだめだ。

「私いま有名人だから、代々木まで歩いてるあいだに写真撮られたりしたら困るんだよね」

頭の裏側がぞわぞわして、身体中の毛穴がぷつりと立ちあがるかんじがするのにやめられなかった。佳基の腕に腕をからめ、どっか写真に撮られないとこに行こう、と囁く。私たちはごく自然に道玄坂《どうげんざか》のほうへと足を向けた。

最初に佳基とそうなったときも道玄坂のラブホテルだった。今夜と同じように、

飲み会が終わって寮に帰ろうとする私を佳基が追いかけてきたのだった。私はすべてがはじめての経験だったが、佳基は手慣れたふうに見えた。ほんとうのところはどうだかわからない。いまとなっては佳基のほうが、恥じらう乙女のように震えている。

ゴジョの会に参加しだした当初のころから顔だけは認知していたけど、佳基と親しく話すようになったのはだいぶ後になってからのことだった。佳基はコーヘイのようにグイグイくるタイプではなかったし、女の子と話すより男の子たちと騒いでいるほうが楽しいみたいだった。映画が好きで、いつかはハリウッドのアクション大作に出たいという佳基の夢を「大きすぎる野望」とみんな笑っていたが、「夢なんて見ないほうがバカなんだよ」と何食わぬ顔で答えているのを見て、あ、と思った。小石を投げ入れられたみたいに、胸に波紋が広がった。年は私と同じ二十四歳、まだどこか危なっかしい少年っぽさを残していて、ついこのあいだもドラマで高校生の役をやったという。たまたま隣に座ったときに古いハリウッド映画の話になり、「若いのに古い映画観てるんだね」と感心する佳基に、「同い年だけど……?」と返して二人で笑った。私も相当ぼんやりしているほうだと思うけど佳基はその上をいっていた。

いっしょにいるだけで楽しいと佳基は言った。私もそうだった。だから最初にそうなったとき、少し残念なような気もした。やっぱりこうなっちゃうんだ。いっしょ

にいるだけで楽しいなら、なんでわざわざセックスする必要があるんだろうって。私たちは若く健康な男と女で、旺盛な欲望と好奇心に勝てなかった。セックスという行為そのものにも興味はあったが、そのとき佳基がどういうふうになるのかも見てみたかった。

「俺たちってつきあってるんだよね？」

何回目かにそうなったとき、佳基に訊かれた。え、つきあってないよ、と私はとっさに答えた。私いちおうアイドルだし、つきあうとか無理だよ、と。女性ファンの多い現場で活動している佳基だって立場は同じはずなのに、なんでそんなことを言い出すのか理解できなかった。口にさえしなければ、素知らぬ顔で続けていられたのに。

「そういう気持ちがあるならもうやめよう」

卑怯《ひきよう》な女たらしみたいなことを言ってるなと思ったが、でもほかにどう言っていいのかわからなかった。わかった、といったん佳基は呑み込んだようだった。恋心をなかったことにして、この関係を続けようとした――現在進行形で、してる。

「ぜんぜん連絡とれないから、もう会えないんじゃないかって思った」

ホテルの部屋に入り、風呂に湯が溜まるのを待ちながら冷蔵庫の缶ビールを抜き出してグラスに半分ずつ注いだ。あの夜、電話で話したのが最後で、佳基からのメールも着信もずっと無視していた。恋人ではないかもしれないけど、友だちとして心

配する権利ぐらいあるだろ、とでも言いたそうな顔を佳基はしていた。

「ごめん、私もいっぱいいっぱいで」

「ニュースで見たよ。小向井監督の映画に出るんでしょ」

「あー、うん、そうみたい」

「そうみたいって――」

佳基は笑おうとしたみたいだった。その前に身を乗り出して唇をふさいだ。グラスが傾いて胸元を濡らしても、やめなかった。黙っててほしい。いま目の前にいるこの男の子がなにかを考え、なにかに傷つき、もの狂おしくだれかを恋する一人の人間だなんて、よけいな情報は一つもいらなかった。彼は私のゴミ箱だった。

薄暗いホテルの部屋でビールに濡れた服を乱暴に脱ぎ捨てて抱きあった。水の流れる音がする。水位が上がるにつれて少しずつ音が変化し、やがてはあふれだす。おふろ、おふろ止めてこなきゃ、とかすれた声でつぶやいたけど、いいからと言って佳基は聞かなかった。ホテルの風呂が構造的にあふれないようになってることぐらい知ってる。でも、あふれるところが見える。最初にあふれて跳ねかえった飛沫《しぶき》のつぶまで。

着衣だとひょろひょろと細長い印象なのに、裸になるとちゃんと男で、いつもその瞬間ふいにくるものがある。わずかな慄《おのの》きと奮い立つようななにか――たぶん欲望というよりさびしさに近い。

どうして佳基は私なんかが好きなんだろう。日なたのにおいがする男の子なのに、もっとふさわしい女の子がいるだろうに、私の隣にいるときだけ翳りを帯びる横顔にそそられた。視線やふとしたときの表情、指先から放たれる波動のようなもの、そういういちいちがどんなに見て見ぬふりを続けていても私の首をじわじわと絞める。さびしくてさびしくて、私はそれを踏みつけてしまいたくなる。

私の中には、自分でもまだぜんぶを見通せているわけではない欲望がある。しきじょうきょう。いんらんでふしだらでみだらなおんな。その深さも暗さもわからないまま、花粉を飛ばすみたいになんらかの信号を男たちに送っているのかもしれないと思ったら、自分が気持ち悪くてしかたなかった。

佳基が入ってきたとき、天井の鏡に映った自分と、佳基の肩越しに目が合った。さんざん食べて飲んでキスまでしたのに、まだ唇が赤く染まっている。やめて、と言ったら、ほんとに佳基はぴたりと動きを止めた。汗で濡れた背中の上に指を滑らせたら、私の中で佳基が脈打つのがわかった。きゅうっと下腹部を締めつけるこれが、なんていう名前のものなのか、もうわからない。

「私が、する」

身体を起こし、佳基をベッドに押しつけて、鏡越しの視線から逃れた。目を閉じると、瞼の裏に強い光がよぎり、驚いて腰が跳ねた。連れ込み宿の一室で男にまたがる赤井霧子。裸で海辺を走る赤井霧子。なんにもないがらんどうの白い部屋に寝

そべる赤井霧子。スライドショーのように次々と赤井霧子の映像が浮かんでは消えた。実際に目にしたことのある映像もあれば、そうでないのもあった。

「どうしたの？」

佳基が身を起こしかけたが、

「なんでもない」

と手のひらで裸の胸を押しかえした。

リズムがくるって、なにかしっくりこないままそれでも最後まで続けた。貧乏性だなと思って笑ったら、なにか別の意味に取ったらしく、佳基が調子を合わせて笑った。もうさびしいとは思わなかった。

三が日が明け、いつもの生活が戻ってくると、インターネット番組のカメラとは別に、もう一台、私専用のカメラがついてまわるようになった。素材はすべて小向井祐介がチェックしてあとから編集するのだという。小向井祐介自身がカメラをまわすものだとばかり思っていたから、肩透かしを食って面白くなかった。長時間あんな男がそばにいてカメラをまわし続けるなんて考えただけで消耗しそうだけど、人畜無害なカメラスタッフが相手ではまるでテンションが上がらない。

「なにこれ、『情熱大陸』？」

「いとさんにとって、アイドルとは？」

「斉藤いとは、今日もステージに立つ。明日も明後日も、この声援がやまないかぎり――」

エリンギとペコが寄ってきて、『情熱大陸』のナレーションを真似ながらおちょくるようにテーマ曲を合唱しはじめた。笑いながらつきあっていたけれど、私ははっきり苛立っていた。こんなことがしたくて映画に出ると言ったわけじゃない。

「新春一発目、ヨヨギモチ今年も行くぞ――!」

まいまいの煽りからはじまった年が明けて最初のライブは、例年通り立ち見席も満杯になるほどの盛況で、これだけ条件がそろえば気持ちよく飛べるはずなのに集中力がとぎれがちで白い部屋への扉はびくともしなかった。頭と体が断線を起こしたみたいにちぐはぐで、しょっぱなからミスを連発していたら、衣装替えで舞台袖に引っ込んだときに「マジでいいかげんにしろって!」とまいまいに怒鳴りつけられた。カメラの赤いランプが目に入り、あ、使われる、ととっさに思った。少し遅れて、小向井祐介には見られたくないなとも思った。その日は最後の最後までひどい出来だった。

「いや、でも逆にほっとしたよ」

終演後の特典会で、チェキの列に並んでいた電《イナ》ズマンから言われた。三十代後半ぐらいの彼は、電ズマンというハンドルネームでいつも熱心にライブレポをネットにあげている。緑色のフレームの眼鏡をいつもかけているが、「ヨヨギモチの現場用」

なんだそうだ。

「逆にってなに、逆にって」

そう言って私は厚底靴で軽く床を蹴っ飛ばした。写真ができあがるまでの数十秒、アイドルと会話できるのがチェキの醍醐《だいごみ》味である。一回千円。サイン付きだと千五百円。

「去年いろいろあったじゃん？　なのにぜんぜんステージに影響ないっていうか、むしろどんどんよくなってて、年末あたりかなり神がかってたからさ。今日のライブ観て、斉藤いとも人間なんだなって」

「えー、なんだそれ、勝手に神にされて人間に落とされたし」

「いよいよ斉藤いとはじまったってムードになってるところで、いきなりズッコケるんだもんなあ。まあ、それもぽくていいんだけど」

「めずらしい、電ズマンさんがこんな褒めてくれるの」

「褒めてない褒めてない」

「えっ、そうなの？」

「いや、まあがんばって？　応援してるからさ」

「はーい、ありがとねー」

制限時間がくるより先に、電ズマンはすっと身を引いてブースから離れていった。

ヨヨギモチカラーと呼ばれているスモーキーグリーンのTシャツを電ズマンは着て

いた。背中には初期メンバーの名前がローマ字でプリントされている。結成当初のころに作られたグッズだった。

ママが死んだ日にも電ズマンはライブに来ていた。週刊誌の記事が出てからも子細なレポートを連投し、「それでこそプロ」「神対応」と先陣を切って斉藤いとを擁護したうちの一人だ。

「ここにきてようやく斉藤いとはじまった」「大器晩成にもほどがある」「YO！YO！の最終兵器ついに始動」。この祭りに乗り遅れるなとばかりにみんな盛りあがっているみたいだけれど、一年後か、もしかしたら半年、三ヶ月、一ヶ月後？「斉藤いと終わったな」と最初に言い出すのも彼らのような人たちなんだろうなという気がする。

次の方どうぞ、とスタッフに促されて前に進み出たのは、まだ中学生ぐらいの女の子だった。紺色のピーコートにだぶだぶのジーンズでも、華奢《きやしや》な体つきなのが見て取れる。会場の熱気にやられてか、すっぴんの頬がうすく色づいている。

「はじめまして」

聞き落としてしまいそうなほどかぼそい声で彼女は言った。

「はじめましてー、名前は？」

「あ、ゆめ、です。夢が芽吹くで、夢芽《ゆめ》」

「夢芽ちゃんかー、アイドルみたいな名前だね」

「あ、よく言われる……」

指定されたとおりにポーズを決め、撮影を済ませると、夢芽は短く切りそろえた髪をぐしゃぐしゃ手でかきまぜながら早口に言った。

「私、あの、いとちゃん、すごく好きで、まねして髪も切ったんです。似合わないってみんなには言われちゃったけど」

ここに来るまでになにを言おうか考えて考えて考え抜いて決めた台詞なんだろう。声が震えている。緊張がこちらまで伝わってきそうだった。

えーうそー、そんなことないよ、似合ってるのに、かわいいよ。いつもならつるつると出てくる台詞が、どういうわけか一つも出てこなくて、

「どうして？」

ぽろりと口をついて出たのは、自分でも予期しなかった言葉だった。

「どうして私なんかを好きなの？」

周囲のざわめきが遠のいて、そこに私と彼女しかいなくなったみたいだった。

私はぜんぜん良い女なんかじゃない。私なんかより優れた女はたくさんいる。私以外はみんなキラキラしてる。なのに、どうして――

「え、だって、いとちゃんはきれいだから」

はっ、と私は笑った。

「……きれいじゃないよ」

時間です、とスタッフの声がして、あ、と夢芽が困ったように顔をあげた。いとちゃんは、きれいだよ。ざわめきにかき消されそうな声で言い残していった彼女に、ありがとうもさよならもごめんねも言えなかった。すぐ横で赤いランプが点灯しているこことにいまさら気づいて、これを見たら小向井祐介はなんて言うんだろうと思った。

6

「もうちょっと顔、窓のほう……あ、そうそう、そんなかんじ」

言われたとおりに顔を傾けると、小向井祐介はカメラの液晶画面に目を落としたまま指でOKサインを作った。

一月も終わりに差しかかった平日の昼過ぎ、都心から北関東へと向かう電車は、駅を通過するごとに車窓の景色が高層ビル群から郊外の平べったい町へと少しずつスライドし、乗客がまばらになっていく。寝ぼけたようにぼんやりした冬の日差しに目を細めてみたが、光が弱すぎて監督が喜びそうなエモい絵面にはなりそうもなかった。

新宿から四十分、そこからさらに私鉄に乗り換えて三十分行ったところにママの生まれ育った町はある。人口五万人ほどの地方都市。いつもなら車で向かうところなのに、

「電車いいね、電車で行こうよ」

という監督の鶴の一声で、二人で電車旅をするはめになった。

「だれ？　有名な人？」

「ほらあれ、代々木のなんとかっていう」

「赤井霧子の娘でしょ」

聞こえよがしに会話するおばさんグループが、ドア一枚ぶん隔てた向こうの座席からこちらを見ている。その頭上に垂れ下がった中吊り広告は、真新しく刺激的なニュースに彩られ、赤井霧子の名前はもはやどこにも出ていない。どうよ、あれ、と目の動きだけで監督は問い、私が答えないでいると、ざばりと振りかえっておばさんたちにカメラを向けた。きゃあっとおばさんたちが声をあげる。ばかみたい。冷めた態度を崩さない私に、にやけ面を張りつかせたまま監督はカメラを戻した。

本格的に撮影がはじまって二週間が経つ。朝から晩までぶっ通しで撮影することもあれば、ライブや収録の都合で何日か間が空くこともある。

一度、撮影が延びて、新曲の振り入れに間に合わなかった。レッスン場のすみで、代理で入ってくれた研究生のかなんちゃんに振りを教えてもらう様子を、スタッフ

のカメラが静かに撮影していた。

これまではテクノポップにコミカルな歌詞をのせた楽曲が多かったのに、新曲『ママはポップスター』は女の子を甘いお菓子やフルーツにたとえ、あからさまに性的なメタファーを含んだものだった。おいしく食べてはやく食べて腐って溶けちゃうその前に消費期限が切れちゃうその前に。メンバーはたんたんとレコーディングをこなし、たんたんと振りの練習をしていた。こんなのヨヨギモチじゃない、とどうしてだれも憤慨しないのかと思ったが、私が口火を切るわけにはいかなかった。プロデューサーから与えられる楽曲は絶対だ。これで話題になるならぜんぜんありでしょと図太く思えるほうが勝ちだった。

「マネージャー連れてきてもいいけど、いる？」

監督からそう言われたので、撮影場所には一人で赴いた。暗に連れてくるなと言ってるんだろうと思ったたし、どのみち阿部さんはいま抱えている仕事で手一杯みたいだった。撮影は基本的に監督と私の二人で、たまに監督助手の金沢《かなざわ》さんという三十代前半の男性が付き添うこともあった。金沢さんはそのときどきによって運転手になり、撮影助手になり、コーディネーターにもなった。若いのに半分近く白髪で、寡黙《かもく》でよく働く人だった。

ヌーベルポルノ時代の共演者やスタッフ、古くから交流があったというジュエリーデザイナーのマダム静《しずか》など当時の関係者を順に訪ね、撮影は進んでいった。火

葬や偲ぶ会のときに見た顔ばかりだった。監督は長年マネージャーとして赤井霧子に付き添ってきた絢さんにも出演を要請したが、「私は表に出ないほうがいい」と固辞されたようだった。

赤井霧子はどんな女優だったか？　赤井霧子の素顔は？　赤井霧子との交流について。撮影時のエピソード。赤井霧子から受けた影響。訃報を聞いたときどう思ったか？

ペラ三枚程度の台本にはあたりさわりのない質問が書かれているだけで、そのとおりに進行していたらだれもかれもワイドショーのコメンテーターレベルの薄いことしか話さなかった。カチンコが鳴った瞬間、その場の空気までがらりと変えてしまう神通力を持った女優だった、霧子さんはほんとうに自由奔放な人でした、とんでもない電話魔で一時期は毎晩のように電話がかかってきて寝かせてもらえなかった、電話で話すことはどうだっていい馬鹿話とか共通の知人の噂話とかロケ弁の品評とかばかり、霧子さんがもうこの世にいないなんていまでもまだ信じられません……。いまのところ目新しい事実が発覚したわけでもなければドラマティックな証言を得られたわけでもなかったが、拾い集めたピースを並べれば赤井霧子の一面をそれなりにあらわすことはできるだろう。

唯一、マダム静が語ったパリのホテル・リッツで待ち合わせたときのエピソード――濡れた髪をそのままに部屋から降りてきた霧子に、その場にいる人間すべてが

釘付けになっていた――はこれまでだれの口からも聞いたことのない話だったけれどいかにも作りものめいていて、たちまち安っぽくしらじらしくなってしまう気がした。監督はいっさい口を出さず、私の隣でカメラをまわしているだけだった。

「この映画、つまんなくないですか？」

窓の外に広がるだだっ広い田園風景を見るともなく見ながらぽつんと漏らしたら、

「みんな、ガードが堅いからね」

通路を挟んで向かい側のシートに座った監督は、すべて織り込み済みといわんばかりの顔で答えた。

「日楽は下手なことにしたくないだろうし、絢にいたっては赤井霧子をいかに伝説にするかってことしか頭にねえから。刺激的で面白いドキュメンタリー映画なんて、はなから求めてないんだよ。手堅くお行儀よく毒にも薬にもならない、そういうのをね、撮るタイプの監督だからね、そもそも僕が」

撮影に入る前に、「参考になれば」と過去に撮られた俳優のドキュメンタリー映画や追悼番組のＤＶＤを絢さんが何枚か送ってくれた。出演作の映像やスチル写真、関係者のあたりさわりのないコメントをつなぎあわせただけの、手堅くお行儀よく毒にも薬にもならない、そういう作品ばかりだった。

「死んだからってみんながみんな伝説になるわけじゃないのな。伝説にするのよ、

残された人間が」

ぼやきとも批判とも意思表明ともつかないトーンで監督は言い、「にしても、遠くね？」と線路の先を覗き込むように窓のほうに顔を傾けた。「次です、次」とそっけなく私は答える。

――夭折《ようせつ》したら〝伝説〟で、フェードアウトしていったら〝あの人はいま〟だなんて冗談じゃないわよ。

打ち合わせの際に、めずらしく憤りをあらわにして絢さんが吐き捨てたことがあった。うすうす察してはいたが、そのとき私は確信した。火葬場で監督と私を引き合わせたのも、週刊誌の記者を呼んだのも、すべて絢さんが仕組んだことだったのだ。

どこまで勝算があってはじめたことなんだろう。つまらないゲームに巻き込まれてしまったという苛立ちは募るいっぽうだった。絢さんが送ってきた作品にはどれもわかりやすい道すじがあったが、この映画がどこを目指しているのか、どんな道すじをたどろうとしているのか、予想がつかないことに不安をおぼえてもいた。撮ってみなきゃわかんないと最初に監督は言っていたけど、それにしたって彼がなにを考えているのかぜんぜんわからなかった。取材相手から使える話を引き出せないことへの焦《あせ》りもあいまって、日に日に鬱憤《うっぷん》を溜めこんでいく私の表情を、執拗にカメラで捉えようとするのでそれにも苛ついていた。

「ずっと気になってたんだけどさ」と前置きして、監督はカメラを構えなおした。

「十八歳のときに高校中退して、しばらくおばさんのとこにいたっていうのは、なんで？」

訊かれるだろうと予想はしていたが、予想していたからといって動揺しないわけじゃなかった。え、と不自然なぐらい自然につぶやいて、私は目を伏せた。週刊誌には母娘の確執から娘が世田谷の家を飛び出したと書かれていた。

「ママの娘でいるのがつらくなったから」

あらかじめ用意しておいた答えを、できるだけなんてことなく聞こえるよう舌の上に乗せた。声に出したそばから、ちょっと早かったかもしれない、もう少し間をおいたほうがよかったかな、と思った。

だれに教わったわけでもないけど、そういう肌感覚というか呼吸のようなものは最初から私の中に備わっていた。勘がいいと現場でもよく褒められる。社長がどこまで見抜いた上で私をドラマ部門に振りわけたのかはわからないけど、一部ではYO！YO！ファーム一の演技派とまで言われているようだ。実際のところ自分がどれだけのものなのかなんて私には測りようもなかったし、特別な訓練を受けたわけでもなければ芝居のなんたるかもわかっていない。与えられた台詞を生理に従ってカメラの前で読みあげるだけ。白い部屋にたどり着けたことは一度だってない。

私の声が聞こえているのかいないのか、監督は黙ってカメラの液晶画面に目を落

としていた。

「あ、もう着きます」

到着するのを待たずに立ちあがり、私はカメラに背を向けた。監督がのっそり腰をあげる気配を背後に感じながら、ドアが開くなり電車を降りた。足が震えている。ホームを吹く風に「さむっ」と身をすくめてごまかした。

駅から十分ほど行ったところにある古びた商店街の前でタクシーを降りた。商店街とはいっても電器店や薬局など、まばらに立ち並んだ数軒の商店があるだけのごくささやかなもので、その区画を中心に昭和の中頃に開発されたベッドタウンが広がっている。町の中心はいまでは国道沿いに移り、駅の周辺も記憶にあるより寂れていた。

この町から出ていきたい、とちぎれるような切実さで十八歳の敏江はくりかえしていた。おそらくママもそうだったんだと思う。

「ここにはどれぐらい？」

時間が止まってしまったような古ぼけた町の様子をカメラでなめながら監督が訊いた。

「三ヶ月もいなかったと思います。オーディションに受かって、すぐ出ちゃったんで」

行け、行け、と手で指図され、ママの生家――現在は由里子おばさん夫妻が暮らす家のほうに向かって歩き出し、少し進んでから、あ、と思って足を速めた。監督は横に並んでカメラをまわし続ける。

代々木の路上で最初にカメラを向けられたときは向こうのペースに振り落とされまいと食らいついていくような格好だったが、撮影に入ってからはむしろ監督がこちらのペースに伴走するような姿勢を貫いていた。カメラがまわっていても、歩調はゆるめずガツガツ歩く。わざわざ意識しなきゃできないなんて、その時点で私の負けだった。

「なにしてたの、そんとき」

「なにしてたって……」

「学校行ってなかったんでしょ、暇じゃない」

「普通に家のお手伝いとか、居候だし、そのへんはけっこう気、遣って。そのころはまだママの……祖母が近くの施設にいたから、いとこの自転車を借りて洗濯物を取りにいって、洗濯したものをまた届けたりってこともしてました。パン工場で短期のバイトもしたし、暇なときは図書館の視聴覚ブースで映画観たりとか」

「へえ、どんな映画？」

「図書館にあるやつをかたっぱしから。ものすごく古い映画とか中途半端に古い映画とか。『プリティ・ウーマン』とか、吹き替えしかなかったりして」

「ちょっと待って、『プリティ・ウーマン』はものすごく古いの？　それとも中途半端に古いの？」

「うーん、ただの古い映画、かな」

「あー、そう……」

がくっと肩を落とした小向井祐介を見て、私は笑った。

「監督、こういう話、好きですよね」

「……ってどういうの？」

「世代間ギャップみたいな。バブルのときまだ生まれてなかったとか、そういう話するとやたら食いついてきて、俺ももう年だなあとかってダメージ食らったふりするの。おじさんのぶりっこってかんじ」

若ぶったフレームの眼鏡越しに、なにかもの言いたげな顔で小向井祐介は私を見たが、すぐに液晶に目を戻して、えー、やめてよ、ださいおっさんみたいじゃん、とどうでもよさそうに言った。みたいじゃなくてそのものだし、とだから私も投げやりに答えた。

新しいのから古いのまで同じような大きさの住宅が並ぶ平坦な道を進んでいくと、クリーム色の外壁に茶色い屋根の家が見えてきた。十八年前、ママのパパが胃がんで死んだ後に建て替えた家だ。来るのは六年ぶりだったが、びっくりするぐらいなんの感慨もわいてこなかった。カメラもそれを求めていないと思ったから、躊《ちゆう》

見える。

躊躇《ちょ》なくチャイムを押した。薄曇りの空の下、二羽の鳥がつらなって飛んでいくのが

しばらく待っていると、はーい、という声とともに敏江が玄関のドアから顔を出した。明るい色に染めた髪をざっくりとまとめ、スタイルの良さを際立たせる白いオフショルダーのニットワンピースを着ている。ちいさな足音がその後に続き、いとちゃーん、と沙羅がひょっこり顔を出す。親子でコーディネイトを合わせたのだろう。白いセーターにデニムのスカート、髪の毛は高い位置でツインテールに結ばれている。わー、ばか、あんた裸足《はだし》じゃん、と敏江が外に飛び出していこうとする沙羅をあわてて抱き止め、自分の足の上に娘の足をちょこんと乗せた。

現在、敏江はここから目と鼻の先にある夫の会社の社宅で暮らしている。撮影を見学しにくるだろうなとは思っていたが、まさか沙羅まで連れてくるとは思わなかった。カメラを振りかえり、すみません、と急いで謝ったら、えー、なにがー？と監督はにやにや笑っていた。

「おかえり、いとちゃん」

玄関先で私たちを出迎えた由里子おばさんは、はっきりと聞き取れる発音でそう言った。首元にビーズ刺繍《ししゅう》の施されたツインニットにめずらしくスカートを穿いて、いつもより頬紅が濃い。カメラに見つからないよう私は苦笑した。由里子おばさんは出演に難色を示すんじゃないか、小向井祐介のことをよく思っていないんじゃな

いかという予想は大きく裏切られた。

「今日、お願いします」

と言って、私は家にあがった。


生前は妹がお世話になりまして……からはじまり、いつも姪《めい》がお世話になって……へとなめらかに続き、それからは由里子おばさんの独壇場だった。

「先生はお茶にされますか、それともコーヒーのほうがよろしいかしら」

「いえ、あの、ほんとおかまいなく……あと先生っていうの、こそばゆいんでやめてもらってもいいですかね」

「あらまあ、ご謙遜を。そうね、コーヒーがよろしいかもしれませんわね。敏江、ちょっとコーヒーのセットしてくれる？　チーズケーキを買ってきてあるんです。こんな田舎《いなか》ですけど、なかなか悪くないケーキ屋さんがございましてね。先生のお口に合えばいいんですけど」

「あ、はあ、じゃあ、いただきます」

さすがの小向井祐介も由里子おばさんの勢いに押されがちだった。昔からそうだけど、基本的に由里子おばさんは人の話を聞かないし、一方的にしゃべって相手を自分のペースに引き込もうとする。客が来たときにはさらにそれに拍車がかかる。

「お恥ずかしながら無教養な田舎の人間なものですから、先生のお名前だけは存じ

あげておりましたが、娘からいろいろ教えてもらって驚いておりましてね」

そこで由里子おばさんは敏江のほうをちらりと振りかえった。もー、ママそんなことわざわざ言わんでもいいのに、すみません監督、うちの母が、とキッチンカウンター越しに敏江が頭を下げる。

「ねえ、とても有名な映画監督でいらっしゃるとか、あのなんてタイトルでしたっけ、平川みすずの……」

すかさず敏江が、なみわた！　なみわただって、『涙の海をわたって』！　と口を挟む。

「あ、そうそう、それそれ。十年ほど前でしたっけ？　テレビでやってるのを娘がわあわあ騒ぎながら観てましたから、私もいっしょになって観ておりましたけど、映像がとってもきれいで、主人公の女の子がけなげでねえ……難しいことは私にはわかりませんが、すてきな映画をお撮りになるんだなあって」

「は、恐縮です……」

もう少しで噴き出すところだった。通りすがりのおばさんたちのことはいくらでもおちょくれるのに、このざまである。思ったより人擦《ひとず》れしていないのが意外といえば意外だったが、彼もまた狭い業界の中で生きてきた王子様なのかもしれないと考えたら合点がいった。

「ねえママ、フィルターってどこにある？」

普段よりちょっと甘えたような声で、敏江が由里子おばさんを呼ぶ。

「ああ、もうなにやってるの敏江、ちがうちがう、そうじゃないって。ちょっとすみません、失礼しますわね」

由里子おばさんの声も取り澄ましたようなよそゆきになっている。

まだ四歳の沙羅ですらカメラの存在が気になるのか、こちらには近づいてこようとせず、テレビの前に座って女児向けのアニメを観ている。

家の中は片づいていたが、ふと見ると、出窓に置かれた観葉植物にうすく蜘蛛《くも》の巣が張っていた。テーブルの上に置かれたかごの中には、小ぶりなみかんと封の開いたかりんとう。冷蔵庫に貼りつけられたなにかの景品のカレンダー。これまでの撮影はホテルの一室か日楽の会議室、都内のスタジオで行ってきたのに、すごい落差だった。

すみません、とダイニングセットの片側に並んで座った監督に、もう一度、私は小声で謝った。カメラをテーブルの上に置き、角度を調整していた監督が、君さあ、となにか言いかけたところへ、敏江が小皿に載ったケーキを運んできた。

「こないだ霧子さんのパーティーのときにもお話ししましたけど、私いちばん最初に映画館で観た映画がなみわただったんですよー」

「あー、なみわたね、はいはい」

カメラから顔もあげず、さして興味もなさそうに監督が相槌《あいづち》を打つ。小向井祐介

の代表作『涙の海をわたって』は歴代邦画興行収入ランキングに入るほどの大ヒット作で、難病ものブームの走りにもなった。だけどもしかしたら監督は、あの作品のことをあまり好きではないのかもしれない。

「もうすっごい泣きました！　舞台になってる湘南《しょうなん》にもロケ地めぐりに行ったりして。うちの娘が大きくなったら親子三代でいっしょに観ようって、いまから母と言ってるんです」

「そうね、君ぐらいの年の子の映画館バージン、奪いがちだよねあの映画。期せずしてはじめての男になっちゃって光栄です」

えー、やだあー、と敏江はとっさに沙羅のほうを見やりながら調子を合わせて笑い、きつね色の焼き色がついたチーズケーキをテーブルの上に並べた。私も何度か食べたことがある、生地にフランボワーズが練りこまれた甘酸っぱくて濃厚なチーズケーキ。お客さまが来るときにはこのケーキを出すのがこの家の伝統だった。

「今日、監督に会えるって聞いたから、こないだ家でまた観たところだったんですよ。平川みすずが超かわいくって……まあ、いまはちょっと残念なかんじになっちゃってますけど。あのときがピークでしたよね彼女」

私はぎょっとして敏江を見たが、それはいかにも敏江が言いそうなことだった。あのアイドルは劣化したとか、最近きれいになったけど整形したんじゃないかとか、子どものころから敏江はテレビや雑誌を観ながら呼吸するように男も女も品評して

いた。どうせすぐ別れるだろうと思ってたけどほら見たことか、この写真家が撮ったモデルはみんな〝お手つき〟なんだってよ、この女優こんな年になっても結婚できないなんて美人なのにかわいそう。その隣で同じように由里子おばさんも目をらんらんと輝かせていた。当時はそのことになんの疑問も抱いていなかったし、この子にくらべたらまだ私のほうがイケてない？　と笑って訊ねる敏江に、うん、そうだね、敏江のほうがかわいいよ、と無邪気に私も答えていた。そんなこと、いまこの瞬間まで忘れていた。

爪痕を残したいばかりにむやみやたらと毒を吐くタレントは大勢いるけれど、それとは話がぜんぜんちがう。テレビを見る側の人たちは毒を毒だとも思っていないのだ。

「そう？　前クールのドラマ観てなかった？　あの役、かなりよかったと思うけど。ぴたっとはまっててさ」

「あー、あれ、ちらっと見たけど、痩せすぎてて引くっていうか、やっぱりなんかちょっと汚れちゃったかんじがして、なみわたのときのほうが百倍いいですよ」

「うん、まあ、そのときどきで、俳優のいい瞬間を保存しておくってのも、僕らの仕事だからね」

『涙の海をわたって』で主演をつとめた平川みすずは当時まだ十代だった。「十年に一度の逸材」「時代が求めるイノセンス」とメディアはさんざん彼女をもてはや

していたが、数年前に父親ほど年の離れた人気俳優との不倫報道が出ると、手のひらを返したように糾弾《きゅうだん》しはじめた。ＣＭはすべて打ち切られ、決まっていた主演ドラマも降板になった。

スキャンダル以降しばらく姿を見なくなっていたが、復帰第一作目のスペシャルドラマでこれまで演じたことのないような魔性の女役でセミヌードを披露し、最近またドラマや映画にちょこちょこ顔を出すようになっている。「体当たりの演技を見せ、女優として一皮剝けた」と一部では評されているけれど、復帰後はホステスや愛人のような役ばかりあてがわれていることから、脱ぐのも時間の問題ではないかと業界内で囁かれている——と何週か前の週刊誌に書いてあった。

「俺ほかにも平川みすず撮ってるんだけどね。君あれでしょ、なみわた以外に僕の映画、観たことないでしょ？」

へらへらと敏江の話を受け流していた監督が、へらへらした態度を崩さないままナイフの刃を剝き出しにした。敏江もそこまでバカではない。はっとした顔になって、

「あ、えっと、タイトル忘れちゃったけど、車椅子の女の子の話とか……」

「それたぶん僕の映画じゃないね」

「……すみません。今度いろいろ観てみます」

「うん、そうね。よろしく」

気まずそうに敏江は私に視線を送ってきた。どういう顔をすべきか迷っていると、見限ったようにすぐに目をそらした。その横顔は、いつかのママを思い起こさせた。

「さあちゃんもケーキ食べるー」

チーズケーキの存在に気づいた沙羅が小走りに近づいてきて、敏江はほっとしたように娘の頭をぽんぽんとする。

「あんたほんと目ざといねー。だれに似たんだか知んないけど、食い意地はりすぎ！」

「敏江の小さいころそっくり。ほんと、血は争えないわよね」

コーヒーを運んできた由里子おばさんがそう言って笑う。えー、やだ、こわい、と敏江も笑う。二人の会話をどこまで理解しているのか、いっしょになって沙羅も笑っている。

家族のあいだで何度もくりかえされてきた鉄板ネタなのだろう。にこにこ笑いながら監督はそれを眺めていたが、カメラを向けるけぶりすら見せなかった。そのことに安堵《あんど》する一方で、全身をライターでちりちり炙《あぶ》られるような羞恥《しゅうち》を私はおぼえた。

普通の人たち。

カメラを向ける価値もない、特別な輝きを放つこともない、選ばれなかった人たち。

そんなふうに人をジャッジすることを、まばたきほどの素早さでごくごく自然に行っている。私と監督はとことん同類だった。自覚があるだけ、〝お茶の間〟よりもたちが悪い。

「ばあば、お仕事あるから、沙羅はママとあっちでケーキ食べよっか」

そう言って敏江は、リビングのほうに自分たちのぶんのケーキを運んでいった。チーズケーキを挟んで由里子おばさんと向き合う形になり、私は改めて、えっと、じゃあ、よろしくお願いします、と頭を下げた。

「ママのことをすべて話して」

はじめに、私から切り出した。今日はいつもの台本は使わず、訊きたいことを好きに訊いてみてとあらかじめ監督から言われていた。

すべて話せと言われても……と最初、由里子おばさんは戸惑っていたが、辛抱強く質問を重ねていくうちにだんだんと舌が滑らかになっていった。厳格な父親と優しい母親のもとに生まれ、何不自由なく育てられた二人の姉妹。優等生の姉とおとなしくて愚鈍な妹。幼いころに夢中で観たテレビドラマ。憧れのスターのピンナップ。

「あの子は昔からぼんやりした冴えない子で、姉としていつも私は心配させられっぱなしでした」

予想はしていたけれど、由里子おばさんの口から語られるのは彼女の中で作りあげられた物語だった。マダム静やほかのインタビュイーもそうであったように、長い年月をかけて練りあげられた強固な物語。

由里子おばさんがママのことを語るときはいつもそうなのだが、美しくも賢くもない平凡以下の子だったとことさらに強調した。身内をけなすことで謙遜しているつもりなのか、本気でそう思っているのか、なにを思って由里子おばさんがそんなふうに言うのかわからない。だが、そのエピソードは女優・赤井霧子を伝説へと押しあげるのに一役買ってくれるだろう。痩せっぽちでぱっとしない女の子が類まれな女優へと変貌を遂げる。大衆が好みそうな物語だった。

撮影中に語られる赤井霧子の話を、私は見知らぬ他人の話のように聞いていた。ママのことをもっと知りたいと思う気持ちとこれ以上知りたくないという気持ちは、複雑な模様を描いて私の中に交錯しているが、カメラの前に立ったとたん、号笛を鳴らしたようにすんと鎮まる。映画のためになにが必要でなにが不要なのかと頭をめぐらせ、物語を拾い集める役目に徹しているほうがやりやすかった。

「ママは生い立ちや生まれ育った家庭について公にしていません。私にもほとんど話して聞かせてくれたことはなかった。それについてはどんなふうに思っていましたか？」

「私には芸能界のことはよくわからないけど、イメージを大事にしてたんじゃない

んですか。なんていうのか、こう、ちょっと神秘的なかんじのほうがよかったんじゃないかしら。マネージャーさんの方針もあったんでしょうね。いつもご挨拶するぐらいでまともにお話ししたこともないけど、優秀な方だと聞いております。昔のスターもそうでしたけど、あんまり私生活のことは大っぴらにしないかんじ、ありましたもんね。時代がちがうと言ってしまえばそれまでですが、最近はみんながみんなこれでぜんぶ丸出しにしちゃってて」と言って由里子おばさんはスマホを操作する手振りをしてみせた。「まあ、なんですかね、そのほうが若い子たちは親近感が持てていいんでしょうけど。芸能人は雲の上の存在でいてほしいって、古い人間ですから、私は思ってしまうんですが」

最後までしゃべり終えてから、いやだ、こんなこと言っちゃってよかったかしら、と由里子おばさんははっとしたように口に手をあてた。あからさまにはしゃいでいる。芸能界に対する淡い羨望《せんぼう》と軽蔑《けいべつ》。その二つは矛盾することなく由里子おばさんの中に存在していた。

「あとで編集もできるし、おばさんの発言ぜんぶを使うわけでもないから好きに話して。どうしても使われたくないところがあったらあとからカットもできるし――で、いいですよね？」

監督が指でOKサインを作るまでにちょっとだけ間があったが、気にせず私は話の続きを促した。

「赤井霧子側の事情じゃなくて、由里子おばさん自身がどう感じていたかについて聞きたいんだけど」

ぬるくなったコーヒーを啜《すす》り、由里子おばさんは、そうねえ、と小首を傾げた。少女じみた仕草だったが、そのせいで首の皺がいっそう深くなった。

「こんなこと言っていいのかわからないけど……そりゃあ、恥ずかしかったですよ。犯罪者の家族になったような気分でした」

由里子おばさんが質問の意図を取り違えているのはあきらかだったが、思わぬ獲物が引っかかった。隣で監督がなにかを訴えるように咳をし、「っていうのは、つまり……？」と私は慎重に糸をたぐる。

「妹が映画に出ているらしい、それも裸でポルノ映画に、と聞かされたときは、血の気の引く思いがしました。父にはとても言えないからと、母と二人、新宿の映画館まで確かめに行ったぐらいです。びっくりしました。顔だけおんなじの、ぜんぜん知らない別の女みたいだった」

そう言って顔をあげた由里子おばさんの目は、いつになく強い光を放っていた。テレビの前で有名人を断罪していた、あのときと同じ目だ。

「噂はあっというまに広がりました。田舎ですからね、妹は地味で目立たない子でしたけど、それがよけいに衝撃を与えたんでしょう。まさか斉藤さんちの娘さんが……って。ポルノ女優ってところがまた、なんていうんでしょう、ふつうのちゃん

とした女優さんにはなれなかったんだなって妙に納得されてしまったようなところもあったみたいです。顰蹙《ひんしゅく》と同じぐらい同情も買っていたんじゃないですか。ああいったことは悪い人に騙されてやるものだと思われていた時代ですからね。私も母もいつ父にばれるかとそのことばかり気にしていましたから、周囲の声はさほど気にしていませんでしたけど……」

そこで由里子おばさんは言葉を止め、どこか遠くを見るような芝居がかった目をして私を見た。

「あなたが生まれたときの騒ぎには、とりわけまいったわ」

この人はきれいな人だな。ふわりと羽根が舞い落ちてきたみたいに私は思った。顔の造作だけでいったら赤井霧子より美しいかもしれない。いまさらだけど、ママと由里子おばさんは同じ人から生まれてきた娘たちなのだ。

ママのママは、私から見たらしみだらけで髪の薄いおばあちゃんでしかなかったけど、かつてはとてもきれいな人だったそうだ。認知症が進んで施設に入ることになったとき、費用のほとんどはママが負担したらしいが、私の知っているかぎりママが面会に行ったのは入居したてのころの一度きりだった。

「行ったってしょうがない。なにもかも忘れちゃうんだもん。自分がしたことも言ったこともぜんぶ。都合の悪いことはぜんぶ」めったにないことだったけれど、自分の母親について語るとき、ママはことさらに悪ぶった。「私はお金で母親を捨てたの」

由里子おばさんに代わってひんぱんに施設に顔を出すようになった私がだれだか、何度説明してもママのママは理解できないみたいで、ぼんやりしているときは私のことを季里子と呼ぶこともあった。パイプ椅子の上に片膝を立てて座っていると、女の子なのにそんな座りかたしちゃだめでしょう、と目を見開いて怒鳴った。ママのママとの会話はふわふわと危うげで時間もあちこちに飛び、このまま続けていいのかと罪悪感に駆られることもあったが、ママがだれかの娘だということが新鮮で面白かったのと、当時はほかにすることもなかったので、由里子おばさんに持たされたお菓子を食べながら施設の部屋でだらだら過ごすことがよくあった。

「ねえ季里子、次はいつ来られるの？　また写真を見せてちょうだい。こないだの、とてもきれいに写ってた」

幸福にまどろんだように、ママのママは同じ言葉をくりかえした。ママのママは、ママの仕事を認めていなかったと聞いていたから、そんなことを言うなんて不思議だった。それ以上に、自分の娘のことをそんなふうに褒めるなんてと驚いた。取り入ろうとしているようにも聞こえた。

「おねえちゃんはだめね。いくら勉強ができたって、あの子はあなたとちがってかわいげがないから、行き遅れて結婚もできない」

その一方で、由里子おばさんに対しては容赦がなかった。どれだけひどい言葉を投げつけられても、はいはい、悪かったですね、と由里子おばさんは笑って聞き流

していた。

　もしかしたらこの姉妹のあいだにも、私と敏江のあいだに起こったようななにかがあったのかもしれない。距離があるからこそ執着が強まるということもあるのだろう。手のうちにあるものは、却ってぞんざいに扱える。

「妹がスキャンダルを起こすたびに、うちのほうにまでマスコミが押し寄せてたいへんな目にあったけど、後にも先にもあそこまでの騒ぎはありませんでした。そのころには父にもあの子のしていることがばれちゃってたから――週刊誌のグラビアかなんかで見たって言ってましたよ――それはまあいいんですけど、あなたが生まれる半年前に私も敏江を産んでたのでね、どうしてあの子があんな選択をしたのか理解できなかった。だって、ねえ、一人で子どもを産むなんて、そんな、生まれてくる子どもがかわいそうじゃありませんか。母親だったら自分を犠牲にしてでも子どもを優先するのがあたりまえでしょう？」

　由里子おばさんの目に張った涙の膜がみるみる膨らみ、ある一点を超えたところでぱんと弾けてあふれだす。前にもこんなことがあったな、とひややかに私はそれを見つめていた。沙羅の口まわりをウェットティッシュで拭ってやりながら、こちらを気にして首をのばす敏江の姿が視界の端に映った。

　赤井霧子の姉だということが関係していたのかはわからないけれど、由里子おばさんの結婚は当時にしては遅いほうだった。基板メーカーに勤める夫と二十九歳で

見合い結婚し、翌年に敏江を妊娠出産した由里子おばさんがなにを犠牲にしたというのか、私には知りようもない。

いやだ、ごめんなさいね、と由里子おばさんは指の先で涙を払い、カメラに向かって笑って見せた。すごく無防備な笑顔だった。自分の善意がだれかを傷つける可能性があるだなんてみじんも疑っていないのだろう。

「何度も妹に言ったんですよ。お願いだから考え直してって。代わりに私が子どもを育てるとも言った。主人には無断でしたけど、私は本気であなたを自分の娘として引き取るつもりだった。冗談でしょって季里子は鼻で笑って聞き入れようともしなかったけど。だから私、言ったのよ、せめて父親の名前を教えてって」

父親の名前、と口にしてすぐ、由里子おばさんはしまったという顔で監督のほうを見た。わかりやすすぎる。声をあげて私が笑うと、由里子おばさんの顔色がさっと変わった。由里子おばさんだってそこまで鈍くはない。

「あなたはどんどん母親に似てくるわね」

かろうじてつながれていた細い糸を断ち切るような一言だった。由里子おばさんは理解できないことを許せないと言うが、理解できるからといってすべてを許せるわけでもなかった。

由里子おばさんはママを憎んでいたんだろうか。

憎んだ瞬間もおそらくあっただろう。けれど、そうでない瞬間も同じぐらいあったはずだ。

——ママが死んだって聞いたとき、おばさんもほっとした？

いちばん訊きたかったことを訊けないまま、撮影は中途半端な幕切れとなった。私はそれでもなんとか話を引き出そうと粘ったが、由里子おばさんのほうが完全にシャッターを閉ざしてしまっていた。

「霧子さんは最後にだれかと電話で話していたようですが、その相手は由里子さんですか？」

それまでいっさい口を出さなかった監督が、タクシーに乗り込む寸前の、最後の最後に訊ねた。とっさに私はカメラを見た。薄暗がりの中、監督の手元で赤いランプが揺れている。

「いいえ」

硬い表情で由里子おばさんが短く答えた。

「相手がだれかもご存じない？」

由里子おばさんは黙ったまま首を横に振った。そうですか、今日はありがとうございましたと監督はあっさり引き下がり、カメラを抱えてタクシーに乗り込んだ。私もそのあとに続き、玄関先まで見送りに出てきた敏江と沙羅に手を振りかえした。

「すみませんでした、最後、おかしなかんじになっちゃって」

タクシーが走り出してから私は監督に謝った。今日三度目だ。

「えー、なんで、面白かったじゃん」

さして面白くもなさそうに言って、監督はこちらにカメラを向けた。反射的に私は窓のほうへ顔を背ける。黒く塗りつぶされた稜線《りょうせん》が、暮れかけた空にくっきりと境界を描いている。町の灯が遠い。

「おばさんの言ってることがぜんぶ嘘だっていうわけじゃないけど、なにか微妙に納得がいかないっていうか、そういうことにしときたいからそう思い込んでるみたいな、かなり主観入ってるかんじで……」

気に入らないのはそんなことではなかったが、カメラの前でほんとうのことは言えなかった。どうしてママは私を産んだのか、父親はだれなのか、この映画を私の物語にはしないと撮影に入る前から自分に課していた。

「あの人らが語ってるのはさ、赤井霧子を通した自分のことなんだよ」

「逆じゃなくて？」

「逆じゃなくて」

「なんか、こわい」

ぽつりとつぶやいたら、監督が喉を鳴らして笑った。この男に空恐ろしさを感じるのはこんなときだ。かないっこないと心を挫《くじ》かれそうになる。その一方で、なんとしてでもこの男をひれ伏させたいという暴力的な欲望が湧いてきて、ぐっとおな

かに力が入る。丹田を意識すれば軸がぶれることはない。ダンスの先生に教わったことだ。

「あのギャルいたじゃん、ギャル」

「ギャルって敏江のことですか？」

むっとして私は訊き返した。この男の、人を人とも思っていないようなところはやっぱり耐えがたかった。

「いとこだっけ？　あの子とは、あんま仲良くないの？」

「そういうわけでもないですけど……複雑なんです、いろいろと」

それだけ言って話を切りあげようとしたら、なにそれ、女はこわいとかそういうかんじ？　とおちょくるように監督は笑った。

「腹減んない？　飯食おうぜ、飯」

駅前でタクシーを降り、ほかに開いている店がなかったのでかなり年季の入ったうどん屋に入ることにした。建てつけの悪い引き戸を開けたとたん、だしのにおいがわっと押し寄せてくる。蛍光灯がぶらさがった店内は薄暗かったが、よく使いこまれた飴色のテーブルも黒っぽい石を敷きつめた床もすみずみまで磨きあげられていて清潔だった。

「すげえ、かけうどんが三百三十円。田舎価格」

壁にかけられたメニュー札を見あげ、監督がはしゃいだ声をあげる。お店の人に

聞こえるんじゃないかとひやひやしたが、なんにしましょう？　とお茶を運んできた女性はとくに気を悪くしたふうでもない。監督は山菜うどんと天丼を、私は鍋焼きうどんを注文した。

店内には私たちのほかに老夫婦が一組いるだけだった。通路を挟んだ反対側の席に座ったその夫婦を見るともなく眺めていると、先ほど注文を取りにきた女性が黒塗りの盆に薄紙を載せて運んできた。いつもそうしているのだろう。なにか二言、三言かわすと店の女性はすぐに奥へと引っ込んでいき、鞄《かばん》から巾着《きんちゃく》袋を取り出した老夫婦の妻のほうが中身を盆の上にぶちまけた。すべて十円玉で、数百枚はありそうだった。妻は儀式めいた手つきで盆の上に十円玉を並べていった。夫のほうは妻には見向きもせず、横向きに椅子に座って夕刊に目を落としている。私はなるべく見ないようにしていたが、監督はテーブルの上に頬杖をつき、食い入るようにその奇行を眺めていた。

「見たあれ？　じいさんみたいなばあさんとばあさんみたいなじいさんだったよな」

老夫婦より先に食事を終えて店を出ると、駅のほうへ向かって歩き出しながら小向井祐介は何度も店のほうを振りかえった。非難のかわりに睨みつけると、ひゅっと大きな体を縮こまらせる真似をする。

「僕ね、ああいうけったいなのにはぜんぜん興味ないの」

「そのわりにはずっと見てましたよね」

「うーん、見ちゃうのは見ちゃうんだけど、撮りたいとは思わない。他人の目なんてぜんぜん気にしてないんだもん。ああいう人たちはカメラを向けても変わんないでしょ。カメラがカメラとして作用しないんだよな。僕の手には負えません」

私がカメラを確認しようとするのをすぐに見透かして、「それ！」と監督は私の眉間を指差した。

「その点、君はいいよね。痛々しいぐらいにカメラを意識してる」

街灯に半身だけ照らされた監督がしたり顔で笑っていた。恥ずかしさに、かっと目が熱くなる。

監督の言うとおりだった。自分でもどうかしていると思う。四六時中カメラに追われる生活を何年も続けてきたのだ。意識すればするほどおかしなことになるのはわかっていた。なのにいまは、小向井祐介がその先にいるということを意識せずにいられない。赤いランプが消えると不安になる。私を見て。私を撮って。彼が求めているものを正確につかみ、それ以上のことをやって見せたくて、つねにぴりぴり神経を研ぎ澄ましている。

「最近の子はさ、子役のときから妙にカメラ慣れしちゃって、目の前にいるのにCGみたいだなって思うときがあるんだよな。そういうの、俺ほんと萎《な》えちゃうの。もっと生々しいものが見たいっていうか……バカみたいなこと言っちゃうけど、人

間が撮りたいんだよ。ハイでもローでもない、そのあいだにある揺らぎのようなものを。アイドルの子たちもそうじゃない？　目の前にいる相手がだれでも関係ないっていうか、なんか、型にはまってんじゃん。そういうロボットみたいなのがいやで、おまえんとこの社長もいろいろ圧かけたりするんじゃないの？」

　なにか言い返してやりたいと思うのにぐっと喉を押さえこまれたみたいに声が出てこなかった。カメラのランプが点灯しているのかどうか、見ちゃいけないと思えば思うほどそのことで頭がいっぱいになる。

「いいんですか、そんなこと言って。私のガードが堅くなっても」

「そんな器用じゃないでしょ。自分で思っているより君はうまくはないよ」

　駅前のロータリーは吹きさらしになっていて、鋭い冷気が足元から突き刺した。東京よりいくらか寒い気がする。なにが「手堅くお行儀よく毒にも薬にもならない」だよ。最初っからそんなもの、撮る気もないくせに。

「監督って、ものすごいドSですよね」

　せめてもの抵抗に口走ったら、監督は面白くもなさそうに笑って言った。

「君はさ、たまにものすごく凡庸《ぼんよう》なことを言うね」

　駅の構内に入り時刻表を確認すると、次の電車が来るまで二十分近くあった。えー、たるいー、もうタクシーで帰っちゃおうか、と駄々をこねる子どものように

監督は言って、倒れ込むようにベンチに腰を下ろし、そのまま動こうとはしなかった。外のタクシー乗り場に一台も車が停まっていないことを私たちはすでに知っていた。

カメラの赤いランプは消えている。針で突かれた風船のように気が抜けて、監督から離れた位置に腰を下ろす。スマホの写真フォルダを開き、ＳＮＳを更新しようとし、ふと思いついて監督にカメラを向けた。

「インスタに写真、あげてもいいですか？」

ぼんやりした目をこちらに向けた監督は、のろのろとピースサインを作って力のない変顔をしてみせた。凡庸なのはどっちだよとイラッとしながら私はシャッターボタンを押した。「映画の撮影で地方に来ています。小向井監督、おつかれさまです！」と、てきとうなコメントを入力し、いやがらせでハッシュタグをつけるなら「**＃なみわたおじさん**」か「**＃涙の海をわたったおじさん**」かどっちがいいだろうと悩んでいると、

「そういや、まだ言ってなかったよな。近いうちどっかで、赤井霧子の元夫に会いに行くことになったから」

なんでもないことのように監督が告げた。

「元夫って、どっちの？」

愚問だった。フィーがこの映画に出演するわけがない。

「二番目の」ともう一度、監督はピースサインを作った。「そういうことだから、シクヨロです」

食べたばかりの鍋焼きうどんが喉元までせりあがってきそうだった。いまだけはカメラがまわっていないことが救いだった。

7

一月の終わり、毎年恒例になっている年間ランキングの発表イベントが行われた。大方の予想通りクイーンの座に輝いたみーちゃは、春のＹＯ！ＹＯ！ファーム武道館公演をもって卒業することをステージ上で発表した。

「二期のオーディションで入ってきてもう五年になるし、そろそろ卒業してもいいっしょ？――って嘘嘘、それはさすがに乱暴だけど、正直やり残したことはないっていうか、ここでできることは十分やったと思ってるし、二年連続で年間一位をいただけたってことはみんなにも認めてもらえたのかなって、うぬぼれちゃってもいいのかなって思うようなところもありまして。いま卒業したらあざやかに勝ち逃げできるし？――ってここ笑うとこだから！」

みーちゃが声を張りあげると、ステージ後方のスクリーンに里中のアップが抜かれ、客席からは笑いより先にどよめきが起こった。長い髪の毛を指先にくるくる巻きながらあらぬほうを見ている里中はめちゃくちゃにかんじが悪かったが、みずから悪役《ヒール》を買って出ることにしたのかもしれない。

「……まあ、そんなわけで、後ろもつかえてることだし？　そろそろ私は次のステージに進んだほうがいいかなって。前々からみんなには話してるけど、私には大きな夢があって、その夢をかなえるために、そろそろ行かなきゃなって思った次第でございます。ここではない外の世界で一人で戦えるだけの武器はもう持ってる。ここにいるメンバーやファンのみなさんに大きな力を授けてもらった――ってドラクエかよってかんじだけど、勇者じゃねえんだからってかんじですけども、でもほんと、それぐらいの気持ちです。決断するには勇気がいったけど、恐怖よりその気持ちのほうが私の中でどんどん大きくなっていって自分でも止められなかった。背中を押してくれたのはあなたです。もっと高みへ、もっと遠くへ行きたいんです。行かせてください」

いつもどおり溌剌《はつらつ》とスピーチをしていたみーちゃは、話しているうちに感極まってきたのか、最後まで言い終えるとマイクスタンドを滑り落ちるように泣き出した。あらかじめ打ち明けられていたのだろう。A－DASHのメンバーはみーちゃを支えるように前へ進み出て、団結力の強さを見せつけていた。客席からはすすり泣く

ような声とみーちゃのこの先を応援する声が同じぐらい聞こえる。狭いステージの上にぎゅうぎゅう身を寄せ合うほかのメンバーは、それぞれ驚愕《きょうがく》に目を見開き、まじで？　うそぉ？　と声をあげる子もいれば、やだやだやだみーちゃ先輩やだやだと泣き出す子までいたが、私にはすでに何度も目にしてきた光景だった。また一人、いってしまう。

ふと隣に立つまいまいに目をやると、表情のない青ざめた顔でみーちゃを囲む輪を眺めていた。こういうときにはいつも最後の一人になっても拍手を送り続けているのに、その日は様子がちがった。まいまいこそ、いまにもステージの上から溶けて消えてしまいそうだった。

「大丈夫？」

小声で耳打ちすると、はっとしたようにまいまいは首を横に振り、

「うん、大丈夫」

ととりつくろったような笑顔で答えた。

もしかして、まいまいも卒業を考えていたんだろうか。そう考えたらこの反応にも納得がいく。

早い者勝ちというのもおかしな話だけど、このタイミングでみーちゃに卒業を発表されたら、年間三位のまいまいはしばらく卒業を言い出せなくなる。たとえ言い出したとしても、一年は許してもらえないだろう。二十五歳が卒業のボーダーだと

か、ランキング上位の立て続けの卒業は避けるべきだとか、だれが決めたわけでもない、はっきりと明文化されているわけでもないルールに縛られて身動きが取れなくなる。外から見ればおかしな話でも、中にいる私たちにとっては息をするよりあたりまえのことだった。

だからこそみーちゃは外の世界に行きたいんだろう。みーちゃだけじゃない。行ってしまった子たちはみんな鎖を断ち切って自由になりたかったのだ。

テレビタレントになりたいと以前からみーちゃは公言していた。番組MCの隣にアシスタントとして置かれる添え物の女の子じゃなくて、みずからMCになって場をまわせるようになりたいのだと。

「いまテレビでMCやってるのっておっさんばっかじゃん？　女がまわす女のためのバラエティ番組、そんなのがあったら最高でしょ。見てみたいって思わない？」

バラエティ番組のレギュラーをいくつも持ち、〝アイドルらしからぬ〟ワイプ芸や話術で高く評価されているみーちゃはすでに立派なテレビタレントのように見えたが、アイドルの看板を背負ったままではたどり着けない場所があるのだろう。下ネタを振られ、カマトトぶってなんにも知らない体《てい》で話すと、「アイドルの限界やな」と笑いを呼ぶ。「それセクハラですよ！」とやり返せば、「空気の読めんやつ」ということにされてしまう。身を乗り出さんばかりの勢いで乗っかっていったら、「中身おっさんやん」で片づけられる。

「どうしろっつーんだよってかんじじゃん?」とみーちゃは頭を掻きむしる。「よく見たらブスやなって言われて、やめてくださいよーいちおうアイドルなんですからーなんて笑って返すようなこと、もうこれ以上やりたくないんだよね」。私のいるところからはみーちゃの見ているものは見えなかった。

どちらかというとまいまいが卒業を考えていることのほうが私には驚きだった。「トップを獲るまではおばあちゃんになってもやめない」といつか話していたことがある。トップというのがなにを意味するものなのか、わざわざ訊かなくても答えは一つだった。彼女がだれよりもあの王冠を望んでいることを私は知っていた。里中が現れるまでみーちゃの公式ライバルはまいまいだったのだ。まだ目標を達成してもいないうちから卒業を考えるなんてまいまいらしくもない。今年で二十三歳になるまいまいにはまだいくらか猶予《ゆうよ》も残されている。彼女が私より先にいなくなるなんて考えたこともなかったし、もしそうだとしてもいちばんに私に打ち明けてくれるものだと思っていた。

最近ゆっくり話せていなかったからだろうか。年明け最初のライブからなんとなくぎくしゃくしているのも関係しているかもしれない。それともなにかもっと別の理由があるんだろうか?

ぐるぐる頭をめぐらせていると、照りつけるライトの熱がふっと消え、スピーカーからやたらと大仰なシンセサイザーの音が流れ出した。ステージ上にいる私たちよ

り観客のほうが反応が早かった。なにごとかと背後のスクリーンに目をやると、「YO！YO！ファーム五期生オーディション開催決定！」の文字が映し出されている。

みーちゃ卒業発表の興奮も覚めやらぬうちに新たな爆弾を投下され、なにも知らされていなかったメンバーたちは顔を見合わせ、悲鳴をあげたり声もなく笑ったりしている。「はあ?」とでも言いたげな歪んだ表情で、みーちゃをはじめとするA－DASHのメンバーはスクリーンを睨みつけていた。〝涙の卒業発表〟に水を差されたのだから当然といえば当然の反応だったが、すぐに自分たちがアイドルであることを思い出したのか、えーっ、聞いてない聞いてない、と顔の前で手を振りながら口々に騒いで場を盛りあげにかかった。客席からは今日いちばんのどよめき。つめたく透きとおった新しい水を飲みたいと観客が望むのはしかたのないことだった。

また一つ、古いものになる。焦りとあきらめと失ってしまったなにかに対する憧《どう》憬《けい》が彼女たちの複雑な表情から読み取れた。一度でもステージに立ってしまえば、かつては祝福の鐘だったそれがまったくちがった響きに聞こえるようになる。新しくやってくる女の子たちは自分を脅かす敵なんかではなく、まっさらで傷の一つもないかつての自分たちだ。

「えっ、やばじゃん、やばやば」

すぐ背後で四期生の春山がくりくりと目を輝かせ、「ついに私も先輩ってこと?

やばない？」と平手で私とまいまいの背中を叩いた。痛い、痛いって、おまえマジでふざけんな、加減っつーもんがあんだろーが、とやり返したまいまいはもういつものまいまいに戻っていた。

かたくなに出演を拒否していた絢さんから急にOKが出たと監督が連絡してきたのは、二月も半ばに差しかかったころだった。

「絢の気が変わらないうちに撮っちゃいたいから、おまえすぐ来れる？」

その日は非番だったので、阿部さんに断ってから寮を出て、現場に向かう電車の中で「急な撮影が入ったからリハに行けなくなった」とヨヨギモチのメンバーにもグループメールを入れた。「り」「りょ」とそっけない返信が送られてくる中で、「了解。撮影がんばってね。こちらはまたかなんちゃんにヘルプで入ってもらいます」とまともに返してくれたのはまいまいだけだった。

まいまいとはゆっくり話せていないままだった。なんとなく向こうが避けているような気配があったし、忙しさにかまけてその壁を突きやぶることを私も躊躇していた。決定的なことを聞かされる覚悟が私の中にまだなかったというのもある。これまでにそんな覚悟ができたためしなんか一度だってないんだけど。

銀座《ぎんざ》にある日楽本社に到着すると、受付で指示されたとおりにエレベーターで四階の試写室に向かった。試写室には絢さんしかおらず、監督の姿も金沢さんの姿も

近くにはなかった。セッティングに手間取っているのだという。

絢さんは隙《すき》のないパンツスーツにかっちりした白いシャツを着ていた。芸能マネージャーというよりは、結婚式場かなにかのスタッフみたいだ。いつもはジャケットを着ていても、中にやわらかい素材のボウタイブラウスやフェミニンなワンピースを合わせているのに。長い巻き髪も今日はひっつめのお団子にしてある。

「甲冑《かっちゅう》みたい」

思ったままのことを口にしたら、絢さんは無理に口角を持ちあげて笑った形にした。

やっぱり映画に出たくないんだろうな、とそれを見て私は思う。なにもかも見透かしたような怜悧《れいり》な顔でいつも超然としてる絢さんが、私と同じぐらいかそれより下の、惑いまくってる女の子みたいに見える。いかにも小向井監督が喜びそうな素材だった。

試写室の最前列に座った絢さんの前にはいつも監督が持ち歩いているのとはちがう、やたらと大きなカメラがセットされていた。一昨日《おととい》使ったのと同じものだ。

「見たの？　澄川《すみかわ》たい子《こ》の」

気になっていたことを訊ねると、絢さんは「見た」と言ってちいさくうなずいた。

「やっぱり。急に絢さんが映画に出るなんて言うから、そうじゃないかと思ったんだ」

「監督に見事にはめられた」

「そこまでわかっててもやるんだ？」

「最初に監督を引きずり込んだのはこっちだもの。しょうがないじゃない」

そう答えた絢さんは、玉手箱を開けたみたいに一瞬で、熟年の敏腕マネージャーの顔になっていた。

手持ち無沙汰に赤いビロード張りの座席を膝で上げたり下ろしたりしながら、私は試写室の中を見まわした。遮音素材で覆われた五十席ほどのごく小さな試写室は、特有の静けさとこもった空気に浸されている。

一昨日、この場所で澄川たい子の撮影をした。映画人のインタビューを撮るのにはおあつらえむきのロケーションだったが、まさか絢さんの撮影もここですることになるとは思わなかった。

「ほんとだったら私いやなのよ、こんな映画に出るの。けど、小向井ちゃんの頼みとあっちゃしょうがないじゃない」

澄川たい子はそう言って、七十歳を越えているとは思えないほどなまめいた視線を監督に向けた。「この借りは一生かけて返すからさ」とやにさがった顔で監督は答えていた。

撮影の最中、こんなふうに二人は、私なんかいないみたいに親密なムードを醸《かも》しながらじゃれあっていた。過去になにかあったのか、それとも現在進行形で続いて

いるのか、二人がどんな関係かなんて知ったことじゃないけど、前戯に利用されているみたいで不快極まりなかった。

澄川たい子はまだテレビが普及していなかった時代に清純派美少女として銀幕デビューし、数多くの青春文芸映画で顔を売った後、名匠と呼ばれる監督の作品に出演して押しも押されもせぬ国民的女優となった。二十五年前に小向井監督が撮った『激情』という映画で息子ほど年の離れた若い男を追いかける女の役を情念たっぷりに演じ、国内外いくつかの主演女優賞を受賞している。舞台、ドラマ、映画となんでもこなす本格派で、最近ではシリーズものの大作映画で若き主人公を導くメンターの役や、十代向けの学園ドラマで学園長を演じたり、新進気鋭の舞台演出家と組んで古典の新解釈に挑んだりと、〝錆《さ》びない感性〟で幅広い活躍を続けている。由里子おばさんが言うところの「ふつうのちゃんとした女優さん」のメインストリームを歩いてきた人だ。これまでに二回結婚して、二回とも離婚している。子どもはいない。

赤井霧子とは映画やドラマで何度か共演したことがあり、いずれも澄川たい子は二番手三番手にクレジットされ、赤井霧子の序列はもっとずっと下のほうだった。老舗旅館の女将《おかみ》と一介の温泉芸者、権力者の妻と愛人、殺人犯の母親と何番目かに殺される女。

「赤井霧子さんねえ……共演したときの印象って言われても正直あんまり覚えてな

いっていうか、やっぱり裸でのしあがった人じゃない？　娘の前でこんなこと言うのも申し訳ないけど」

申し訳ないと思っているようにはまったく見えない傲然《ごうぜん》とした態度で、澄川たい子は一座席ぶん空けて隣に座る私を顎で指した。目の細かい銀色のニットと脚にぴったりと沿うジャージー素材のパンツ、つるりとした緑色の石をあしらったイヤリングを両耳に垂らしている。シンプルだけど、お金のかかっていそうな美しい装いだった。

「けど、あなただって芸能のお仕事してるんでしょ？　覚悟の上でここに来てるのよね。でなけりゃ困るわ。最初に断っておくけど、私は私の好きにしゃべらせてもらいますからね」

大物と呼ばれる役者と共演したことは何度かあったが、澄川たい子は私がこれまで見てきた中でいちばん芸能人然としていた。スターがちゃんとスターだった時代の〝古き良き芸能界〟の空気をそのまま体現しているような人。小向井監督にもそのかんじはちょっとあるけど、濃度がぜんぜんちがうし、由緒正しいかんじはあんまりない。カメラの前だからこんなオーラを放っているのか、それとも家で下着を洗っているときでもそうなのか、気にはなったけどさすがに訊けなかった。

「すげえっしょ、ラスボスってかんじ？」

監督が私の耳元でおちょくるように囁くと、聞こえてるわよ、と澄川たい子が眉

をはねあげた。そのまんま映画のワンシーンみたいで、思わず笑ってしまう。

「変な子ね、若いのにずいぶん落ち着いてる」

「でしょ？　この子、妙に肝がすわってんの」

「ふうん」

面白くなさそうに澄川たい子はじろじろと私を見た。世紀の美少女と謳《うた》われたころのこぼれそうに大きな瞳はいまなお健在で、こちらを圧するように強い光を放っている。この威光の前で萎縮しない若い娘がめずらしいのだろう。私は胡桃の鈍さでもう一度ほほえんだ。彼らは知らないのだ。この後にほんとうのラスボスが控えていることを。

「どうしたの、今日。おとなしいじゃん」

撮影のあいまに監督が肘《ひじ》で小突いてきたけど、生返事でやりすごした。痛々しいぐらいカメラを意識していると指摘され、どうふるまったらいいのかわからなくなっているのもあったけど、近いうちにあの男に会いに行かなくちゃいけないということが、羽虫のように意識の表面にまとわりついてうるさくてしかたなかった。フィーとも連絡が途切れたままだし、ママの遺骨をどうするかもうやむやになったままだ。まいまいのこともできるだけ早くなんとかしたいし、新曲の振りもまだ完璧じゃない。絢さんからのスカウトも宙に浮いている。私はこの先どうすればいいんだろう。考えなきゃいけないことが多すぎて、どこから手をつけていいのかわか

らなかった。

ママが死ぬまで、私はこんなんじゃなかった。もっとシンプルで、なんでもなかった。あの地点に戻りたいとはいまさら思わないが、死んでもなお私の人生に干渉しようとするママの執念、その息遣いまでが身近に感じられるようでうんざりした。私の足に巻きつけられた鎖はどこまで逃げてもママにつながっている。

試写室のスクリーンには、撮影している最中ずっと日楽が制作した文芸映画が映し出されていた。こちらも澄川たい子は主演ではなく、二人の男のあいだで何十年も揺れ続ける女の役を演じていた。赤井霧子の出番はごくわずかで、監督が「おっ、きたきた」と言わなければ見逃してしまうところだった。当時、赤井霧子は三十代半ば。スクリーンを横切っていく光はかつての目の眩《くら》むような輝きを失っていたが、ゆらりと立ちのぼる煙のような余韻《よいん》を残した。

「で、実際のところどっちだったの？　事故？　自殺？」

スクリーンに気を奪われている私と監督を引き戻そうとするかのように、澄川たい子がよく通る声で訊ねた。瞬時に空気が凍りつき、監督が咎めるような視線を向けると、「……まあいいや、はいはい」と肩をすくめて笑った。

この人は赤井霧子が嫌いなのか。

さんざんいやみを言われていたのに、その段になってようやく彼女の敵意に気づいた。

一時期、芸能界のご意見番として歯に衣着《きぬ》せぬ物言いで世相をぶった切っていただけあって、澄川たい子には遠慮がなかった。赤井霧子など所詮《しょせん》ポルノあがりの取るに足らない存在だと、カメラの前で裸になるか、プロデューサーや監督と寝て仕事を取ってくるしか能のない二流、センセーショナルな物言いやゴシップで大衆の気を引くことしかできない品のない女だと、一方的に話し続ける大女優の話を私はただ拝聴するだけだった。澄川たい子は最後まで、女優という肩書きを赤井霧子に冠しなかった。

由里子おばさんのように複雑な胸中を複雑なままさらけ出す人はいても、これまでの出演者にあからさまに赤井霧子をけなす人はいなかった。そういう相手を選んで絢さんがコンタクトを取った。そうやって絢さんはこの映画をコントロールしようとしていた。そこへ、監督が澄川たい子をねじ込んだのだ。こんな大物、絢さんが拒否したとしても日楽が黙っているわけがなかった。

「私にはこれっぽっちも理解できないんだけど、裸になってでも注目を集めたい、裸になるぐらいでカメラを向けてもらえるならお安い御用って女はいつの時代にもいるからね。一部では伝説みたいに言われてるけど、結局は赤井さんもそのうちの一人でしょう?」

試写室のスクリーンにいきなり澄川たい子の顔が大映しになり、私も絢さんもはっとして後方の映写室を見あげた。テスト、テスト、と口を大きく動かしながら、

窓から監督が手を振っている。どこまで人をバカにしたら気が済むんだろう。

「なにも裸になるのが悪いって言うんじゃないのよ。だけどね、意味もなく脱ぐのと、必要性があって脱ぐのとでは話がぜんぜんちがうってことを言いたいの。女優の裸はそんなに安いもんじゃない。私も何度かヌードになってるけどね、一にも二にも脚本《ホン》次第。脚本をしっかり読み込んだ上で、監督とディスカッションを重ねて、作品に必要だと本心から思えなきゃ脱いだりしなかった。アートか猥褻《わいせつ》かっていうのは古くから言われていることだけど、直截《ちょくせつ》的で刺激的なポルノが氾濫《はんらん》すればするほど、芸術的で精神性の高い官能が求められるようになるんじゃないか、それこそが女優の仕事なんじゃないかって私は思うのよ。女優は映画の華っていうでしょう？　スクリーンの上で美しく咲き誇ってこその存在なの。その矜持《きょうじ》を持たない人間なんてだれが認めても私だけはぜったいに認めない。役欲しさに、男を喜ばせるために裸になるなんてプライドもなにもあったもんじゃない。乞食といっしょよ、そんなの」

スクリーンの大女優が吐き捨てるように放った「乞食」の一言に、絢さんは不快そうに眉根を寄せた。

「……まあ、赤井さんの場合、ろくに芝居もできないんだから、作り手の側も脱がせるぐらいしか使いようがなかったんでしょうけど。考えてみればかわいそうな人ね。男に身をまかせたばかりに破滅の道を辿《たど》っていったんだから。あなたも気をつ

けなさい。母親の轍《てつ》は踏まないように。とくにこの小向井みたいなのがいちばん悪い。騙されちゃだめよ」

そう言って澄川たい子は勝ち誇ったように笑った。ひどい言われようだなあ、とにやついた監督の声がスクリーンの外から聞こえ、ハイ、気をつけます、と神妙なトーンで私もかぶせた。

「これだけ言われて、あなたはちっとも腹が立たなかったの？」

腕を組んでスクリーンを睨みつけていた絢さんが、ふと私に訊ねた。ほんとうに純粋に不思議そうな顔をしているので、こっちが驚いてしまった。そうか、普通ならこういうとき怒るのか。

「怒ったほうがよかった？」

澄川たい子の話したことはほとんどがどこかで聞いたようなものばかりで、小石ほども私の心を波立たせなかった。もっと口汚い言葉で赤井霧子を罵る人はいくらでもいたし、ネットにあふれる誹謗《ひぼう》中傷にくらべたらお上品すぎてあくびが出るほどだった。「でていけ」。赤いスプレーで書かれた力強いメッセージ。ご親切なことに子どもにもわかるようにひらがなで。そういうのが日常茶飯事だったから。

赤井霧子のような女が嫌いな人間はいくらでもどこにでもいる。彼らの気持ちを澄川たい子は代弁したまでだった。監督の求めに応じ、悪役《ヒール》をきっちりと演じきったのだ。澄川たい子ほどの大女優でも赤井霧子のことではむきになってしまうなん

て、むしろこれ以上の賞賛はないんじゃないかと思うぐらいだった。

「そうね……そのほうが、おそらくは、よかったでしょうね」

絢さんにしてはもってまわった言いかただった。

「それは映画的にってこと？　それとも人間的に？　絢さんがそうしてほしかったってだけの話じゃなくて？」

さすがにこれは意地悪だったかなと思いながら訊かずにいられなかった。絢さんは琥珀色のレンズの内側で、何度か目を瞬《しばた》かせた。

「ごめんなさい」

「あんな大女優に嚙《か》みついたら、うちの社長なんか手がつけられなくなるぐらい怒りまくるだろうし、マネージャーは縮みあがっちゃうよ。スパッと切れ味みごとにクビ飛んじゃう。あ、そしたら絢さんとこで拾ってくれるんだっけ？」

冗談めかすように言って、座席の上で胡坐を組んだ。そうすることで、ぽつりと一点落ちてきた罪悪感のしみが広がっていくのをやりすごした。

泣くべきときに泣いて、怒るべきときに怒る。

私にはそれがとても難しい。

「霧子さんは、自分の体を自分のものだと感じられないと言っていました」

カメラがまわりはじめると、絢さんは張りつめた硬い表情で語り出した。

「自分のためだけに使っちゃいけないような気がする。だからカメラの前で裸になることなんてなんでもないことなんだと。最初はよくわからなかったんです。霧子さんの言っていることがどういうことなのか。だけど、だんだん私にもわかってきたというか、身に覚えのあることのように思えてきて。初潮を迎えたときに赤飯を炊いたりなんてこと、いまどきはあんまりしないのかもしれないけれど、あれだってつまりそういうことでしょう？　妊婦のおなかに気軽に触れたり、若い女の子を性的に消費したり……女の体って、女のものじゃない。そういうふうに社会ができているんです」

それは、ぼんやりと生きている私でも感覚的にわかることだった。赤飯を炊かれたことも妊婦になった経験もないけれど、すごくよくわかることだった。

「同時に霧子さんは新しい女になりたいとも言っていました。裸になることを大げさなことにしたくない、悲愴感《ひそうかん》が出てしまったら最悪、そんな裸だれも見たいと思わない、あっけらかんとぺろっと脱ぎたいって。だれかがやらなきゃいけない仕事なら最後の一人になっても私がやってやるって」

「うわあ、ママ言いそう」

思わず私は声をあげた。でしょう？　と絢さんがうれしそうに眉をあげる。

「あの宇宙人の話とか、まさにそんなかんじ」

「観たの？　私、あの映画大好き。赤井霧子の中でいちばん好きかもしれない。地

球を征服するためにやってきた宇宙人の女が欲望の赴くまま男を抱きにいくのよね。宇宙人だから地球の男より力も強くて超能力まで使えて。ほんとに最高だった」

語りに熱を帯びるにつれて、青ざめていた絢さんの頬に赤みが差してきた。よりにもよってあんなとんちきな映画が赤井霧子作品の中でいちばん好きだと、カメラの前で大っぴらに語っちゃうなんてどうかしている。遣り手のこわい人だとばかり思っていたけれど、絢さんの新たな一面を垣間見るようで面白かった。

「あの作品に限ったことじゃないんだけど、とにかく自慰《じい》をさせろってうるさくてね。会社も監督も絡みをやらせたがるんだけど、霧子さんは自慰自慰自慰、自慰をやらせなければ映画に出ないって毎回大騒ぎだった。いまから思えば、そうすることで女の体を女の手に取り戻そうとしていたのかもしれない——なんて、これは私の勝手な解釈だけど。赤井霧子は男たちの所有物のように思われているけど、女性にもけっこう人気があって、女性誌で取り上げられたことも何度かあるぐらいなのよ。ポルノ女優が女性誌で扱われるなんて、いまでもあんまりないことでしょ？当時としてはほんとに画期的だったんです」

じいじいじいとお堅い格好をした絢さんの口から勢いよく飛び出してくるのがおかしくて笑ってしまった。カメラの向こうで監督も、辛抱たまらんといったように噴き出している。ここにいる三人は、形は違えどそれぞれがそれぞれに赤井霧子を愛している三人だった。

ママには子ども以上に子どもっぽいところがあって、卑猥な単語やうんこレベルの語句を連発してはけらけら笑っていた。意味がわからなかったころは音の面白さにつられて笑い、意味がわかるようになってからは眉をひそめながらそれでもやっぱり笑ってしまった。

世間が躍起になって赤井霧子という女優に悲劇のヴェールをまとわせようとしても、本来持っているものが陽なのだからしかたなかった。ふとした拍子にめくれあがって滑稽さが顔を出す。実際、ママのことを話しているうちに絢さんの表情もだいぶゆるんでいた。

「霧子さんはほんとうにきれいだった。きれいで、強かった。よく切れる刃物みたいな美しさをふりかざしてスクリーンを支配していた。派手なカーアクションをしたり、日本刀を持って大立ちまわりを演じる俳優とやってることはなんにも変わらない。男たちが男たちのために映画を作っている中で、ほんとうの覇者はだれなのか、フィルムを観ればあきらかでした。だれでも美しいものを見ると晴れやかな気持ちになるでしょう？　美しさは力だって、霧子さんを見ていると心から思えたんです。赤井霧子こそ本物の女優だって私は思っています」

日本のセックスシンボルとなった赤井霧子は、ポルノ映画としては異例のヒットを飛ばし続けた。毎月のように――多いときには月二本のハイペースで新作を撮る生活が何年も続いた。赤井霧子さえ出ていれば客が入るというのでやっつけのよう

な仕事も多かったが、十分に一度、絡みのシーンを入れさえすればあとは好きにしていいという自由度は、金はないが才能と熱意だけはあり余っている自主映画畑の若手監督たちを引きつけた。みんなこぞって赤井霧子を撮りたがり、霧子もより意欲的で挑戦的な作品に出たがった。いい時代だったと夢に浮かされるように絢さんは語った。

もうポルノには出ない、と霧子が言い出したのは、絢さんからしてみれば突然のことだったという。アダルトビデオが勃興《ぼっこう》し、ポルノ映画全体が斜陽に差しかかっていたとはいえ、赤井霧子の映画にはまだ客が入っていた。当時、霧子は二十七歳。ようやく熟女ものや人妻ものを演じるのにふさわしい年齢になっていた。ポルノ映画ファンの年齢層は年々高くなっている。いま卒業してしまうのはあまりに惜しかった。しかし、霧子の意志は固かった。子どもができたの、だからもう裸では稼げない、と。

「ずいぶんつまらないことを言うんだなって失望した。霧子らしくもない。新しい女になりたいって言ってたのは口だけか、ここが赤井霧子の限界かって」

そこまで言ってから絢さんは、ごめんなさいねと思い出したように頭を下げた。

「そういうの、いいから」と私が言うと、もう一度、ごめんなさい、と謝った。

「私は子どもを産んでいないし、欲しいと思ったこともなかったからいまだによくわからないの。女にとって出産ってそんなに大きなことなのかって」

「大きなことだよ。だって〝神様とのセックス〟だよ」

どうにかして話の流れを変えたくてワイドショーでのママの言葉を持ち出し、すぐさま両手をはさみの形にしてカメラのほうを向いた。

「やば。アイドルなのにセックスって言っちゃった」

緊張がゆるんだのか、絢さんも監督もはじけるように笑った。危険な綱引きをしていることを私たちは三人ともよくわかっていた。

「そのときまで私は赤井霧子を二人のものだと思っていたのね。霧子さんと私の二人で作りあげたものだと。だからよけいにショックで、自分が切り捨てられたような気持ちになって途方に暮れてしまった。私を捨てるつもりかって霧子に詰め寄ったこともあった。彼女は悲しそうな顔をして答えた。〝母親と同じようなことを言わないで〟って」

絢さんは気遣うような目を私に向けたが、大丈夫だから、と目だけで私はうなずき返した。ママが自分の母親のことをよく思っていないことぐらいわかっていた。由里子おばさんにぜんぶ押しつけて逃げるようにあの家を出てきたことに罪悪感をおぼえていたことも。私も同じことをしたからぜんぶわかっていた。

「お母さんみたいになりたくないって、とにかくその気持ちが霧子の中では大きかったみたい。お母さんみたいにならないためにどうすればいいのか考えて、女優になるしかないって思ったんですって。ほかに思いつかなかったし、ほかになんに

もなかったって」

ママみたいになりたくない。それが母親にとってどれだけ痛烈な否定になるのか、私には想像もつかない。だからこそ平気でそう思えてしまうのかもしれなかった。

ママみたいになりたくない、と私も思っていたはずだった。なのにいつのまにか、ママと似たような道を選んでいる。世間知らずの十八歳の女の子が、東京で一人で生きていくための選択肢はいまも昔もそう多くはなかった。

「それなのに、霧子は子どもを産むことを選んだの？」

ママと呼びたくなくて霧子と呼んだ。私の質問に、絢さんはさっとカメラのほうに目をやった。この話題になると、だれもがカメラの向こうにいる人を見る。監督がいまどんな顔をしているのか、大きなカメラの陰に隠れて私のいる場所からは見えなかった。

「……最初は戸惑っていたみたい。どうしたらいいのかわからないって。良い母親っていうのがどんなものかわからないから、あなたに酷《ひど》くあたるかもしれないって怯えてもいた。練習がてらに母親の役があったら片っぱしからオーディションを受けるって言ってたこともあった」

「バカだね、受かるわけないじゃん、赤井霧子が」

笑わせるつもりで言ったのに、絢さんはお愛想程度に口角を持ちあげただけだった。

「メソッド演技法って知ってる？」

「知らない」

「日本ではあまり知られていないし、最近だと役者の負担が大きすぎると敬遠されていたりもするから知らなくても当然ね。ニューヨークのアクターズスタジオが提唱したもので、役者自身の記憶や経験、内面を掘り下げることで役に肉薄し、役の人生を追体験するっていう、リアリティをより追求した演技法なんだけど、もともとどちらかっていうと憑依《ひょうい》型の役者だったから、霧子さんも強く興味を引かれたみたいでね」

ヌーベルポルノ卒業を決めた時点ですでに妊娠三ヶ月だった赤井霧子は、おなかが目立たないうちに契約が残っていた五本分の映画を撮り終え、半年の休暇に入るとその足でニューヨークへ飛んだ。以前よりメソッド演技法のワークショップに参加したいと望んでいたらしい。マーロン・ブランドやマリリン・モンロー、ジェームス・ディーンやロバート・デ・ニーロ、ダスティン・ホフマンなど数多くの名優が取り入れたことでも有名な演技法だった。

「そんな話、はじめて聞いた」

「はじめて言ったからね」絢さんは笑った。枯葉がこすれあうような頼りない笑いかただった。

「霧子さんにはわかっていたんでしょう。公表したところで箔《はく》がつくどころかポル

ノ女優がメソッド演技法なんか習得してどうするって笑われるだけだと。すごく真面目な努力家だったのに皮肉な話よね」

出産後、赤井霧子は一般作品への進出を果たした。メソッド演技法は赤井霧子の新たな武器になるはずだと絢さんも大いに期待をしていたが、与えられるのはカメラの前で裸になってしどけなく男に抱かれる女の役ばかりだった。幅広い役をこなせることを示すために片っぱしから母親役のオーディションを受けたが、結果は惨敗。悪くはないけど役者本人のイメージが強すぎて使いづらいというのが大方の評価で、母親の役がまわってきたとしても、愛人の子どもを産み、水商売をしながら育てるシングルマザーといった役どころばかりだった。

加齢による渋みや枯れがそのまま魅力とされる男優とはちがい、年齢が増すほど女優に振られる役は少なくなっていく。聖母か娼婦。ほとんどがそのバリエーションの範囲でしかない。澄川たい子でさえ、四十歳をすぎてからの主演映画は『激情』の一本のみだ。それだって若い男を過剰な母性でスポイルし、捨てられそうになるや、なりふりかまわず追いすがるファムファタルのなれの果てのような役だった。

「いつのころからか霧子さんは、カメラの前で魅力をふりまくことを恥じるようになっていたんじゃないかって思うんです。美しく女性的な肉体をさらせばさらすほど、ほんとうにやりたい役から遠ざかっていく。わざと太ってみたり、『何がジェーンに起ったたか？』のベティ・デイヴィスみたいに白いドーランで顔を塗りつぶして

カメラの前に出るようになったり……おかしな行動に出るようになったのはそのころからです」

なんとなく思いあたるふしがあった。年代順に赤井霧子のフィルモグラフィを追っていくうちに、あるときふつりと光が弱くなったのだ。最初は気のせいだと思った。目が慣れてしまっただけなんじゃないかと。

赤井霧子が放っていたあの光は「私を見て」の光だった。ある瞬間、ある条件のもとで若い女が放つ、見る者の胸を抉《えぐ》るような野蛮な光。一昨日、この試写室で見た煙のたなびくような残像にその切実さは感じられなかった。

一人歩きしはじめた赤井霧子を制御することは、もはや霧子自身にも不可能だった。どれだけ服を脱いでも肉体までは脱げないように、赤井霧子という舞台から降りられなくなっていた。このまま赤井霧子をまっとうするか、さらに強い色で塗りつぶすか、いっそ殺してしまうか。霧子の迷走がはじまったのはそれからだ。

「役者っていうのは節目節目で運命の作品に出会わなくちゃならない。そうでなければ、人から忘れられてしまうか、それこそ二流で終わるか。私たちはそう考えていました。大きな作品じゃなくてもかまわないけれど、軽いタッチのコメディよりはどっしりと骨太な人間ドラマを、赤井霧子を新しい場所に連れてってくれるような作品に出会えないものかと必死だった。ちゃんとした女優として認められたいという気持ちが霧子さんの中で日に日に強くなっていたみたいです。赤井霧子の魅力

はある種の軽やかさだったはずなのに、そのことを霧子さんも私もはき違えていたのね」

「ちゃんとした女優とちゃんとしてない女優って、なにがちがうんですか？」

気になっていたことを訊ねた。「女優は映画の華」だとちゃんとした女優の澄川たい子が言い切っていたのに、ちゃんとした女優じゃない赤井霧子がそれに抵抗するのはおかしな話のように思えた。

「ちがわないのよ、ほんとは。女優は女優。私はそう思う。だけど、そう思わない人もたくさんいるってこと」

女優を脱がせるための常套句《じょうとうく》というものがあるのだと絢さんは言った。これは芸術だから、いやらしくないきれいな裸だからとあの手この手でかき口説いて男たちは女優を脱がせにかかる。脱いでこそ本格派という風潮もいまだに残っているし、脱がなきゃ脱がないでお高く止まっているだのいい年して清純派気取りだのと揶揄《やゆ》される。だからと言ってあんまりかんたんに脱ぎすぎると、安い女だと貶《おとし》められる。

「どこからがきれいな裸でどこからが汚い裸かなんて、だれがどうやって決めるっていうの。どこからが芸術でどこからが猥褻？　そもそも猥褻のなにが悪いっていうの？」

その手の話はアイドルの現場でも日常茶飯事だった。プロなんだからこれぐらいあたりまえ。ファンを喜ばせるのがアイドルの仕事。みんなやってることなんだか

ら自分だけやらないなんてわがまま通らないよ。タダ同然のギャラしかもらえず、際どさを増していく一方の水着グラビアに抵抗感を示す子は少なからずいて、そんなときに決まって用いられる方便だ。

　私自身は水着になることにそこまで抵抗はなかった。自分の体が自分のものだと感じられないから――ってことになるのかはわからないが、とくに恥ずかしいとは思わなかった。私なんかの水着姿をだれが見たがるんだろうと思いながら、カメラの前で指示されるとおりにポーズを取った。

　――まぐろを通りこしてかつお節じゃねえか、こんなの。

　グラビア誌に掲載された私の水着写真を見て、あきれたように社長が吐き捨てていた。棒っきれが道ばたに転がっているみたいな色っぽさのかけらもない写真だった。やはり需要がなかったのか、ある時期から私のところにはグラビアの仕事がぱたりとこなくなった。

「みんながみんな芸術的なセックスをしてるわけじゃないでしょう？　ギリシャ彫刻だって裸婦画だって百パーセントエロ目的じゃないって言い切れる？　どこで脱ごうが脱ぐまいが、そんなの当人の自由でしょ。それをアートがどうのとくだらない言い訳こねくりまわして、いつまでそんなことやってるつもりよ、とっととやめちまえっていうの」

　威勢よく啖呵《たんか》を切ったあと、すぐに我に返ったのか、さすがにここは使わないわ

よね？　とはっと口に手をあてて絢さんは監督を見た。さあ、どうかなあ？　と首を傾げてはぐらかしながら、
「みんながみんな芸術的なセックスしてるわけじゃねえって映画史に残る名言になるよ」
と言って監督は笑った。

人前に出なくなってからの赤井霧子について、絢さんは語る言葉を多く持っていないようだった。あまり話したいことではないのだろう。零落《れいらく》した女優のそれからなど、だれも知りたくはない。

ワイドショーでの取り上げられかたや偲ぶ会での様子を見ていてもそれはあきらかだった。華やかで美しかったころの赤井霧子だけを、みんな愛していた。無造作に脱ぎ捨てられた靴のようにだれからも相手にされず、娘からも見捨てられた晩年のわびしい生活について一部の週刊誌では触れていたが、反響が乏《とぼ》しかったのか、話題はすぐに娘の所属するアイドルグループについてや同性パートナーと暮らす元夫の現在についてにスライドしていった。

「ママが死んだって聞いたときはどう思った？」

最後に私は訊ねた。あらかじめ質問されることを想定していたのだろう。絢さんは諦念《ていねん》のまじったような苦い微笑を浮かべた。

「ああ、きたか、ってそう思った」

決して待ち望んでいたわけではないけれど、そのときがくることを覚悟していた。そういう顔をしていた。生きていてほしいと願うのと同じぐらいの強さで、もう生きなくてもいいと思っていたとも取れる。華やかで美しかったころの赤井霧子をだれよりも愛していたのは絢さんだった。

片づけがあるという小向井監督を残し、私と絢さんは日楽の本社ビルを出た。銀座はまだ宵《よい》の口で、西の空がすみれ色に染まっている。ビル風に首をすくめて、絢さんは仕立ての良さそうなキャメルのコートの襟を立てた。

「私はこれから事務所に戻るけど、あなたは？」

「銀座なんてめったに来ないから、ちょっとぶらぶらしてく」

「そう、じゃあまたね」

銀座にはつい一昨日も来たばかりだとわかってるはずなのに、絢さんはそれ以上なにも言わなかった。

ビルの前で絢さんと別れ、銀座の中心部のほうへ歩き出しながら、今日会えないかと佳基にメールを打った。映画の撮影に入ってから、私はかなりの頻度で佳基に会うようになっていた。撮影のあとは気が昂《たかぶ》って落ち着かないので、頭をからっぽにして体を使うのがいちばんの解決策だった。

買物客や通勤帰りの人々でにぎわう銀座の大通りを旅行者のような気分で歩いて

いると、佳基から返信がきた。九時には稽古が終わる、いまケンチの部屋にみんな集まってるみたいだからそこで待ってて。了解、とだけ返して、私は銀座から地下鉄に乗った。

幡ヶ谷《はたがや》にあるアパートでケンチくんと佳基はそれぞれ部屋を借りて暮らしている。ケンチくんの部屋は役者仲間の溜まり場になっていて、ここ何回か、私と佳基はそこで落ち合うようにしていた。私も佳基も経済的に厳しいので毎回ラブホテルに行くわけにもいかなかったし、みんなで集まって飲んでいるだけというカモフラージュにもなる。佳基はケンチくんに合鍵を預けていて、ときどき佳基の部屋をラブホ代わりに使うカップルもいるという。

部屋を提供することに抵抗はないのかと訊ねたら、「俺そういうのあんまり気になんないんだよね。持ちつ持たれつってやつだよ」と笑っていた。物事にこだわらない佳基のこういうところが私は好きだった。一時は男子数人でお金を出し合ってヤリ部屋を借りようかという案もあったようだが、あまりにも下品だと嫌悪感を示す者が多く、あっさり却下されたらしい。「気持ちはわかるけど、さすがにそこまではしたくないね」と冗談のつもりで言ったら、佳基はくすりとも笑わずぼんやりした目で私の顔を見ていた。

撮影中、絢さんはあきらかに赤井霧子の男の話を避けていた。話がそっちのほうへ行きそうになると、注意深く話題を引き戻そうとした。

小向井祐介と私を引きずり込んだぐらいだ。人々の好奇心を煽り、さまざまな憶測を飛び交わせるのは織り込み済みだったんだろうけど、自分が語り手となると話は別なのかもしれない。お騒がせゴシップ女優としてではなく、新しい女になろうと闘い続けた赤井霧子を、その逞《たくま》しさや脆さ危うさも含めて現代的に魅力的に物語ろうとした。澄川たい子への反発もあったんだろうが、それにしたってバランスを欠いている。

「男で身を持ち崩した愚かな女」というのがどこまであてはまるのか私にはわからないけど、それだって赤井霧子の一面であることは疑いようもないことだった。男の影はそこまで女優を汚してしまうものなんだろうか。赤井霧子を清廉潔白な聖人として語ろうとすればするほど、新しい女からは遠ざかっていく気がした。セックスぐらいで女は汚れないし汚されもしない。そういうことを、赤井霧子は言おうとしてたはずなのに。

偲ぶ会のときの岸田某への態度から、絢さんが枕営業を強要していたわけじゃないことは想像がついた。霧子みずから男たちのベッドに飛び込んでいったのか、それとも絢さんには手出しもできない上層部からの要請だったのか、いずれにしたって臭いものには蓋とばかりに触れずにいることは、絢さん自身がその行為を汚れたものとみなしているも同然だった。

――新しい女になりたいって言ってたのは口だけか、ここが赤井霧子の限界か。

そう口にしたときの絢さんは崇拝者の目をしていた。いちばんの理解者で崇拝者がマネージャーだなんて、心強い反面、さぞ息苦しかったろうと思わずにいられない。

幡ヶ谷で電車を降り、コンビニでフライドチキンと度数の高い缶チューハイを買ってアパートに着くころには、八時近くになっていた。ケンチくんの部屋に顔を出すと、ケンチくんのほかにゴジョの会で何度か顔を合わせたことのある若手俳優の男の子が二人いて、狭い部屋で膝を突き合わせ、記録用として撮られた舞台映像を見ながらああでもないこうでもないと語り合っていた。

玄関に近い場所に腰を下ろし、私は彼らの話を聞くともなく聞きながらフライドチキンを腹におさめた。油でべたべたになった手をジーンズに擦《こす》りつけていると、

「ちょっとちょっとぉ、女の子！」と笑いながらケンチくんがウェットティッシュのケースを放ってくれた。

「今日も撮影だったの？」

「うん、昼から日楽の本社で。一昨日は澄川たい子にインタビューした。インタビューっていうか一方的に話を聞いてただけだけど」

「マジで？　すっげえじゃん」

発泡酒の缶に口をつけたまま、ケンチくんがぐるんと目玉をまわした。

「ツレに共演したことあるやついるけど、撮影以外のときは半径二十五メートル以

内に近づけなかったたって言ってた」とケンチくんの隣に座った赤い髪の男の子が口を挟み、「二十五メートルって盛りすぎだろ。プールじゃねえんだから」と若手俳優というよりはホストみたいな髪形をしたもう一人の男の子が笑う。

「澄川たい子って、たしか三十歳年下の俳優とつきあってたんじゃなかったっけ」

「だから俺そいつに言ったの。とっととプールに飛び込んでみろよって」

「げーっ、マジで言ってんの？　俺ぜったい無理、金積まれてもぜったい勃《た》たねえって。バイアグラ使っても無理！」

けらけらと笑う彼らに、すうっと体の芯《しん》が冷えていくのがわかった。彼らがこの手の話をするのはいまにはじまったことじゃない。決して気持ちのいいものではなかったが、ついこのあいだまでは笑って聞き流すことができていた。そのことにびっくりした。

そろそろ佳基が帰ってくる時間だからとケンチくんに合鍵をもらい、飲みかけの缶チューハイを持って私は立ちあがった。これじゃ、いまからやりにいきますと宣言しているようなものだなと思って少し笑った。ドアを閉めるときに、「俺、唐木《からき》美知子《みちこ》ならいけるかなー」と〝奇跡の五十代〟と呼ばれている女優の名前を挙げる無邪気な声が追いかけてきた。

佳基の部屋の鍵を開け、明かりもつけずに奥のベッドに飛び込んだ。氷のようにひんやりしたシーツから佳基のにおいがする。手を伸ばして締め切ったカーテンを

開ける。月明かりにさらされた部屋の様子を眺めながら頭だけ起こし、半分寝転がったような格好で缶チューハイを啜った。

男の子の部屋がどういうものか、ケンチくんと佳基の部屋しか知らないけれど、テレビ台の下に並べられたアメコミヒーローのフィギュアを眺めながら、少なくとも私の寮の部屋のほうが殺風景だなと思った。飾り気のかけらもなければ彩りにも乏しく、「女子の部屋じゃない」と寮住まいのメンバーは半分あきれ、半分笑いながら評する。

連日の寝不足からか、疲労がたまっているのか、一缶も飲み終えないうちに手足が痺れたように脱力し、絢さんや澄川たい子や男の子たちの話を細切れで思い浮かべる脳を無理やりシャットダウンするみたいに、すとんと意識を失っていた。

電話の鳴る音で目が覚めた。ほんの数分のことだった。スマホを手に取ると、見慣れた番号が表示されている。

「ママ……?」

青白い月の光に目を細め、まだ夢の中にいるのかもしれないと思いながら、電話の向こうに呼びかけた。

8

ママと最後に会ったのは葬儀場だった。

前日の夜にライブのあった私は、当日の朝早くに寮を出て、電車で北関東に向かった。駅まで敏江が迎えに来てくれて、葬儀場に着いてから喪服に着替えた。

由里子おばさんに借りた喪服は私が着ると丈《たけ》が短くて、控室から出てきた私を見て、ありゃ、つんつるてんだ、とどこかの知らないおばさんが笑った。つんつるてんだ、つんつるてん、いまどきの子はスタイルがいいからねえ、とその場が一瞬華やいだ。もしかしたらみんな血がつながっている人たちなのかもしれなかったけど、だれがどこのだれだか、私には見当もつかなかった。てきとうに調子を合わせて笑っていると、由里子おばさんが近づいてきて、おばあちゃんの顔見てあげて、としめやかに囁いた。え、やだ、と思ったけど、とても拒否できる雰囲気ではなかった。

もったりした足取りで祭壇の前まで行くと、私は息を止めてこわごわ棺《ひつぎ》の中を覗き込んだ。ママのママの顔は白っぽくさらりとしていて、しっかりめに描かれた眉

毛が浮いていた。思っていたより死体っぽくはなかった。髪の毛がひと房だけ、とうもろこしのひげのようにひよひよと額にかかり、生きていたときはやたらと目についた顔のしみが消しゴムをかけたみたいにすっかりなくなっていた。

「きれいな顔してるでしょう」

芝居がかった声で由里子おばさんは言ったが、それが特別きれいなのかどうか、生まれてはじめて死人を目にした私にはよくわからなかった。夏の終わりがけの暑い日で、葬儀場の中は寒いぐらいにエアコンが効いていたけど、腐っちゃわないかと心配になった。

事務所に入所してから、私は一度もママのママに会いに来ていなかった。慣れない生活に追い立てられて余裕がなかったというのもあるけれど、単純に往復の電車賃を払うのも厳しいぐらいお金がなかったのだ。こんなことなら無理してでも会いに来ていればよかったと思ったが、ママのママは私がだれかもわかっていなかったのに、罪悪感だけはしっかりおぼえさせるなんてずるいとも思った。

「おばあちゃんが息を引き取った瞬間、私、なにも感じなかったの。施設から連絡がきて驚いた。いまでも信じられない。同じ町にいたのに、すぐ近くにいたのに、なにも感じなかったのよ。そんなことってある？」

哀れを誘うような口調で由里子おばさんは語った。

急になにを言い出したのか、私には理解できなかった。ふざけているのかと一瞬

疑ったが、由里子おばさんはいたって真剣だった。たぶんスピとかそういう話なんだろう。そんなのなにも感じるわけないじゃないか、おばさんはエスパーかなんかなの？　喉元まで出かかったが、そうか、この人は母親を喪ったばかりなんだと改めて気づいて、なにも言わずにその場を離れた。それがどういうことなのか、そのときまだ私はわかっていなかった。

私が知っているかぎり、ママと同じように由里子おばさんだって母親に対して複雑な思いを抱いていたはずだった。

「あの人も困った人だけど、血は水よりも濃いって言うしね」

独り言ともつかない調子であきらめたようにつぶやいていた横顔を思い出す。血は水よりも濃い。なんておぞましい言葉だろうとそのときも思った。

死んだらぜんぶ、なかったことになってしまうんだろうか。すべてが美しく漂白され、単純な母娘の物語にすり替えられてしまうんだろうか。都合の悪いことは見なかったことにして、自分だけの物語を織りあげる才能が由里子おばさんにはあった。

親戚なのか近所の人なのかそれともママのママの友人なのか、式場の入り口のほうで五、六人の輪になって話していた人たちが、祭壇を離れて近づいてきた私を見てはっとしたように黙り込んだ。あやふやな会釈だけして、すぐ横を通りすぎた。その場にいた全員が私を見ている気がした。ほら、あれ、季里子んとこの。東京で

アイドルやってるんだって。血は争えないね。陰で私を指差しながら、そういう話をしているんだと。いたたまれなくなって式場を出て、沙羅の姿を探した。この場所で、私が構えず接することができる相手は沙羅だけだった。

式場が弔問客《ちょうもん》で埋まり、そろそろ時間だというころになってようやくママは現れた。いつやってきたらいちばん注目を集められるか、計ったようなタイミングだった。つば広の帽子に顔半分を覆う大きなレンズのサングラスをかけて、背中がざっくりと開いた黒いドレスに十センチ近くありそうなピンヒール。

目を疑った。一人だけ映画の中から抜け出してきたみたいだった——というより完全にあれは女優の、もっと言えば赤井霧子による赤井霧子のコスプレだった。ママに会うのは三年ぶりだった。

由里子おばさんが血相を変えて飛んでいくんじゃないかと思ったが、どうせ言ったって聞かないんだから好きにさせておけばいい、とあきれていた。口さがない田舎の人たちもここまでやられると言葉を失ってしまったようだった。スクリーンの向こうにいる人間がいきなり生身で現れたらだれだって困惑する。レッドカーペットを悠然と歩いていく女優のように参列者の視線を一身に集め、母親の眠る場所まで まっすぐママはやってきた。

私はもう、がまんの限界だった。信じられない。ありえない。これ以上なにかやらかしやしないかと、親族席からひやひやしながら見守っていた。

それと同時に、私は期待してもいた。わくわくするような気持ちでなにか事件が起きることを待っていた。さすがママ。おふざけの天才。会わないでいた三年近くの時間がどこかへ吹っ飛び、私はママの共犯者と化した。楽しくふざけたことをやっているときのママが、私はいちばん好きだった。

幸福な再会は、しかし、束の間だった。少し遅れて世田谷の男が式場に入ってくるのが見えて、襟口から氷を投げ込まれたみたいに体が硬直した。どこかに身を隠したいような気持ちで短い袖をしきりに引っぱっていると、落ち着きのなさを咎めるみたいに由里子おばさんが指先で私の手を叩いた。

棺を見下ろしていたママが、ふと顔をあげてこちらを向いた。サングラスをかけたままだったけれど、ママが私を見つけたことがわかった。サングラスをかけたままだったけれど、ママの顔が以前と変わっていることがわかった。

真っ赤なルージュを引いた唇は、私が知っているものより倍近くにふくれあがっていた。顎も頬骨も鼻もやたらと尖り、額が不自然なぐらいぽこんと突き出ている。骨が透けて見えそうなほど薄い色の顔は油を刷いたようにぬらぬらとして、針で突いたらはじけて割れてしまいそうに張りつめていた。よく切れる刃物のように美しかったと「全盛期」の赤井霧子を絢さんは表現していたが、その日のママは禍々《まがまが》しい光を放つ妖刀のようだった。ひどく物騒な、異形の美しさ。

先に目をそらしたのはママのほうだった。ひさしぶりに会った娘の前でどうした

らいいのかわからなかったんだろう。けったいな女を演じることはいくらでもできるのに、最後まで母親ぶることができない人だった。

実際のママは、世間のイメージよりはるかに繊細で臆病だった。あの女優コスプレだってもしかしたらママの甲冑だったのかもしれない。言葉をかわすこともないまま、葬儀が終わるとすぐにママは世田谷の男が運転する車に乗って東京へ帰って行った。パーティーには遅れて行って、残り香だけ置いてさっと消えるの、と昔語っていたとおりに。

それが最後だ。

いつのころからか、私はママの顔をまともに見られなくなっていた。ママ自身も私に見られることを恥じているようだった。どのみち私たちはいっしょにいられなくなっていたのだ。

ママが死んでからもそれは変わらなかった。ろくに顔も見ないまま葬ってしまったせいで、ママの死に顔を思い浮かべようとすると、自然とママのママの死に顔が浮かぶ。

いつのころからか、私は心のどこかでママの死を望んでいた。ママが死ねば、ママのことを考えなくてよくなると思っていた。ママが死んでくれさえすれば、この罪悪感から逃れられると。

ママが死んだとき、私はなにも感じなかった。東京にいたのに、すぐ近くにいた

のになにも感じなかった。

「ママじゃないよ」

受話口の向こうで声がした。少し笑っているみたいだった。

「ちがう」

誤って学校の先生に「お母さん」と呼びかけてしまった子どもみたいに、恥ずかしさに顔が焼けそうになって、「ちがう、ちがうの」急いでくりかえした。

「番号が出てたから。目黒の。それで……」

なんの言い訳にもなっていないと思いながら言うと、

「ああ、うん。携帯を家に忘れてきたから」

ふわりとした声でフィーが答えた。彼が私たちの部屋以外の場所を家と呼んでいるのを聞くと、いまだにしくりと胸が痛む。

「驚かせたのなら謝るよ。もうここからは電話しない」

「ちがうの。いいの。そういうんじゃなくて」

「うん」

「どうしたの？　なにか用だった？」

沈黙が生まれてしまう気配があったので、次の話題を探した。フィーと話しているのに沈黙がこわいなんて変だと思いながら、でもそうしていた。

「用っていうほどのことでもないんだけど、最近こっちにも来てないみたいだし、忙しいのかなって思って」

「うん、まあ、いま、撮影してて……」

後ろめたさからごにょごにょと語尾を濁す。映画の撮影だとはっきり言わないなんて往生際が悪すぎる。

「そっか。もう寮に戻ってきたの？」

「うん、銀座で撮影が終わって、さっき戻ってきたとこ」

撮影が終わったその足でセックスフレンドの家に来てるなんて言えるはずもなかった。薄い壁を通し、隣の部屋から男の子たちの笑い声が聞こえてくる。

「忙しそうだね。休みはないの？」

「うん。撮影がない日はライブがあったりリハがあったりで、それと新曲のプロモーションとか……」

「すごい。芸能人みたい」

「芸能人だってば」

「そういえばそうだった」

そう言って、フィーはくすくす笑った。

佳基のベッドに寝転がったまま、息を詰めるようにその声を聞いていた。見えない糸が、糸電話のように私と日黒の部屋とをつなげている。

「フィーの携帯にはママの写真、入ってる？」

「さあ、どうだったかな。ないことはないと思うけど」

「それはいつのママ？　ママの顔がめちゃくちゃになってからの写真？」

「……いと？」

「私、ママの写真、一枚も持ってない。ネットで探せば赤井霧子の写真はいくらでも出てくるけど、ママの写真は一枚もない」

最初はちょっとしたことだった。ちょっとした注射とかちょっとしたレーザー治療とか、芸能人ならみんなあたりまえにやってることだと言い訳するみたいにくりかえし、ママは美容整形外科に通うようになった。そのときの担当医が世田谷の男だった。ちょっとした注射でアンパンマンみたいに膨れあがった顔になったママは、朗らかに笑ってこう言った。私、先生と結婚することにした。そうするって、もう決めたの。

決めたもなにも、ママはフィーと結婚しているじゃないかと思ったが、実は籍を入れてませんでしたーっと顔の横で両手をぴらぴらしておどけるママに私は言葉を失った。表向きは入籍したことにしていたけれど、事実婚だったのだという。しょうがないじゃない、あのときはそうでもしなけりゃ事務所も世間も許してくれそうになかったんだもん。あっけらかんと言ってのけるママを、瞬間私は激しく憎悪した。フィーはといえば、いっさい取り乱す様子もなく、霧子さんが決めたんならしょ

うがないねと従順なほほえみを浮かべるだけだった。彼にとって飼い主の言うことは絶対だった。

降ってわいたようなこの二回目の結婚については、「霧子にしては合理的な選択をしたものよね。だれかの庇護《ひご》の傘に入ろうとするなんて、昔の霧子だったら考えられなかった」と絢さんも苦々しげな表情で語っていた。ママの弱さや狡《ずる》さを、おそらく絢さんはだれより許せなかったんだと思う。

年に一、二本、ちょい役の仕事が入ってくるぐらいで女優としてすでに凋落《ちようらく》していたので、マスコミにもさして騒がれることなく静かにママは男を乗り換えた。「結婚しても仕事は続けるおつもりですか？」なんてバカみたいな質問に答えなくて済んでよかったと笑っていたが、物足りなそうではあった。

なんだかんだ言いながらママは注目されることが大好きだった。カメラに囲まれたときの、あの花道をわたっていくような誇らしげな表情。次から次に起こしてきたゴシップは、カメラをおびき寄せるための餌《えさ》だったんじゃないかと疑うほどだ。笑い者にされるとわかっていながらバラエティ番組に出演し続けていたのも、それがあったからだろう。やめられるわけがなかった。あれほどみんなに愛されたがっていた人を私は知らない。

「バカ騒ぎはもうおしまい。私は安住の地にたどり着いたの」

先生は私の話を聞いてくれる、先生だけが私の理解者、先生にしか私の悩みを取

り除くことはできない。きっとあなたもすぐに先生を気に入るわ、こんなに愛した人は先生がはじめてなの。熱に浮かされたようにママはくりかえした。ちょっとした注射やちょっとしたレーザー治療を重ねていくうちに、担当医としてだけではなく、精神的にもどっぷりと世田谷の男に依存するようになっていた。

苦い敗北感を私はおぼえていた。まだ十二歳だった私にできることなんてほとんどなかったけど、子どもの王国みたいなあの部屋で、なにがあんなにおかしかったのか、いまとなっては思い出せないぐらい些末《さまつ》なことで転げまわって笑い、フィーが淹れたこめかみがキンとなるほど甘いココアを飲んで、日曜日に観てきたばかりの映画のものまねをし、クランクインが近づいてくると台本を開いて、夜がふけるまで芝居の練習につきあった。

それだけじゃだめだったのだ。ママにとって私たちは、ママの一部でしかなかった。私のかわいい子どもたち。ありがとう、愛してる。でもこれだけじゃ足りないの。

ママは「もっと」を欲しがった。その「もっと」を外の人に求めるのは当然だった。アンパンマンみたいに膨れあがった顔ではうまく筋肉が動かないみたいで、以前のようにママが大口を開けて笑うことはなくなっていた。

あの男がママを変えてしまった。あの男のせいで、ぜんぶが変わってしまった。

「私、ママの顔が思い出せなくなってる。赤井霧子の昔の映像や映画を観すぎたせ

いかもしれない。ママのことを考えようとすると、赤井霧子の顔ばかり浮かんでくる。ねえフィー、私、ママの顔がわからないの」

こんなことを言ったってフィーを困らせるだけだ。でももう、こんなふうにしか私はフィーに甘えられなかった。

「……どれがとかじゃなくて、ぜんぶ霧子さんだよ」

少しの沈黙を挟んで、しぼりだすようにフィーが言った。

「そういうことを言ってるんじゃない！」

求めていた答えとちがっていたことに私はかっとなった。どんな答えが返ってきたところで同じだった。私はフィーを困らせたいだけだった。

ママがきれいかどうかなんて、あのときまで考えたこともなかった。ママはママだからあたりまえに好ましいものとして最初からあって、そんな基準にあてはめる必要もなかったし、そもそも私の中には美醜を判断する基準が存在しなかった。由里子おばさんがあの女優がきれいだと言えばそういうものなのかと思い、敏江があのアイドルはブスだと言えばそうなんだと思った。これに関してはいまだにあんまり自信がなくて、たとえば里中ぐらい圧倒的な美形ならそうだとわかるけど、でなければみんな同じでみんなかわいかった。私以外はみんな。

ワイドショーでママの姿を見たまいは、ママをきれいだと言っていた。あれから週刊誌に整形後の写真が出ていたのを目にしただろうか。それでもママをきれ

いだと言ってくれるだろうか。

それでもきれいだと、まいまいは言うだろう。

だから私はまいまいには甘えられなかった。

アパートの外階段をのぼる足音が部屋の中まで響いてくる。軽やかで独特なテンポで、すぐに佳基の足音だとわかった。

「メンバーが呼んでる」

とだけ言って、返事も待たずに通話を切った。

「なにしてんの、電気つけないで」

玄関のドアを開けて入ってきた佳基は、暗い部屋の中を横切りベッドまでやってきた。

「生理になっちゃったから帰るね」

そういう気分が急速に失せ、私は体を起こした。ちょい待てと佳基がラリアットするみたいに私の首に腕をまわし、狭いベッドの上に雪崩《なだ》れ込む。外の空気をそのまま連れてきたみたいに、佳基の体はつめたかった。

「ちょっとだけ。ちょっとでいいから、このまま……」

佳基の重みを半身に感じながら天井を見あげた。なんの屈託もなく他人に甘えられる佳基の健やかさが、妬ましくも羨《うらや》ましかった。

次の週、監督と二人で世田谷の家を訪れた。

駅から大通りを抜けて住宅街に入り、少し進んだ先に見えてくる、白と黒を基調にした片流れ屋根のモダンな一軒家。前妻の趣味で建てられたというその家は小ぢんまりとしていながらすみずみまで気が利いていたが、前妻とその子どもたちの気配がそこかしこに残っているようで、他人の家にあがりこんでしまったような居心地の悪さは最後まで消えなかった。中学にあがった春から高校三年生の夏休みまでをここで過ごしたけど、一度だってこの家を自分の家だと思ったことはない。

「無理にお父さんなんて呼ばなくていい。だけど、私は君と家族になりたいんだ」

はじめて会ったときに、安いホームドラマみたいな台詞を恥ずかしげもなく男は口にした。レイヤーのちがう人間がやってきた。そのときおぼえた違和感をいまならそう表現する。後にも先にも、私の世界には存在しないタイプの人間だった。

男の言葉を鵜《う》呑《の》みにして、私は彼を「おじさん」と呼び続けた。由里子おばさんがフィーを「目黒の」と呼び、彼を「世田谷の」と呼んでいることから、だれかにあの男のことを話さなくてはいけないときには「世田谷のおじさん」と呼んだ。私だけ籍を斉藤に残したので、「近江《おうみ》のおじさん」と呼ぶこともあった。

結婚式は挙げなかったが、入籍後、海辺の町にある一軒家レストランに両家の親族が集まってささやかな食事会を開いた。花盛りの庭に用意された白いクロスのかかったテーブルを見るや、「アーサー・ミラーとマリリン・モンローの結婚式みた

いね」とママは大喜びしていた。その席で世田谷の男を「おじさん」と呼び続けていたら、「おじさんじゃなくて、お父さんでしょう」と由里子おばさんがたまりかねたように口を出してきた。「由里子さん、それはいいから」と男にやんわり窘《たしな》められても、「よくありません。こういうことは最初が肝心なんです。他所《よそ》で恥をかくのは近江さん、あなたなんですよ」といつもの調子で由里子おばさんは言いつのったが、この結婚をよく思っていないらしい近江側の親族が一様に黙り込んだので、それ以上は食い下がらなかった。新婦にはあんまりふさわしくないような、ぱっと見なんにも着ていないみたいに見えるピンクベージュのミニドレスを着たママは、だれがなにを言ってもけらけらと首をのけぞらせて笑っていた。

由里子おばさんは決して勘のいい人ではないけれど、なにかしらの兆《きざ》しを無意識に感じ取っていたのだろう。世田谷の家を飛び出してきた私を理由も聞かずに受け入れてくれるなんて、普段ならありえないことだった。

「ひでえ顔してんな」

家の前でカメラを構えた監督が、こちらに聞こえるか聞こえないかぐらいのちいさな声でつぶやいた。監督も緊張しているのか、いつもより表情が硬い。

世田谷の家に撮影に行くと聞かされたときから覚悟していたつもりだったのに、昨晩はほとんど眠れなかった。息を深く吸い込むと乾いた冬の空気が肺の中まで洗っていくようだったが、私の心は重たく塞《ふさ》いでいた。

「押しますよ」

インターホンに手をかけ、カメラに向かって確認した。監督がGOサインを出すところを見たかった。

「はい、お願いします」

いつもは指でOKサインを作るだけなのに、めずらしくはっきり声に出して監督は言った。

インターホンのボタンを押してすぐ玄関から姿を現した男は、冴えざえとした緑色のセーターに茶色いスラックスを穿き、飾りを取っぱらった季節外れのクリスマスツリーみたいだった。

百貨店であれこれ揃えてきても、先生の手にかかったらしょうがないわね。放っておくとすぐに変ちくりんな格好をしてママに笑われていたことを思い出す。家事能力が皆無だったママはいっさいのことを家政婦まかせにしていたが、私を連れてしょっちゅう銀座や新宿まで出かけていき、男のためにシャツやセーター、下着やネクタイピンにいたるまで、細々と買い揃えるのを楽しみにしていた。つきあってくれたご褒美にいとにもなにか買ってあげる、とそのたび言うのだけど、高級ブランドがずらりと並ぶ百貨店に私のほしいものは売っていなかった。あれはどう？　これはどう？　とママが見繕ってくれるものはどれも私には華美で大仰で、一万円札でお釣りがくるようなトレーナーやスニーカーをマルイで買ってもらうほ

うがよっぽどよかった。

「やあ、いらっしゃい」

作ったような笑顔で男は言った。

六十歳を越えているはずだが、皺の一本も見当たらないつるりとした顔に白く整った歯を剝き出しにしている。以前よりさらに肌が白くなったのか、白髪染めをしている髪の毛がやたら黒々して見えた。外見の不自然さのためだけではないと思うが、はじめて会ったときの異物感はいまなお健在だった。

「はじめまして。今日はよろしくお願いします」

カメラを構えたまま監督が言った。こちらこそ、とか、お噂はかねがね、とか、台本でもあるかのようになめらかに、こういう場面で大人が言いそうなことを二人は交互に言い合った。大男の監督と並ぶと、男はずいぶん小さく見えた。

「いとも元気そうでなにより」

大人たちのやりとりを黙って見守っていた私に向きなおり、男が言った。

「テレビやなんかでいつも見てはいるけど、実際にこうして顔を見られるのはやっぱりうれしいものだね」

男の目が素早く動き、私の体を指先まで点検するのがわかった。瞬時に顔が強張り、あ、とも、う、とも言えずに固まっていると、「どうぞ、お入りください」と男は玄関のドアを開けて私たちを招き入れた。その様子を、控えめにカメラは捉え

ていた。

「こちらの部屋は、妻が寝室として使っていた部屋です。いまは物置のようになっていますが」

玄関を入ってすぐ左手の部屋の扉を男が開いた。いまだにママのことを妻と呼んでいることに引っかかったが、監督が何も言わないでいるので私も黙っていた。

カメラに続いて部屋に入ると、たしかに物は増えていたけれど、私がいたころよりすっきりと片づいていた。ママが使っていたベッドや脱ぎ散らかした服、ドレッサーの上にずらりとならんだ化粧品の瓶などがそっくり消え、床の上に積まれた書籍や書類の束が部屋の半分を占めている。以前はほとんど放置されていたサンルームからいきいきした緑が覗いているのを、だれが世話しているんだろうと不思議な気持ちで眺めた。

「失礼ですが、ご夫婦で別の寝室を使っていたんですか」

今日の私は使い物にならないと判断したのか、いきなり監督が踏み込んだ質問を投げると、「夫婦にもいろいろありますからね」と男は率直に答えた。

これ以上、夫婦のプライバシーに踏み込むべきではないと思ったし、監督も同じ気持ちだっただろう。しかし、男はけろりとした顔で続けた。

「私たちにはいわゆる夜の夫婦生活というものがありませんでした。すでに私のほうの男性機能が衰えておりましたし、妻も望んでいませんでしたので。もうセック

スには疲れてしまった、だから必要ないんだと結婚した当初、妻はよく言っていました」

私はぎょっとして男を見た。なにを考えているのかよくわからない男だと思っていたけれど、もしかしたらなにも考えていないだけなのかもしれない。監督にちらりと目をやると、嫌悪感と好奇心とが複雑に入り交じった表情でカメラの液晶画面を覗いている。

苦い後悔が這いあがってきたが、いまさら逃げ出すわけにはいかなかった。

この映画を予定調和な記録映画で終わらせないための決定的なシーン、欠けたピースを埋めるようななにかを欲しがっているのは、監督に限ったことではなかった。

「妻は、とても、やさしい人でした」

もったいぶった口調で男は話し出した。

「ほんとうにやさしく素晴らしい人で、私は心から彼女を愛していました」

念押しのように言って、男は正面からカメラを見据えた。カメラの前だからと構えたり萎縮したりする様子は感じられない。お盆の上に十円玉を並べていた老夫婦と同じように、この男の前ではカメラが異物として機能しないのだ。奥になにが潜んでいるのかわからない、真っ黒なうろがこちらに向けて口を開けている。いつか

らだろう。この男と相対していると、そんなイメージが浮かぶようになった。「やさしい」なんて言葉は、実際のママからは大きくかけ離れている。基本的にママは自分のことしか考えていなかったし、他人にやさしくしようなんて発想が頭から抜け落ちているような人間だったのに、この男は本気でそう思っているようだった。

ママというか、女とはそういうものだと頭から思い込んでいるのだろう。やさしくたおやかで頼りないけれどそんなところがかわいらしくもあるのだと。強火の盲目オタもびっくりの思い込みの激しさ。夫から一人の人間として扱われていないんだから、ママがおかしくなってしまうのも当然だった。

二階にある男の書斎で、男をデスクの椅子に座らせ、向き合う形で私と監督は革張りのベンチに並んで座った。本来なら私が男の正面にまわるべきなのだろうが、なにかを察したらしい監督が進んで男の正面に腰を下ろした。

「近江さんは、どんな気持ちで赤井霧子と結婚したんですか」

「どんな気持ちで？」

監督の質問をそのままくりかえし、男はまばたきをした。ちょっとした注射のせいもあるだろうが、もとから表情の乏しい男ではあった。「天然もの」のやたらと長い睫毛《まつげ》が小さな目をふちどり、ちぐはぐに愛らしい印象を添えている。

「どんな気持ちもなにも、愛していたからに決まっているじゃありませんか。ほか

になにがあるというんです」

「赤井霧子といえば、かつて日本中の男たちが焦がれた夢の女です。そんな女優と結婚することへの怖気《おじけ》や気負い、あるいは優越感などなんでもいいですが、普通の男ならなにかしら心の揺らぎがあってしかるべきじゃないかとつい思ったもんで」

「面白いことを言いますね」

口ではそう言いながら男の顔は笑っていなかった。

「私はそういった世間の評判にあまり興味がないし、それによって心を動かされるということもありません。それが普通でないと仰るのならそのとおりかもしれません」

「気を悪くされたのなら謝ります。どうも僕はそういうことばかり気にかかってしまうクチでして。近江さんと結婚した当時の赤井霧子は、本来の女優としての活動より、数々のスキャンダルによってお騒がせ女優として注目されていました。それについては……」

「ですから、世間で彼女がなんと言われていたかなんて関係ありませんよ。私は彼女を愛していた。それ以上でも以下でもありません」

とりつくしまもない男の反応に監督が苦笑した。

男が言っていることは完璧に正しかった。どこにも引っかかるところのない、つるりとした物語の中で生きている。この男もまた、自分だけの物語を作りあげる天

才なのだ。この場面をドラマで再現したら、悪役《ヴィラン》は監督になるだろう。

「では、嫉妬は？　先ほど夫婦生活はなかったと仰いましたよね。たったの一度も？　もしそうであるなら、過去に彼女を抱いた男たちに対し、なにか思うところはなかったんですか」

「残念ながらそのような通俗的な感情を私は持ち合わせておりません。妻の過去になにがあったかなど関係ない。私とともにいる彼女が私にとってはすべてです。そもそも私は男女間における肉体的な触れあいをそれほど重要なものだと思ってはいません。食事をしたり会話をしたり、ドライブをしたりするのと同じようなもので、コミュニケーションのひとつにすぎないのに、多くの人がセックスを特別なものだと思い込んでいる。セックスだけで結ばれた関係を悪しざまに言うのはそのせいだ。心で結ばれた関係とどっちが上でどっちが下だとか、単純に断じられるものではないと私は思いますがね」

「いや、理屈はわかりますよ？　しかし、理屈だけでは割り切れない感情というものがある。それが人間というものなんじゃないですか」

いつも人を食ったような態度でいる監督にしてはめずらしくむきになっている。改めて、この人は赤井霧子の大勢いる男の一人だったのだということを思い出す。

「人間とはなにか、なかなかに興味深いテーマではありますが、ならば、最初に人間とはこういうものだと決めたのはいったいだれなんでしょうね。私たち夫婦のあ

りかたが自然でないとしたら、それを決めるのはだれなんでしょう。この仕事をしているといつも不思議に思うんです。美容整形を施した顔を多くの人は自然ではないと言うが、化粧をし、爪を塗り、ピアスの穴を開けることはよくて、どうして美容整形にだけそこまで忌避感をおぼえるのか、線引きするほうが不自然なのではないか、と。それこそが人間の理不尽さだと言われたらそれまでですが」

そう言って男は喉を鳴らした。表情はほとんど変わっていなかったが、どうやら笑ったみたいだった。

「いや、失礼。話の流れで主語を大きくしてしまうのはよくありませんね。そんなに難しく考えることはないんですよ。触れなくとも花を美しいと感じることはできるし、決して触れることのできない旋律に心を慰められることもある。私にとって妻はそういう存在でした」

「しかし、霧子は花ではないし、ましてや芸術品でもありません。複雑さや矛盾を抱えた一人の人間です」

「あなたはほんとうにおかしなことを言いますね。当然ではないですか。花とは結婚できないでしょう」

この男になにを言ったところで、つるりとした鉛《なまり》の感受性に弾き飛ばされるか、ぶ厚く強靱《きょうじん》なフィルターに濾過《ろか》された言葉しか届かない。監督もようやく理解したのか、マジか、とでも言いたげな顔をしてこちらを見てくるので、私は目玉をぐる

りとまわしてみせた。

「私は女性が好きなんですよ。こんなことを言うとアホかと思われるかもしれませんが、この仕事を選んだのも女性の喜ぶ姿が見たかったからなんです。先ほども申しましたとおり、日本ではいまだに美容整形への偏見が根強いですが、外見を変えるだけで女性が自信を持ち、前向きに生きられるのならこんなに素晴らしいことはない。ならば私はその手伝いをしたいと思ったんです。私はこの仕事を誇りに思っています」

これまでに同じことを何百回、何千回と語ってきたのだろう。澱みのない口調で男はカメラに語りかけた。クリニックの宣伝動画でも再生したみたいだった。見ていられなくて、私は紅茶に口をつけた。高価な茶葉で淹れてあるんだろうが、味なんてほとんどわからなかった。

「赤井霧子は近江さんの患者だったんですよね。最初に出会ったのはクリニックだったんですか」

「はい。知人の紹介で、彼女のほうから電話で予約を入れてきたんです。偽名を使うこともできただろうに、赤井霧子という芸名で。うちのクリニックでは有名人の患者も数多く抱えていますが——あ、ここはオフレコでお願いします。彼らのほとんどが別の名前を使って受診しているので驚きました。ずいぶん肝が据わってるなと感心したものです。思えばそのとき、すでに私は彼女に恋していたのでしょう」

「……なるほど」

「それまでにも女優という肩書の女性を大勢見てきましたが、ほんとうの意味での女優に出会ったのは彼女が最初で最後です」

「と、言いますと……？」

監督が身を乗り出した。男は再び喉を鳴らし、愉快そうに上半身を揺らした。

「素人《しろうと》の私がこんなことを高名な映画監督の方に語って聞かせるのもおかしな話ですが、女優というのは優れた女と書くものでしょう。そういった意味で、彼女はまさしく女優でした」

「はあ……」

腑に落ちていないような顔で監督は相槌を打っていたが、私にはそれで十分だった。引き攣るような痛みを感じて頬をさする。まぼろしを追いかけるような目つきでいる男を前に、かつての敗北感がよみがえった。私は負けた。ママの求めるものを与えてやれなくてこの男に負けたのだ。

デビューからヌーベルポルノを卒業するまで赤井霧子につきっきりだったマネージャーの絢さんは、ママの産休をきっかけにほかの女優も担当するようになった。昨年、朝ドラでヒロインの母親役を演じ、いまや女性誌にCMに引っぱりだこの春《はる》間《ま》なるみもデビュー当時から絢さんが担当していたという。赤井霧子に置かれていた比重が少しずつほかの女優に移っていくのを、どんな気持ちでママは見送ってい

たのだろう。そこへ現れたのがこの男だった。

世田谷の男とママがどういう夫婦だったのか、実際のところ私にはよくわかっていなかった。フィーとママがどういう夫婦だったのか、実際のところはわかっていなかったように。どちらにしても、テレビや映画で見るような〝普通の夫婦〟から外れていることだけはなんとなく理解していた。

こだわらない人なのだろうと男に対し、最初のうちは思っていた。ママが買ってきたシャツやネクタイに文句をつけないかわりに、好きだとか気に入ったとかいった感想も述べず、上から下まで言われるまま身に着けていた。気まぐれにママが焼いたかちかちのパウンドケーキにも、サイズを測りまちがえて寸足らずになってしまったカーテンにも、同じような反応しか示さなかった。家政婦が作った辛すぎるカレーにも、前妻が丹精していたサンルームのグリーンをぜんぶ枯らしてしまったことにも。得意料理だと言ってたまに男が作るぱさぱさで味のしないバジリコスパゲティを、おいしい、おいしい、とへたくそな芝居をしながらママは食べていたが、男はさしてうれしくもなさそうだった。

一事が万事そういう人だったけれど、時折はっきりと過剰な反応を見せることがあり、それはたいていママの身に着けているものやママ自身に向けられていた。なんだその髪形は、若ぶってみっともない。なんだその口紅の色は、君の顔に合っていない。老けて見える。そんな安っぽい服、捨ててしまえ。苛烈《かれつ》な言葉で罵ること

もあれば、同じだけの熱っぽさで褒めちぎることもあった。ちょっと化粧を変えた？ とてもいいよ、顔色がよく見える。その服はいいね、若々しくすっきりして見える。まったく君って人は、なんて美しいんだ！

清潔感のあるすてきな奥さん風のシャツワンピースではなく、スパンコールのちりばめられたゴージャスなドレスを褒め、ピンクベージュではなく真紅のルージュを似合っていると男は言った。確たる美意識というものが彼の中には存在するらしかった。自分自身や身のまわりのことには無頓着なくせに、彼はそれを妻に求めた。妻というより、赤井霧子だったから求めたのかもしれない。「君は特別な人間だ。僕だけがそれをわかっている」

男の望むものは、たしかに女優としてのママを美しく際立たせるものではあった。しかし、四六時中ドレスにハイヒールで生活する女がいるだろうか。

「裸にシャネルの五番だけってわけにもいかないでしょ。たとえそれが女をいちばんゴージャスに見せるのだとしても。おなかは冷えるし、宅配便の配達がきたら困っちゃう」

おどけたようにママは言って、百貨店で目が飛び出るような金額のネグリジェやガウンなんかを買っていたけれど、くたびれたフランネルのパジャマだってよく似合うことを私は知っていた。海外で買ってきた十ドルもしないバカみたいな柄のタンクトップやトランクスも。赤井霧子として外に出るときはそれなりに女優コスプ

レをしていたが、普段のママはすっぴんで、ざっくりしたニットに膝の擦りきれたジーンズ、気が向いたらマダム静がデザインしたジュエリーを無造作に引っかけるぐらいのラフな格好が多かった。

身に着けるものにやたらと気を張るようになったのは、世田谷に移ってからのことだ。この服どう思う？　変じゃない？　百貨店で新作のドレスを試着し、鏡の前でびくびくしながら訊ねるママは、人の目なんか気にせず好きな服を好きなように着てのほほんと笑っていたころとは別人だった。

ファンの言葉を気にするあまり自分を見失ってしまうアイドルの子たちをたくさん見てきたけど、そういう意味ではママもアイドルだったと言えるだろう。私にとっても世田谷の男にとっても、フィーや絢さんや小向井監督やその他大勢の観衆にママはアイドルだった。持ち前のサービス精神から私たちの過剰な要求に応えようとし、結果的にそれがママを引き裂いた。求めるものがそれぞれちがっていただけで、私たちは同罪だった。

「美しいだけの女性に私は興味がありません」

男がきっぱりと言い切った。

「顔なんていくらでも作り変えることができますし、どれだけ美しく整った顔でも、私にはただの配置なんです。しかし、優れた女性はそう多くはありません」

「だったらどうして――」

喉がつっかえて、うまく声が出せなかった。突然声を発した私を監督がカメラごとふりかえる。

「どうしてママの顔をめちゃくちゃにしたの」

ちょっとした注射やちょっとしたレーザー治療がちょっとしたことじゃなくなっていったのは、この男と結婚してからだ。フェイスリフトをしてみてもいいかもしれないね。もう少し鼻を高くしたらどうだろう。今朝の紅茶はアッサムにしたら？と言うのと同じぐらいの気軽さで男は整形手術を勧め、あなたが言うならそうするわとあっさりママも受け入れた。私には人の美醜というものがわからないけれど、少なくとも手を加えられたママの顔はおぞましいほど醜いものに映った。

「めちゃくちゃというのは語弊があると思うが、すべて彼女が望んだことだよ。彼女は類まれに純粋で、心のきれいな人だった。内面と外見の調和の取れた美しさ、それこそが優れた女にはふさわしい。私は少しでも理想に近づけるよう力を貸したまでにすぎない」

男が笑ったように見えた。

「そういうことを言ってるんじゃゃ――」

太い針で胸を突かれたみたいに息が苦しくなって、紅茶のカップごと私はベンチから滑り落ちた。カップの割れる音がして、ジーンズの太ももに紅茶が染み込んでいく。うまく息が吸えない。過呼吸だ、と伸びてきた男の手を、さわらないでと振

り払った。さわらないで。私にさわらないで。

「ゆっくり、ゆっくり息を吐いて」

節くれだった監督の手が私の背中をさすっている。とって、と息もたえだえに私は言った。監督、撮って。これが撮りたかったんでしょ、びびってないでちゃんと撮って。

「撮ってる。撮ってるから」

焦点を失った視界の中に、赤いランプが揺れるのを見つけて私は笑った。

9

おじさんのことは好きでもなかったけど、積極的に嫌うほどでもなかった。悪い人ではなさそうだったし、変な人というのが先にきてたから、判断が鈍ったのかもしれない。

最初のうち、私たちはそこそこうまくやっていた。おじさんは薄笑いを浮かべて家族ごっこに励んでいたし、私のほうでもまずいスパゲティを黙々と食べることぐらいなんてこともなかった。なによりママを困らせるようなことだけはしたくな

かった。そういう意味で、私たちは結託していた。

おじさんは忙しい人だったからほとんど家にいなかったし、私も目黒のマンションに入り浸りで顔を合わせることもそんなになかった――いや、どうだっただろう？　目黒のマンションに入り浸るようになったのはあれがはじまってからだったっけ。あの時期、いろんなことがまとめて起こったから、記憶が混乱している。

中学にあがってから急激に身長が伸びて、一年生の冬休みがくる前に初潮がきた。同級生の女子のほとんどが小学校のうちにきていたから、私はかなり遅いほうだった。赤飯を炊かれるようなことはなかったが、そのかわりにあれがはじまった。

「いと、パンツを脱いで、先生に診てもらいなさい」

はじめての生理が終わるころになって、ママがそんなことを言い出した。え、やだ、と思ったけど、拒否できる雰囲気ではなかった。リビングの床に脚を広げて座るよう指示されて、そのとおりにした。ちくちくとお尻を刺すカーペットの感触をいまもおぼえている。

「病気になるといけないから、きれいにしておかないと」

おじさんの細い指が、脚のあいだに触れた。周囲をなぞるようにぐるりと一周させる。

「大事なところなのにきれいにしていない女性があまりに多くてね。クリニックでたまに診察することがあるんだけど驚いてしまう。ほら見て、自分ではきれいにし

ているつもりでも、この白いの、こういうのがついているから、点検しないと」最初にママが顔にメスを入れたのはその直後だったような気がするけど、やっぱりそのへんの記憶は曖昧だし、そこに因果関係があるとはあまり考えたくない。

点検はそれからも定期的に行われた。いやだったしやめてほしかったけど、そんなことを口にしたらなにかがこわれるという予感があった。拒否したら、これがいけないことだと認めてしまうことになる。私さえ我慢して受け入れていれば、家族ごっこを続けられる。診てもらいなさいと最初に言い出したのはママだ。ママが私をひどい目にあわせるはずがない。だって、ママなのに——。

あれからずっと考えてる。どうしてママは、あんなことをおじさんに許したんだろう。考えても考えても答えが出ないまままずっと考え続けている。

昔からママはやたらと私に触れたがった。頬をつまみ鼻ピンをして、外を歩くときは恋人同士がするみたいに腕を組み、ときどき折れるほど強く抱きしめた。ママは、私を、自分の体の一部だと思っていたんじゃないだろうか。自分の好きにしていいものだと思っていたようなふしがある。

背が伸びるのと同時に膨らみはじめた私の胸を、痛がるのもかまわずシャツの上から気軽に触れては、やだ、やだ、もうこんなに、やーだー、となにがおかしいのか切れそうに細い声をあげて笑っていた。一度、強く拒否したら、なにかんちがいしてるの、変なあれとかじゃないし、と心外だと言わんばかりに冷笑した。私のな

にがいけないの、なんでそんなふうにいやがるのよ、いとにまで嫌われたらもう生きていけない、と泣き喚きさえした。思えばあのころからもうすでに、精神のバランスを欠いていたのだろう。

それ以来、私はいっさいの抵抗をしなくなった。変なあれってなんだろうと思ったけど、なにか、そこに意味を見つけてしまうことがこわかった。ママに怒られるんじゃないか、ママを傷つけるんじゃないかと思ったらなにも言えなくなって、されるがままになっていた。鈍く幼い子どものふりをして親の仕打ちを受け入れているほうが楽だったし、ママも私にそれを望んでいた。

「いと、おねがい」

鏡の前に座ってママが私を呼ぶ。手のひらにおさまるサイズの小さな鋏《はさみ》を手にし、私は指でママの髪を梳《す》く。白髪染めはいや、髪がきたなく見えるからと言って、ママは白髪を一本一本、根元から切らせた。目黒のマンションにいたころはフィーの、世田谷に移ってからは私の仕事になった。手が滑ってママの頭皮に刃を突き立ててしまわないかと最初のうちはびくびくしていたが、すぐにそれどころじゃなくなった。切っても切っても、黒い髪をかき分けた奥から白い髪が現れきりがなかった。腕が痺れて疲れても、ママがいいと言うまでやめられなかった。

新聞紙の上に並べた白く透きとおった糸のようなママの髪。きれいなのにと私がこぼしたら、死んでるからもういらないとママは言った。ママが息を吹いて飛ばし、

わあっと私は叫んだ。私が大きな声を出せば出すほど、ママはうれしそうにしていた。翌日やってきた家政婦が掃除機をかけて、部屋にちらばった白髪はきれいに片づけられた。

ママとおじさんが望んだので、中学校は電車を乗り継いで遠くの私立に通っていたけれど、高校は私の希望で区内の都立を受けることにした。成績はあんまりよくなかったが、猛勉強してなんとか滑り込んだ。勉強をしていればほかのことから逃れられるし、問題を解けばちゃんと答えが出る。そのわかりやすさを、あのころは気に入っていた。

点検があるのは決まって夜で、風呂あがりを狙われることが多かった。おじさんが早くに帰ってきた晩は、昼間どんなに汗をかいていても風呂に入らずそのまま寝て、朝早く起きてこそこそシャワーを浴びた。最悪なのは、風呂あがりのところへちょうど帰ってきたおじさんと鉢合わせることで、そしたらもう逃れようがなかった。そのうち私は、世田谷の家で風呂に入るのがこわくなった。汗と埃と脂《あぶら》でべたべたした体で、夜遅くまで机に向かっていた。

ボイコットの成果か、それともさすがにもういい年だからということになったのか、高校に通いはじめるころには点検もなくなり、植物のような女や太一さんの出現によって目黒のマンションからも足が遠のくようになっていた。仕事がなくなり、ずっと家にいるようになったママの傍《そば》になるべくついていたかったというのもあ

る。やはりあれは異常なことでも変なあれでもなんでもなかったのだ。ママを疑うなんてどうかしている。おじさんは医者だし、私の体を心配していただけなんだ。そう思って、忘れることにした。しばらくのあいだはそれでよかった。

すべてが引っくりかえったのは、高校最後の夏休みだった。

その日はママが早くに薬を飲んで寝てしまい、おじさんもまだ帰宅していなかったので、私は二階の自室に戻り、枕もとの灯《あか》りでクラスメイトに借りた少女マンガを読んでいた。終業式の日、持って帰る荷物の多さに悲鳴をあげていたクラスメイトが、「斉藤さん、これ読まない?」と私に押しつけてきたものだった。

そのころには、母親が赤井霧子だからといじめられるようなことはなくなっていた。みんな同年代か少し年上のアイドルやミュージシャンに夢中で、だれも赤井霧子のことなんて知らなかった。特別仲のいい友だちもいなかったけれど、子どものころのように容赦なく叩かれることもなく、私の世界はまるくやわらかく閉ざされていた。

暑い夜で、冷房はつけず扇風機をまわし、オーバーサイズのTシャツに下着だけの格好で寝落ちしていたようだ。脚のあいだに、虫が這いまわるような違和感をおぼえて目が覚めた。なにが起こっているのか、よくわからなかった。枕もとの灯りとは別に、足もとのほうで青白い光が、そこにあってはならないものを浮かびあがらせた。医療用のペンライトを手にしたおじさんが、下着の隙間から私の性器を覗

いていた。

一瞬で目が覚めた。反射的に、やだ、と叫んで、タオルケットをたぐって身を隠した。いやだ、ともう一度はっきり言った。おじさんは、なにも言わずに部屋を出ていった。

心臓が破裂しそうなほど鳴っていて、どうしてこれで死んでしまわないのか不思議だった。あれは点検だ。変なあれとかじゃない。まさか、おじさんがそんなことをするわけがない。自分の体にだれかの欲望が載せられるなんて、そんなことがあるわけない。だって私はブスなのに――言い聞かせるようにそう思うのに、うまく自分をごまかすことはできなかった。

私にはもうわかっていた。胸が膨らみはじめたのと同時に、すれちがう男たちの視線にそれまでとは別の色合いが載せられるようになったことを。ブラジャーが透けないように、生理用品を男子に見られないようにと同級生の女子たちがやたらと気を配っていることを。変なあれというのがどういうものなのか、私はすでに知っていた。どうしよう。どうしよう。どうしよう。どうしたらいいんだろう。

混乱の次に私がしたことといえば、自分に矢を向けることだった。私がいけなかったんだ、暑いからって下着で寝てたのがいけなかった、部屋に鍵をかけておかなかったから、ママの部屋で寝なかったから、すべて不注意な自分の行いが招いたことなんだ――。

あれは暴力だ。たとえ裸で寝ていたとしても、同意もなく勝手に触れるほうが悪いに決まってる。いまならそう考えることもできるけれど、そのときは頭からすっぽり暗い靄《もや》に覆われて、一人で抜け出すことは不可能だった。まだ十七歳だったのだ。

翌朝ほとんど眠れないまま下に降りていくと、めずらしくママが起きていて、朝陽に透けるオーガンジーのガウン姿でコーヒーを飲んでいた。窓から入ってくる風がやさしくママの髪を撫で、心地よさそうに目をつぶる。薬の影響か、あのころのママは起きていてもいつも上《うわ》の空で、ぼんやりとしていることが多かった。おはよう、と私に気づいてほほえんだママはいまにも陽に溶けてしまいそうで、おぼろに美しかった。

「おはよう。ちょうど卵を焼くところだったんだけど、いとも食べるかい？」

キッチンにはパジャマ姿のおじさんが立っていて、私をふりかえって声をかけてきた。何事もなかったようにあっけらかんとした笑顔で、目玉焼きにするかオムレツにするかと訊く。薬漬けで夢の国の住人になってしまった妻を、施設送りにすることも見捨てることもなく甲斐甲斐《かいがい》しく世話を焼き、血のつながらない娘に朝食まで作ってやろうとする。傍から見れば、こんなにできた夫はいない。その朝がくるまでは、私だってそう思おうとしていた。

言えない、と思った。ぜったいに言えるわけがない。

あれは悪い夢だったのだ。大袈裟《おおげさ》なことにしちゃいけない。ママにだけは知られたらいけない。ママに知られたらママを傷つける。愛する夫を失ってママが悲しむ。私たちはこの家を出ていくことになるだろう。お金も家も仕事もなくて路頭に迷うはめになる。そんなことになったらママが死んじゃう。

なにより私が恐れていたのは、すべて話したところで、あら、そんなこと、と流されてしまうことだった。やあだ、たったそれぐらいのことで大騒ぎして、自意識過剰よ、いつもの点検でしょ、と笑って済まされたらママを許せなくなる。助けを求める私の声に耳を塞いで、あの男を取るママなんて見たくなかった。ママが死んでしまうより、そっちのほうがこわかった。

そうして私は、ママを捨てたのだ。

借りたマンガを返せないまま学校はやめてしまった。

発作が落ち着くと、監督は撮影を切りあげ、電話で呼び出したタクシーに私を押し込んだ。しつこく見送りに出てこようとした世田谷の男を、「いや、あんたはもういいだろ」と制する冷ややかな怒りのこもった声が聞こえた。

「すまなかった。あの家になにかあることはわかってたのに……ほんとうに、悪かった……と思ってる」

どこか、知らない駅をすぎたあたりで監督が口を開いた。タクシーがいまどこを走っているのか、私にはわからなかった。発作のせいか、頭がぼうっとして指先までしびれが残っている。

監督でも謝ることがあるんですね、と私が言うと、監督はばつが悪そうに目をそらした。いつのまにか、立場が逆転している。私がまわせと言ったから形だけでも撮り続けているが、このシーンが映画に使われることはないだろう。信号待ちで車が停まり、揃いの制服を着た女の子たちが、数人連れだってはねるような足取りで横断歩道をわたっていくのが車窓の向こうに見えた。

どこまで、なにを、わかっていたっていうんだろう。なにかって、なにがあると思ってたの？

話したってかまわなかったけど、監督のほうが聞きたくないのだろうと思った。腰が引けてる。真実をあきらかにする勇気もないくせに、半端な気持ちでカメラを向けるなんて監督失格だ。軽薄にふるまってはいるけれど、心の奥底に臆病で繊細な子どもを飼っている。笑ってしまうぐらい監督とママはよく似ていた。

「あれ、いままでにもあるの、ああいう発作っていうか……」

ううん、と私は首を横に振った。

「自分がなるのははじめてだけど、リハやライブの最中にメンバーがなったりするの、見てたから慣れてる。じっとしてれば治るってわかってるし」

「慣れるなよ、そんなことに」

むっとしているようにも泣き出しそうにも見える顔で監督が言った。はーい、と茶化すみたいに私が片手をあげると、マジでかんべんしてくれ、と肩まである長い髪を掻きむしった。ほんとに立場が逆転してしまったみたいだった。

この人に勝ちたいと私はずっと思っていた。だけど、望んでいたのはこういうことじゃない。

「たった一晩で世界が引っくりかえってしまうような経験、監督にはある？」

触れるとざらざらしてそうな横顔に向かって訊ねた。白っぽくさかむけた唇を開き、「あるよ、ある」とかすれた声で監督は答えた。

「……いや、おまえが言ってるのとは、ちょっとちがうかもな」

それからすぐに否定した。どっちだよ、と私は笑った。監督は少し考えこむみたいに顎を撫で、やがて観念したように息を吐いた。

「俺はずっと不思議だったんだ。赤井霧子の夫になるなんていったいどういう神経した男なんだろうって。今日やっとわかった。一人は物のわかってなさそうな若造だし、もう一人はあれだ。空虚な言葉しか吐き出さない空っぽ人間。笑えるよな。最初からそういう次元で生きてないんだ」

そう言って監督は、尻すぼみの笑い声をあげた。泣いてるのかと思って顔を覗き込んだけど、若ぶったフレームの奥にある両目は乾いて萎《しぼ》んでいる。

「私もずっと不思議だった。どうして小向井祐介は赤井霧子を撮らなくなったんだろうって。運命の作品に出会えなかったって、こないだ絢さん言ってたよね。監督なら赤井霧子にそれを与えることができたんじゃないかって、疑問に思ってた。でもいま、なんでだか、わかった気がする」

製作発表のあと、赤井霧子と小向井祐介についての記事が週刊誌に出た。ネットに書かれていた以上の目新しい情報はなかったけれど、かわりに監督のプライベートについての詳細が載っていた。ヌーベルポルノから一般映画に移行し、大きな賞を獲った直後に監督は結婚しているらしかった。当時、無名の新人女優だった妻は、結婚と同時に芸能界を引退している。現在、大学生の息子が一人いるということだった。

赤井霧子の夫になるという選択肢は、最初から監督の中に存在しなかったんだろう。あの当時、小向井祐介の名前など赤井霧子というビッグネームの前では吹けば飛んでしまうようなものでしかなかった。日本中の男たちに使い古された女を妻にすることも、ちっぽけなプライドが許さなかったのかもしれない。

「……ちがうから」監督は小馬鹿にするみたいにすんと鼻を鳴らした。「たぶん、おまえが思っているようなことじゃないよ。俺はね、そんな単純な人間じゃあないですから。ゆうても初老よ、初老。そんなね、君みたいな若い子にかんたんにわかったような気になられても困るから」

「そうですか、それはすみませんでした」

自分で思ってるよりはるかに単純だけどね、と思ったけど、それ以上は言わないでおくことにした。

もしかして、この映画は監督にとっての罪滅ぼしなんだろうか。

最初はちがったはずだ。もっと暴力的で野蛮ななにかに衝《つ》き動かされてこの映画を撮ろうとしていた。だけど、撮影を続けていくうちに監督の中で――それはもちろん、私の中でもそうなんだけど、なにかが変わっていったような手応えがある。昔、監督とママのあいだになにがあったのか、私には想像することしかできないけれど、いまだに生癒えの傷が彼の中に存在していることがわかる。普段は忘れている。素知らぬ顔で暮らしている。けれど、ときどき甘やかに疼く。そういう傷が。

ばかみたい。いまさらなに。ママはそう言うだろうか。こんなことされたってなんにもうれしくない。生きてるうちに私を撮ってほしかったって。……いや、案外喜ぶかもしれない。お昼のワイドショーでも下世話な週刊誌の記事でも、どんな形だろうと話題にされるのであれば。

紙吹雪《かみふぶき》の舞うサイリウムの海の中を、ドレスの裾を翻《ひるがえ》してくるくるとまわるママの姿が目の前を流れていく映像のようにくっきりと浮かぶ。万華鏡のように、回転するごとにママの顔が変わっていく。若いころのママ、膨れあがった顔のママ、異形のママ。どの顔も、七色の光を映してしあわせそうに輝いている。

「おまえはさ、告発してやろうとは思わないの？」

「なにを？」

「霧子を死に追いやった男たちを」

声をあげて私は笑った。なんで笑っちゃうのか自分でも不思議だけど、こういうときほど脊髄《せきずい》反射的に笑ってしまう。

何度も考えた。うんざりするほど何度も。もしあのとき、私がママを捨てなかったらママは死んでいなかったんじゃないか。同じことを監督も考えたんだろう。もしあのとき、怖気づいて逃げたりしなければ、ちがう未来があったんじゃないかって。

「そういう考えそのものが傲慢だとは思わないの？　ママはだれにも殺されてない。一人で死んだ。あれは事故だった」

膝の上のカメラにぽんと手を置き、「そうだよな」と監督はつぶやいた。「そう、だよな……」もう一度、くりかえした。カメラのレンズはまっすぐ私に向けられている。

「いつか、俺は地獄に落ちるよ」

それを聞いて、この人はやっぱりものすごくロマンチストだなと思った。

明日発売の週刊誌に写真が出る、と重々しい声で阿部さんが告げた。

その日は久しぶりのオフで、魔の二十五日でもあった。私は非番だったけど、ほかにすることもないし、みーちゃのいるA－DASHを見られるのもあと少しかと思い、ライブを観に行きがてらファームに顔を出すことにした。卒業発表が効いたのか、みーちゃは見事一位に返り咲き、里中は二位、その後に続くのはtuneUPの吉原で、まいまいは四位に順位を下げていた。いちおう確認しておくかと自分の名前を探していたところへ、阿部さんが駆け寄ってきて、非常口近くのカメラのない場所まで連れていかれた。

「……そうですか」

ぼんやりと私は答えた。いつものママ関連の記事なら阿部さんがこんなに深刻そうにするわけがないから、佳基のアパートに通っているところを撮られでもしたんだろう。気をつけてはいたけど、撮られてしまったのならしかたがなかった。これで終わりか、思ってたよりあっけなかったな、とどこか他人事のように考えていると、

「もしかして、なにか聞いてた？」

手応えのない私の反応に焦れたように阿部さんが訊ねた。

「なんのこと？　いまはじめて聞いたけど」

「そっか、そうだよね、そうか……」

しきりに視線を動かし、早口にぼそぼそ言う。いつも気怠《けだる》そうにしている阿部さ

んが、見ようによってははしゃいでいるようにも見えなくはない。

「なに？　話が見えないんだけど」

「まいまいが消えたんだよ」

　どうしてまいまいが？　と訊ねるより先に、いやな予感が胸に湧き起こった。

「え、週刊誌に写真が出るって、だれの写真が？」

　先月のイベントでまいまいが見せた翳りのある表情。なんとなく私を避けているような気配。ぴたりと符号が合ってしまう。こうなることを私はすでに知っていた。

「福岡の路上で、男とキスしてるまいまいの写真が出る。相手は一般人だそうだ。僕も記事を読んだだけで詳しいことは知らない」

　福岡ローカルの深夜帯にレギュラーを持っているまいまいは、収録のため隔週で福岡に通っていた。そこで中学校の同級生と再会し、密会を重ねていたのだという。

「昨日、リハが終わってからまいまいだけ呼び出されてたのはそれ？」

　訊ねると、苦い顔で阿部さんがうなずいた。

「夕べのうちにホテルに移したんだけど、さっきそこからいなくなってることに気づいて。電話してもつかまんないし、寮にも帰ってない。どっかまいまいが行きそうなとこ、心あたりないよね？」

　私は黙ったまま首を横に振った。心あたりがあったとしても、教えるわけがなかった。

「メンバーには僕から話すからまだ黙っておいて。ちょっと社長と対応練るから……わかってるよね？　勝手な行動は慎むように」

それだけ言い残すと、阿部さんは小走りでその場を立ち去っていった。よほど取り乱しているのか、廊下の先、なにもないところで躓《つまず》いて体勢を崩している。

阿部さんの姿が見えなくなると、すぐさま私はコートのポケットからスマホを取り出した。勝手な行動は慎むようにって？　阿部さんはほんとうに、心の底からあきれるほどに私たちのことがわかってない。こんな緊急時に、はいそうですかとおとなしく言うことを聞くかっていうの。

呼び出し音を耳にあてながら、私はだれにも気づかれないように非常口から外へ出た。


まいまいは電話に出なかった。

数ヶ月前に私も同じことをしたから、気持ちは痛いほどわかった。電話に出たところでなにを話したらいいのかわからない。不用意に慰めの言葉をかけられでもしたら相手に失望してしまう。恥ずかしさといたたまれなさと申し訳なさでいますぐ消えてしまいたい。まいまいのことだから、いまごろ私の比でないほど追い詰められて苦しんでいるだろう。

ファームを出ると、私はその足でまっすぐ寮に向かった。心あたりなら一つだけ

あった。まいまいの交友関係をすべて把握しているわけではないが、ファームのメンバー以外で東京に親しい友人のいる様子はなさそうだった。上京してこちらにいる地元の友人たちとは、だんだん疎遠になってしまったと前に話していたことがある。関東近辺に親戚がいたはずだが、すでに事務所から連絡がいっているだろう。

「あのー、すいません、木嶋《きじま》はるかの転居先の住所ってわかりませんか?」

寮に到着すると、玄関を抜けてすぐ左手にある管理人室の小窓から、中にいる管理人に声をかけた。この時間帯にいつもいる、赤いフレームの眼鏡をかけた女性が仕事の手を止め、怪訝そうに顔をあげる。

「一年以上前に出ていった子なんですけど、あの、はるちんってみんなから呼ばれてた子で。借りっぱなしになってたCDを返したくって、メールしてみたんだけど機種変しちゃったのか返事がなくて、もしかしたら拒否られてるのかもしれないけど、はは……だから、それで」

なにか訊かれる前に自分からべらべら事情を話すなんて怪しすぎる。やってしまってから気づいた。

「そういうことなら、こちらでお預かりして転送させていただきます」

「あ、いや、できれば直接渡したいかなーって。あの、こんなこと管理人さんにお話しするのも変ですけど、あれから私も彼女もいろいろあって、それでいまちょっとこじれてて、でも友だちだってことには変わりないし、ほら、だって、私たちが

仲良かったこと、知ってますよね？　よくいっしょにいるとこ、見てましたよね？」

「申し訳ないけど、規定で教えてあげるわけにはいかないんです。そちらの事務所さんのほうからも、そのように言われてるので」

ほんとうにごめんなさい、とだめ押しのように言われて、ですよねー、と私はあっさり引き下がった。

「あの、このこと、事務所には……」

最後まで言い終える前に、彼女は心得たようにうなずき、口にチャックをするジェスチャーをした。

サスペンスドラマだったらこんなとき、だれかを囮《おとり》にして管理人の注意を引きつけ、その隙に管理人室に忍び込んで……とかやったりするんだろうけど、そんなことをしようものなら今度こそ事務所をクビになってしまう。クビどころか立派な犯罪だ。頭上の防犯カメラをいましく睨みつけ、私はいったん部屋に戻ることにした。

まいまいがだれかを頼るとしたら、少なくとも現役のメンバーではないだろう。他人に弱みを見せられないまいまいの性格からいって、おのずと避難場所は絞られてくる。

真っ先に頭に浮かんだのがはるちんだった。ストイックな優等生のまいまいと享楽的な不良娘のはるちんとでは水と油ぐらいちがうし、実際よくぶつかりあってい

たけれど、いまこんなときだからこそ、まいまいは彼女のところに行くんじゃないかという気がした。

卒業したメンバーの中には、いまも第一線で活躍を続けている子もいれば、結婚してしあわせな家庭を築いている子もいる。まいまいがそういう相手を頼るとは思えない。〝AV堕《お》ち〟して汚れのついたはるちんでなくちゃだめなのだ。

管理人には話の流れで着信拒否されているかもしれないと嘘をついたが、はるちんとの糸は切れてはいない。ママの記事が出た直後に長文のメールを受け取り、一方的にDVDが送りつけられてきてそれきりだ。「ひさしぶりー」とか「元気？」とか添えるのもしらじらしいかと思って、「まいまいから連絡きてない？」とだけ打ってはるちんにメールを送信した。

望みは薄そうだが、ゴジョの会にもはるちんと連絡を取り合っている子がいるかもしれないので、一応メールを投げておいた。返事を待っているあいだに、「神谷なお」のSNSを遡《さかのぼ》ってみたが、食べ物の写真とキラキラした自撮り写真、きわどいポーズのパッケージ写真が交互に出てくるだけで、住んでいる場所を特定できるような投稿は見当たらなかった。ですよねー、とつぶやいて私は画面を閉じた。

そっちの方面ではド素人の私でも住んでいるところを特定できるような迂闊《うかつ》な投稿があがっていたとしたら、だれかが気づいて速攻で削除しているはずだった。SNSから個人情報を得ようと思ったら、どんな投稿も見逃さずに二十四時間態勢で

張りついているしかない。

ストーカーってたいへんなんだな……としみじみ思って息を吐いた。ちょっとの時間、画面を凝視していただけで目の前がちかちかする。私には向いてなさそうだと凝り固まった首をぐるりとまわし、冷蔵庫から出したペットボトルの水を口に含んだ瞬間、脳に直接射し込むように一片のひらめきが降りてきた。

ツイッターの画面を開き、電ズマンのアカウントを探す。初期からヨヨギモチを推していた電ズマンのことだ。「神谷なお」の動向を追い続けていてもおかしくはない。二十四時間態勢で張りつくまではしなくても、私よりは情報を持っている可能性が高い。

「こんにちは。突然すみません。ちょっと急ぎの用ではるちんを捜しているんですが、住んでるところ知ってたりなんかしないですよね……？」

ダイレクトメール送信のボタンを押してから、「神谷なお」と書くべきだったかとちらりと思ったが、いや、とすぐに思い直す。いま私が捜しているのは、はるちんだった。

まいまいもはるちんもいまだ既読すらつかず、ゴジョの会のだれからも返信はないのに、電ズマンからはすぐに返事がきた。仕事はなにをしているんだっけ。遠い昔に聞いたことがある気がするが、すぐには思い出せなかった。

「どもー。まきまきからいきなりメールきてびっくりしたｗ　はるちんの住んでる

とこだけど、もしかしたらわかるかもしんないｗｗｗ　ちょい、捜査するんで時間ください」

さほど期待していなかったのに、まさかと目を疑った。「いーとーまきまき」から取って「まきまき」という、浸透しないままフェードアウトしていった初期のニックネームに面映ゆい気持ちをおぼえながら、「了解！　助かります！」と返信すると、スマホの充電器をリュックに詰め込み、なにかに急き立てられるように私は部屋を飛び出した。

10

1、2、3、4、5、6、7、8
1、2、3、4、5、6、7、8
部屋番号を呼び出して、つま先でカウントをとる。ＢＰＭ１２２。体がわかってる。

16カウントより長く、32カウントより短い間があって、インターフォンから、はい、とはるちんの声がした。カウントが止まる。つま先からぞわりとしたものが這

いあがって肌をなめる。

「いとです」

こういうとき、気まずさからいつも私はおどけてしまうんだけど、できるだけ真面目な顔でまっすぐカメラを見て言った。

「見ればわかる」

答える声は少し笑っていた。

「上がってきて」

はるちんは、拍子抜けするほどあっさりオートロックを解除した。だめだよはるちん、電ズマンがちょっと調べただけですぐに住所割り出せちゃったじゃん、お願いだから気をつけてよ。用意していた言葉を口にできないままエレベーターに乗り込み、三階のボタンを押す。

代々木駅から内回りの山手線に飛び乗り、品川を通過したあたりで電ズマンから返信がきた。遅くなってサーセン、とあったが、それでも予想していたよりずっと早かった。出所についてはちょっと明かせないけど、怪しいあれじゃないから安心してと前置きした上で、はるちんの住所が送られてきた。東中野《ひがしなかの》のワンルームマンション。部屋番号まで書いてあった。次の駅ですぐ電車を降りて、反対側のホームに滑り込んできた電車に乗り換えた。ここに来るまで半信半疑だったけれど、ほんとうにはるちんが出たから、素直に喜んでいいのかわからなかった。

「なにそれきしょっ、むしろ怪しさしかなくない？　怪しさマックスなんですけど！」

事情を説明すると、はるちんは二の腕を抱え込んで震えるまねをした。もこもこした素材のルームワンピースを着て、同じ素材のターバンで額を剝き出しにしている。ツイッターにあがっていた自撮り写真とまったく同じ格好だった。「静電気こっち来んな」ってお決まりの冗談を言うには、私たちは離れすぎていた。

「インスタのストーリーだかライブ配信だかで、外の景色が映り込んでたみたいで、そこから特定されたらしいよ」

「こわっ、マジでこわっ。いますぐ引っ越すわ、マジで今日明日中にでも引っ越すわ」

少し太ったのか、それとも髪形のせいか――整形まではしていないと思うけど、はるちんは以前より幼くなったように見えた。というより、こちらが本来のはるちんなのかもしれない。ファームにいたころはほかのメンバーとの差別化をはかるために、実際の年齢よりも大人っぽく見えるようにしていたから。

玄関をあがり、奥の部屋に続くドアを開けると、白く毛足の長いラグの上にぺたんと腰をおろしたまいまいがこちらをふりかえった。予想はしていたけど、ほんとにいたから驚いた。

「ファーム卒業したら探偵になろうかな」

「はあ？」

はるちんに押し出される格好で、私はまいまいと相対する形になった。訊きたいこと、言いたいことは山ほどあったはずなのにいざとなると言葉が出てこなくて、手に持っていた紙袋を突き出した。

「これ、パンツとブラトップ。新宿で乗り換えるとき、無印で買ってきた。まいまい、無印好きだったよね？」

ありがとう、とほとんど声にならない声で言って、まいまいは袋を受け取った。オフホワイトのリブニットにタータンチェックのワイドパンツ。昨日レッスン場で別れたときと同じ格好をしている。「無印に好きも嫌いもあるかあ？」と背中から、空気を読んでいるんだか読めていないんだかよくわからないはるちんの声がする。

「あ、ぶどうのクッキー。……マシュマロにチョコがけいちごまで入ってる」

「非常食、と思って。前回、私のとき、ひもじかったから」

「なんか、遭難してるみたい」

さんざん泣いた後なのか、いつもより腫れぼったく憔悴しきったようなまいまいの顔が見られなくて、私は部屋のあちこちに視線を飛ばした。天井からシャンデリアがぶらさがり、白とピンクを基調に姫っぽいインテリアでととのえられた八畳ほどのワンルーム。ＳＮＳにあげられていた写真ではもっと広々として高級感があるように見えたけど、実際はごちゃついていて、部屋の中に三人もいるとすこし窮屈

に感じられた。

窓から見える空は煙った紫色に染まり、鉤爪《かぎづめ》のような形の月がぶら下がっている。似たようなビルが建ちならび、遠くに消費者金融の看板が見えるぐらいで、取り立てて特徴のある景色には見えないけど、見る人が見ればすぐに場所が特定できるものなんだろうか。考えるより先に、ひゅっと喉の奥が締めつけられるような心地がした。

「もーはるちん、カーテン閉めようよー」

泣き出しそうになって、ごまかすために私はへらっと笑った。


このメンツ、めっちゃひさしぶりじゃない？　とうれしそうに言って、はるちんは冷蔵庫から缶チューハイを取り出してきた。まああああまああ、と言いながら一本ずつ私とまいまいに押しつける。値段の割にアルコール度数の高い、一本飲んだらベロベロになるやつだ。しかもロング缶。こんな危険な酒を冷蔵庫に何本も常備してあるなんて、普段はるちんはどんな生活を送っているんだろう。

「撮影やイベントが立て込んでるとき以外はけっこう暇なんだ。超ナイスタイミングだったよ。まいまいから電話かかってきたとき、暇で暇で、暇すぎて腐りかけてたから」

缶チューハイに口をつけながら、はるちんはデリバリーのメニューを小さなロー

テーブルの上に広げた。ピザにするかそれとも中華にするかとまくし立てていたかと思ったら、ふいに顔をあげてにやりと笑う。

「別にいいんだよ。仕事どう？　とか訊いてくれても」

はるちんがよくやる、唇をねじまげた皮肉っぽい笑いかた。

どう反応したものか迷っていると、

「いや、訊けないだろ」

すぐ隣でまいまいがつぶやき、ウケる、とはるちんがひっくりかえった。

「訊けよな、ぜんぜんなんでも。私も訊くし、最近どうよアイドル稼業のほうは？　って。おんなじことじゃん。実際やってることだって、アイドルもAVもそんなに変わんないし。男の願望を体現するっていうの？」

そこではるちんは「きゅるん」と擬音をつけて唇をすぼめ、ぱちぱち高速まばたきをしてみせた。

「……いいんだよ、それは。こっちだって欲望されたくてやってるようなとこ、あるから。求められなきゃだれもやんないでしょ、こんなこと。私の場合、清純ぶらないで済むだけAVのほうが性に合ってるって気するし。これはほんとに本心から言うんだけど、いまの仕事楽しいよ。お姫さま扱いでみんなちやほやしてくれるし、現場では私が絶対のセンターだし。そんなこと、ファームにいたころはありえなかったじゃん？　あと私、AVをはじめてから気づいたけど、セックス好きみたい」

今度は私とまいまいがひっくりかえる番だった。あの俳優がかっこいいとか、細マッチョがいいだとか、漠然と男の子の話をすることはあっても、こんな直接的な話をしたことは一度もなかった。私たちの世界に存在してはいけないものだったから。

あのさ……とためらいがちに口を開いたら、そういう振りでもつけたみたいに、揃って二人がこちらを見た。

「私、ずっとわかんなかったんだ。みんな、どうしてカメラの前に立ちたいんだろうって。いろんなことをがまんして、自分以外のなにかを演じて、カメラの前で裸になってまで、どうしてそこまでするんだろうって……」

白いラグの毛を指先でねじりながら、自分でも答えの出ていない問いをそのまま吐き出した。

カメラを向けてほしいという獰猛な欲望。どこからくるのかわからないその欲望は、私の中にもたしかにあって、ふいに衝きあげてきては私を振りまわす。

ときどき、こわくなる。いまはまだ一部でしかないこれが、いつか私をまるごと呑み込んで、ぜんぶになってしまうんじゃないかって。

求められなきゃやらないとはるちんは言ったけど、求められなくなったら煙のように消えてなくなるんだろうか。だとしたら、ママを苦しめていたものはなんだったんだろう。

「そんなこと、考えたってしょうがなくない？」

この二人なら、なにか答えを持っているかもしれないと期待していたが、はるちんから返ってきたのは極めてシンプルなものだった。

「考えたところでなくなるわけでもないんだからさ、性欲や食欲と同じようなもんじゃん？　うだうだ悩んでいるぐらいなら、私は盛りに盛った自撮りをアップして〝いいね〟もらう」

隣でまいまいがなにか言いかけた気配があったが、「あーおなか空いた。もう中華ね。私が食べたいから中華にします！」というはるちんの宣言にかき消された。

海老《えび》餃子、翡翠《ひすい》餃子、小籠包《シヨウロンポー》、大根餅、腸詰、ピータン豆腐、焼きビーフン、油淋鶏《ユーリンチー》、青椒肉絲《チンジヤオロース》、酸辣湯《スーラータン》、油條《ヨウテイアオ》、高菜チャーハン、ごま団子、杏仁《あんにん》豆腐……ちょっと頼みすぎじゃないかというほどの量をはるちんは電話で注文した。

案の定、運ばれてきた料理はテーブルに載りきらなかった。

「パーティーじゃねえんだからさ。ゆうてもうちらアイドルだし、こんなデブ飯困るんですけど」

あきれたように言って、まいまいがやっと笑顔を見せたので私はほっとした。

「アイドルだろうとなんだろうと食わなきゃやってらんないじゃん。くそみたいな世界相手に毎日消耗してんだから、少しでも自分の体積増やして抵抗してこうぜ」

無茶苦茶な理屈だったけど、はるちんが口にすると妙な説得力があった。

私たちは食べた。手や口のまわりを油でべとべとにしながら、夢中で食べて飲んだ。小さなローテーブルを囲んで、「おとうちゃん！」「おかあちゃん！」とたがいを呼びあい昭和の家族ごっこをしながら、わだかまりもなにもなかったみたいにけらけらと声をあげて笑った。

ああ、やっぱり、と私は思う。やっぱり私はこの子たちが好きだし、この子たちといる自分が好きだった。

最初は、雨風をしのげる屋根が欲しいだけだった。食うのに困らず、安心して眠れる場所さえあればかまわなかったし、出ていきたくなったらいつでも出ていけると思っていた。そんな不純な動機でアイドルになった自分が、まさかいつまでもここにいたいと願うようになるなんて、私自身がいちばん驚いている。

なにか特別なことをしてもらったわけじゃない。彼女たちはいつも隣にいて、くだらないことで笑ったり、揚げ物だらけの弁当や運営への愚痴を言いあったり、かわいいね、きれいだよって挨拶代わりに囁きあって、手をつなぎ、震える肩を抱き寄せ、頬を流れ落ちていく涙と同じ数の喜びを分かちあった。

ママの娘としてではなく、ただの一人の女の子として過ごした最初で最後の日々。

彼女たちは光だった。道標《みちしるべ》を失った私を照らす、まばゆく清冽《せいれつ》な光。

「やば、食いすぎた」

「無理デザート無理」

「見たくもない」

「ちょ、休憩しよ」

おなかがはちきれそうになるまでたらふく中華を食べ、缶チューハイ二本で酔っ払い、はるちんはベッドに、私とまいまいはそれぞれ床に寝転がった。ちょっといと、ラグで手拭かないでよ、とはるちんがティッシュの箱を押しつけてきて、前にもこんなことあったな、とアルコールのまわった頭で考えた。

「いとには前にも言ったよね、私、変なくせがあるって」

天井を見あげ、だしぬけにまいまいがそんなことを言い出した。え、うん？　という曖昧な私の反応に、かまわずまいまいは続けた。

「よくないって思うんだけど、つい分けちゃうの、人を、主役か脇役かって」

「……どういうこと？　よくわかんない」

食べた分を取り戻そうとしてか、片脚を上下に動かすエクササイズをしながらはるちんが訊き返した。体積を増やして抵抗しようって最初に言い出しておきながら、往生際が悪すぎる。

「えーっと、そうだな、たとえば、みーちゃとか里中とかは、だれが見たって主役じゃん？　疑う余地なく主役ってかんじじゃん？」

「うーん」

まいまいの言っていることに対してなのか、単に胃が苦しいだけなのか、はるち

んはどちらともつかない呻き声をあげた。

「それでいくと、私はもう絶対、脇役なんだなって思ってた。子どものころからずっと」

私のいるところからは、まいまいがどんな顔をしているのかよく見えなかった。テーブルの脚のあいだから、まいまいの薄い胸がゆっくり上下するのが見える。

「私、普通で終わるのがいやだった。田舎に埋もれてつまらない人生を送るのだけはいやだ、そう思ってアイドルになることにした。子どもだったしバカだったから、それ以外の方法が思いつかなかったんだよね。いまなら勉強して大学に行ってとか、ほかにも方法はあったんじゃないかって想像できるけど、そういう環境じゃなかったっていうか……。

でも、いざアイドルになったらなったで、身の程がわかっちゃうんだよね。あ、私ってなんでもないんだって。世界残酷かよって思った。ストイックで真面目な優等生ってよく言われるけど、ぜんぜん褒められてるようには聞こえなかった。ただのつまんないやつじゃん、そんなの。努力すれば報われるってバカみたいに信じてるかわいそうなやつじゃん。私だったらそんな子、推したいなんて思わない。見てるだけで疲れそう。うわー必死だなーって引いちゃう」

まいまいはおかしそうに体をねじって笑ったが、私もはるちんも笑わなかった。

「……それでも、そこそこのところまでは行けるんだよ。なんせ努力家だからね、

あはは、けっこういいところまでは行けちゃう。ゲームみたいに、次々にミッションを出されてステージを上がっていくと、ここまでだっていう限界が見えてくる。その先に行けるのは、圧倒的ななにかを持ってる子ばかり。努力ではどうすることもできない、アイドル性っていうの？　プラスαのなにかを持ってる、神様から課金ボーナスを支給されてるみたいな子たち。そういう子たちを相手にしてると、ほんと虚しくなってくる。あ、私ってモブなんだな、エンドロールでその他大勢のところに名前が載る、その程度なんだなって」

まいまいがそんなことを考えていたなんてぜんぜん知らなかった。天井を見あげるまいまいの横顔は、言葉とは裏腹にどこか吹っ切れているようにも見えた。

「私なんてなんにも考えたくないとき、ひたすらスマホのゲームやってるよ。何時間もえんえんと」

はるちんは言ってから、そういう話じゃないって？　と舌を出して笑った。

「わからんでもないけど、でも、どうなのそれ。そりゃ私も、卑屈になったり腐ったりすることはあるけど、自分が自分の人生の主人公だって思わなきゃやってられなくない？　責任とるのは結局自分だし、モブにだってモブの人生があるっていうか……。この広い世界には、私みたいなのを推してくれる人もいるわけじゃん？　その人にとってみたら、ポジションがどこだろうと私がセンターなんだよ」

はるちんの言葉に、わかるよ、とまいまいは相槌を打ってから、すぐにそれが不

誠実な態度だと気づいたみたいに首を振った。

「自分が自分の人生の主人公って、そう思うべきだって、それはわかってる。だけど、どうしても私はそうは思えなくて、頭っからそう信じられる人と信じられない人ではなにがちがうんだろうって思って。主役の人はさ、たぶんそんなこと、疑問に思ったこともないんだよ」

わかんない、まいまいの言ってること、私はなんにもぜんぜんわかんない、とはるちんは鼻の詰まったような声でくりかえし、ターバンを外してほどけた髪をぐしゃぐしゃにかきまぜた。だからはるちんは主役なんだよ、生まれながらの主役、とまいまいが囁くように言うと、はるちんは含みのある笑い声をあげた。

「でも、いとのことだけはよくわかんなかったんだよね。主役ではないけど、脇役でもない……トリックスターだっけ？　なんかそういう飛び道具的な、どうかすると主役を食っちゃうような、そんなかんじがしてて、だからお母さんのことがわかってからすごく納得した」

そうか、あのときまいまいはこの話をしようとしていたのかといまさら気づいた。ママが死んで週刊誌に記事が出て、ホテルの缶詰めから寮に戻ってきたあの晩。そういえば、まいまいとゆっくり話したのはあれが最後だ。

「どうだろう。自分ではよくわかんないな。うちのママはそれこそ主役以外のなにものでもない、ザ・ヒロインみたいな人だったけど……」

まいまいは、ファームでの私しか知らないからそんなふうに感じるんだろう。ママといたときの私は、脇役そのものだった。ママは私のことを自分の付属物のようにみなしていたし、私もそれに甘んじていた。ママの人生のエンドロールで二番手を飾るのはおそらく私だろうし、私のエンドロールの二番手もいまのところはママだろうという気がする。

「でもね、お母さんのことがあってから、いとは変わったよ。どんどん主役の顔になってきた気がする」

「……なんか、うさんくさい占い師の話を聞いてる気分になってきた」

思わず正直な感想を述べると、

「それだ！　オーラ診断とか前世占いとかそういうやつと大差ないよね」

とはるちんが身を起こした。

「待って？　そういうんじゃないから。っていうかオーラ診断の人に謝って？」

そう言ってまいまいも身を起こしたので、つられて私も起きあがった。飲みすぎたね、とだれからともなくつぶやき、飲んだ、飲みすぎたし食った、やったたった、はちゃめちゃに抵抗したったぜ、と口々に言って笑う。

「私も変わったかな？　主役の顔になってる？」

途切れた会話の隙間に滑り込ませるように、まいまいが訊ねた。

さっきから、まいまいがやたらとスマホに目をやっているのには気づいていた。

私や阿部さんからの連絡は無視していたのに、だれからの連絡を待っているのか、訊ねるまでもなかった。

　化粧もしておらず、顔はむくんで髪もぼさぼさで、昨日の下着をつけたままだったけど、まいまいはきれいだった。みずみずしく輝くばら色の頬。遠くのだれかを思って伏せた睫毛。長いあいだ滞っていたものが、どこかへ向かって流れ出したのがわかる。

　まいまいは恋をしているんだ。

　恋がどんなものなのかもわかっていないくせに、すとんと納得させられてしまった。こんな顔を見せられて、だれが彼女を責められるだろう。

「うん、なってる、なってるよ」

　と私が言うのと、

「変わんないよ、なんにも変わんない」

　とはるちんが言うのがほとんど同時だった。

　どっちだよ、とまいまいは声をあげて笑い、抱え込んだ膝の上にちょんと顎を載せた。

「ごめんね、あらがえなかったの」

　口に入れたとたん溶けて消えるアイスクリームみたいに甘ったるい声。グロスもなにも塗っていないのにピンク色した唇の隙間から、チャームポイントの八重歯が

覗いている。

「だめだめだ、絶対にだめだ、これまでに積みあげてきたものを失ってしまうって必死でブレーキかけてたのに、失ってもいいやって一瞬でも思っちゃった。すごい裏切りだよね。他人には厳しいくせに自分には甘いなんて最悪。でも、無理だった。人生すべて賭《か》けなきゃトップになれないと思ってがむしゃらにがんばってきたけど、ちょっと、疲れちゃった……」

口ではそう言いながらもまいまいの表情はどこかうっとりとして、右目にぷつりと浮かんだ涙の玉さえ舐めたら甘いんじゃないかと思えた。主役とか脇役とか、もはやまいまいにとってはどうでもいいことなのかもしれない。

いまこの瞬間まで、私は彼女を取り戻したいと思っていた。まいまいがさらわれてしまわないように、すくいあげるつもりでここに来た。

アイドルが自分の欲望を優先するなんてあってはならない。まいまいは、だれよりそれをわかっている人だった。まさかあのまいまいが、と最初は思った。それと同時に、まいまいならあるいは、という考えが頭を離れなかった。

それだけの重圧を、彼女はこの細い体に背負っていた。張りつめた糸ほど切れやすいものだ。生真面目であればあるほど、心の隙間に誘惑が滑り込んできたら、やすやすと道を踏み外してしまうんじゃないか。頼りになるリーダーでもあり、脆く傷つきやすい年相応の女の子でもある、そのアンバランスがアイドルとしてのまい

まいの魅力でもあった。

だけど、これは恋だった。欲望よりも暴力的で、制御のきかないもの。高速ですべてを奪っていくもの。どうやったって私に勝ち目はなかった。

「謝らないで。私は、だって、いまうれしいんだよ。てっきりまいまいが卒業したがってるんだとばかり思ってたから、そうじゃなくて——そうじゃないんだよね？」

まいまいの語調につられて舌足らずなしゃべりかたになった私に、はあ？　とはるちんが眉をつりあげた。

「うれしいってなにが？　週刊誌に写真撮られてんだよ？」

「それでも、まいまいが自分から卒業しちゃうよりはぜんぜんいい」

「なに言ってんの、自分のタイミングで、自分の意思で卒業できるほうがいいに決まってんじゃん」

「だからそういうことを言ってるんじゃなくて。そもそもまだ辞めさせられるって決まったわけじゃないし」

言い争う私たちの横で、へへへ、と力なくまいまいが笑った。

「どうなっちゃうんだろうね……」

無責任な気休めなど言えるはずもなく、ばつの悪さから視線をさまよわせると、すぐ背後で「バーカ、バーカ」と声には出さず口の動きだけではるちんが私を罵倒した。うるさいなと私も鼻に皺を寄せ、「いーだ」をしてみせる。

「あっ」

突然まいまいが叫んだ。がばりと身を跳ね起こし、きょろきょろと時計を探す。

「いま何時？　オーディションがはじまっちゃう！」

今週からインターネットテレビの番組で、五期生オーディションの様子が放送されることは聞いていた。応募総数は過去最高を更新し、審査はいまのところ順調に進んでいるようだが現メンバーの私たちにも詳細は知らされていなかった。おそらく四月の武道館コンサートでお披露目されることになるだろう。今夜番組で放送されるのは、書類審査を経た第二次審査からのようだった。

テーブルの上にノートパソコンを開き、三人で画面を覗き込む。オーディションの会場でパイプ椅子に座り、不機嫌そうに腕を組む社長の姿が映るたびに、おわっ、うぜえ、とはるちんが声をあげる。さらには「うわー、模範解答。傾向と対策ってかんじ」「今回なんか小粒じゃね？」「〝オーディションを受けさせていただく〟ってさすがにへりくだりすぎだろ」などと品評まではじめるので、

「ちょっと、そういうのやめてよ。ただの視聴者でもあるまいし」

まいまいが何度かやめさせようとしたが、

「え、バッリバリの一視聴者ですけど？」

と半笑いで聞く耳を持たなかった。しまいには、「こういうのはさー、視聴者目

線でやいやい無責任なこと言いながら見るのがいちばん楽しいんだって」と言って、冷蔵庫から出してきた新しい缶チューハイをぐびりとやりはじめる。

まいまいと私は目を見合わせて苦笑した。はるちんの言いたいこともわからないでもなかった。オーディションというより、就職面接やお受験の様子でも見せられているみたいだったから。

清純、天然、バラエティ担当、小悪魔、性悪、電波……個性の時代と言われてひさしいが、アイドルには型みたいなものがあって、そこから少しでもはみ出すとメインストリームから外れてしまう。型破りのアイドルと言われているアイドルだって、所詮は許容範囲内の型破りでしかなく、ほんとうのホンモノの規格外ははなから除外されているのだ。

だからみんな型にはまろうとする。まちがえないように。やりすぎないように。嫌われないように。そのくせ、ガチガチにキャラを固めてくると「つまらない」だとか「抜け感がない」だとか言われてしまうし、ガツガツと前のめりでいるよりはふわふわゆるゆるしているほうが好まれる。バカはだめだけど小賢しすぎるのもだめで、技術の高さや成熟よりも拙《つたな》さや未熟であることを求められる。

オーディションを勝ち抜いてやっとデビューしたところで、少しでも態度の悪いふるまいをすれば四方八方から叩かれ、年を取るごとに「劣化」だとか「ババア」だとかいうノイズが増えていく。スキャンダルを起こせばマスコミに追い立てられ、

裏切られたファンの愛は憎しみに取って代わり、ネット上には性的な揶揄が飛びかうようになる。そのぜんぶを聞こえないふりしてスルーして、笑顔を絶やさず健気にがんばれだなんて無茶苦茶な要求を彼らは平然と突きつける。望みどおりの女の子でいなきゃ愛してやらないと脅しているのと同じだった。

かけられるだけの負荷をかけて搾り取った生命のきらめきを一滴もあまさず啜りとり、味がしなくなったら道端に吐いて捨てる。みずみずしく甘酸っぱい次の実が、新しく生りはじめているから。

こんなことを、いつまで続けていくんだろう。最後の最後には忘れ去られ、一人でさびしく死んでいくだけなのに。

「小さなころからアイドルになりたくて、夢に向かって努力してきました」

「つらいことがあったとき、アイドルに笑顔と元気をもらいました。だから私も、だれかに笑顔と元気を与えられるような存在になりたいです」

「絶対にアイドルになりたい。アイドルになれるならなんでもします。だからお願いします、私をYO!YO!ファームに入れてください」

オーディションを受ける少女たちの年齢層は、前回よりもさらに低くなっていた。小学生が全体の二割近くいる。濁りのない瞳でまっすぐに夢を語る純粋な少女たちの姿と、いま私たちが置かれている場所との落差にくらくらした。

「私って、汚れてるなあ……」

ぽつりとつぶやいたら、まいまいもはるちんも揃って噴き出した。なに言ってんだか、やれやれでんな、かないまへんわ、と肩で肩を小突きあいながら笑っている。二人がなにをそんなに笑っているのか、私にはさっぱりわからなかった。

「前から思ってたけど、いとってすごく潔癖だよね。アイドルは清廉潔白じゃなきゃいけないってどっかで思ってるようなとこ、あるでしょ？」

「そんなこと――」

まいまいの指摘を否定しようとして、言葉に詰まる。そうかもしれない、とちらりとでも思いあたってしまったから。

週刊誌に写真が出ると阿部さんから聞かされたとき、終わりだ、と思った。それが私の写真だろうとだれの写真だろうと、もう終わりだってそう思った。頭上からコールタールのような黒い雨が降ってきて、じわじわと広がり、塗り潰されてなにも見えなくなる。一度ついてしまった汚れは決して拭えない。抗うわけでも疑問に思うわけでもなく、当然のことのように受け入れていた。

「お母さんが元ポルノ女優だって知られたらイメージが悪くなるって、前に言ってたでしょ？　あのとき、ちょっとびっくりしたんだよね。いとはそういうことには囚われない人だと思ってたから」

あの夜、「イメージねえ……」と腑に落ちない表情で首を傾げていたまいまいの姿が、ぱっと頭によみがえった。そういえば社長も似たような反応をしていた気が

する。

赤井霧子の娘だと知っていたらオーディションで採らなかったと社長は言っていたが、かつて社長は熱心な赤井霧子のファンだったのだと後になって絢さんから聞かされた。「当時、赤井霧子のファンじゃない男なんて日本にいなかったからね」って。そのときは、ふうんとしか思っていなかったのだけど。

ポルノ女優の娘に特殊なレッテルを貼っていたのは自分だったのだ。アイドルに穢れがつくことを許せないでいるのは、だれであろう私自身だった。

「いとさー、さっきから私がAVの話をするときだけ顔がこわばってるの、自分で気づいてないでしょ」

皮肉っぽく唇をめくりあげて、横からはるちんが口を出す。そんなことない、とはやっぱり言えなかった。

「AVやってるとさ、私そういうのに偏見とかありませんからー、なんてわざわざ言ってくる人、けっこういるんだよね。そういうのってなんだよ、そういうのって。その言いかたがもう見下してんじゃん。それと同じにおいがするっていうか、気を遣ってくれてるのはわかるんだけど、いとはたぶん、心のどこかで私のことを堕ちた人間だって思ってるんだろうなって、口に出さなくても伝わってくる」

責めているというわけではなく、ただ事実を述べているだけという淡々とした口調だった。

「そんな完全無欠に潔白な人間なんていないよ。アイドルだろうとなんだろうとさ」

フォローするようにまいまいは言って、私の肩を自分の肩で小突いた。

「おー、さすが、泥がつきたてのアイドルは言うことがちがいますね」

「そちらの泥もなかなかのものですけどね」

「泥言うな泥」

「先に言い出したのははるちんじゃん」

「ねえ、この中の何人が、処女だと思う？」

パソコンの画面を顎で指し、はるちんが片頬をつりあげて笑う。完全に悪ノリしているときの顔になっている。

「やめてよ。さすがに小学生はセーフでしょ」

「いや、いまどきはわからんよ？」

「ちょお、ほんとやめて」

「待って。っていうか二人とも、ファームに入ったときに処女じゃなかったの？」

二人のやりとりを聞いているうちにもやもやと膨らんできた疑問を投げかけると、まいまいとはるちんは驚いたように顔を見合わせた。出た、これだから、いとはね、もうね、あどけないにもほどがある、としみじみ言いあっている。

「待って？　はるちんならまだしも、まいまいまでってそんな、え、ちょっと待って？　解釈ちがいっていうか理解がぜんぜん追いつかない……」

「はるちんならまだしもってなんだよ。ナチュラルに無礼かよ」とテーブルの下から足を伸ばし、はるちんが私の膝を蹴っ飛ばす。「まいまいがファーム入ったの、高校卒業してからでしょ？　この顔よく見てみ？　こんなかわいい子が普通に青春してたら、そりゃいろいろあるに決まってんじゃん」

「あはは、まあ、田舎はやることが早いからね」

片目をつぶり、いたずらっぽく笑うまいまいを、私は唖然《あぜん》として見つめた。

「マジか……」

と吐き出した声はそのまま笑い声に変わった。あんまりのことに笑うしかなかった。

パソコンの画面では、前髪を切りそろえた女の子たちが一列になって、端から順に自己紹介をはじめていた。どこかで聞いたことのあるような声がしたと思ったら、だぶだぶのジーンズを穿いた痩せっぽちの少女がカメラの前に立っていた。

「あ」

と私が声を出すのとほとんど同じタイミングで、

「篠原《しのはら》夢芽です」

と少女が名乗った。緊張しているのか、声が少し震えている。知ってる子？　とまいまいに訊かれ、私はうなずいた。

「あの私、いとちゃんに――斉藤いとさんに憧れて、それで、五期のオーディショ

ンに応募しました」

短く切りそろえた髪の毛にやりかけた手をぎゅっと握りこぶしにして、夢芽は言いきった。

「いとちゃんはよく自分のことを、ブスだとかアイドルっぽくないとか、そんなことぜんぜんないのに言っていて、私も前まではそういうことをすぐ自分で言っちゃってたんですけど、ママ――母が、やめなさいって。あなたはブスじゃないって。それは自分を傷つけるだけじゃなくまわりの人も傷つけることになるんだって。だから私はもうやめようって。私でもアイドルになれる、じゃなくて、私ならアイドルになれる、そういうふうに言うようにしようって、今日ここに来るまでの電車の中で考えてきました」

たどたどしいけど、胸の真ん中をこつんと叩くようなスピーチだった。

「私もいやだった。いとが自分のこと、ブスとかなんとか言ってるの聞くたびに、なんでそんなこと言うんだろうって」

画面から目をそらさず、いつもの生真面目な顔でまいまいが言った。

「私はこいてんじゃねえよって思ってたけどね」

にやにや笑ってはるちんがかぶせてきたので、こいてねーし、とエアパンチを返した。

引き攣れるような頬の痛みはもう感じなかった。

女優の娘。生まれた瞬間、負けてる女。ブース、ブス。

どうしてママがあんなことを執拗に言い続けていたのか、ほんとうのところはわからないままだ。週刊誌に書かれていたように娘の若さに嫉妬していたと考えるのが妥当なのかもしれないが、そんなわかりやすい物語にママを押し込めたくはなかった。

たとえば、そう、あれは白雪姫への毒りんごなんかではなく、通りすがりの王子様に無断でキスされたりしないためのお守りの言葉だったんじゃないだろうか。男たちの欲望にさらされて疲れ切ったママが、娘に授けてくれようとしたものだったんじゃないか——。

やっぱり私には、自分に都合のいい物語を作りあげる才能がないみたいだ。

この先、何度でも私はここに立ち返って、なぜ、どうしてをくりかえしていくのだろう。たとえママが生きていたとしても同じことだったと思う。訊きたくても訊けないことが私たちのあいだには多すぎた。

自己紹介が終わると、スピーカーからヨヨギモチの初期の曲が流れ出し、どたどたっと重たいステップで夢芽が踊り出した。ソロで踊るのにセンターではなく、後列の私の振りをするので笑ってしまった。自由かよ、と言ってまいまいもはるちんも笑っている。

「ママのことがみんなに知られたとき、私、社長に続けたいって言ったんだよね。

アイドルを続けたいっていうよりは、みんなといっしょにいたくて」

自由になるのが私はこわかった。なんのようすがもなく一人で生きていくことを想像するだけで、手足が冷たく痺れたようになって途方に暮れた。この時間が永遠に続けばいい。そんなふうに願った夜が幾度もあった。

だけどその一方で、永遠に終わらない文化祭のいびつさにも気づいていた。その陰で多くの少女たちが泣いていることを知っていた。

「でもいまは、自分じゃなくてだれかの居場所を作るために続けたいって、そう思うようになってる。人生すべて賭けなきゃってさっきまいまい言ったよね？　だめだよ、すべてなんて賭けちゃ。ぜんぶをあげちゃだめ。アイドルじゃなくなっても、私たちの人生は続いていくんだから」

もう終わりにしよう。こんなことをいつまでも続けていちゃいけない。

「だからさ、〝謝罪会見〟しようよ」

私の提案に、まいまいがゆっくりと顔をあげた。

11

目黒駅の改札を、ひときわ目立つ黒ずくめの大男がのっそりと抜けてきた。こわごわとスマホを改札にかざす動きから、電車に乗り慣れていないのがまるわかりだ。あからさまに堅気じゃない風貌のこんな男が平日の昼間から電車に乗っていたら、乗客はみなぎょっとするだろうなと思っていたら、なに笑ってんだよ、と低い声で言いながら男が近づいてきた。

「今日はタクシーじゃないんですね」

「ぜんぜんつかまんないんだもん。こりゃ電車のほうが早《はえ》えなと思って。一人で電車乗るなんてひさびさだったから、マジでびびったよぉ」

子どもみたいに唇を尖らせて、甘えるように言う。この人はいろんな女にこうやって、息するみたいにあたりまえに甘えているのだろう。私だけが特別なわけじゃない。いったいどれだけの女がそうやって自分を戒め、無駄な抵抗をくりかえしてきたのだろうか。

最後の撮影は目黒のマンションで、というのがかねてからの監督の希望だった。

こっちです、とわざわざ指示しなくても、私が歩き出した方向に自然と監督も足を踏み出した。改札でもたついていた人とは思えない、あらかじめ決められているフォーメーションに従うような滑らかな足さばきだった。ぴたりと呼吸がシンクロしてる。メンバーとだってここまでしっくりくることはあんまりないのに、一ヶ月やそこらいっしょにいただけでここまで嵌まってしまうなんて、特別ななにかを意識せずにはいられなかった。

——やっぱり血ってやつですかねえ。

——血は争えないとも言いますし。

わかったような顔をして「血」という言葉を放っては、なにか言った気になっている。この数ヶ月、そういう人たちをあちこちで見かけた。そのほうがわかりやすいんだろうなと思う。思うけど、血ってなんだよとも思う。ぜんぜん似てない母娘なのにわずかな共通点を引っぱり出してきて「血」で結んでしまう浅はかさ。私がアイドルをやっていることとママが女優だったことに因果関係なんてないのに。

そうやってきっぱり断ち切ってしまえるのは、ママの娘だということが疑いようもなくはっきりしているからかもしれなかった。離れていてもつながっている。それはお守りでもあったし、呪縛でもあった。

私と監督のあいだにはなにもない。監督と出演者という関係も、撮影が終われば消滅する。だから、どうしても思考がそちらに流れていきそうになる。わかりやす

いなにかが欲しくなる。

今日が最後だから、余計に意識してしまうのかもしれなかった。

「そうだ、観たよ、あれ」

「あれってなんですか？」

なんのことを言っているのかわかっていたけど、すっとぼけた。

「あれって言ったらあれだよあれ」

私がすっとぼけていることを監督もわかっているような口ぶりだった。ふりかえると、いつのまにかカメラを構えて撮影をはじめている。赤いランプに目を細める。

私たちをつなげているのはこれだけだ。

「あれはなに？　配信？」

「監督が言ってるのはたぶん、私たちが配信したインスタライブの一部を、だれかが勝手に保存して編集してアップロードした動画のことだと思う」

「うん。君がなにを言っているのか、おじさんぜんぜんわかんない」

「どうでした？」

私が訊ねると、自信まんまんってかんじだな、と面白くなさそうに鼻を鳴らした。

「むかついた。ひどい茶番。生理的に無理ってレベルのカメラワーク。ぜんぜんなってない」

「そりゃプロから見たらそうだろうけど……」

あまりの言われように苦笑すると、でも、と監督がつけ足した。

「俺にはもう撮れないなって思った」

褒めてるのかけなしてるのか、よくわからないトーンの声だった。もうってことは、かつては撮れてたことがあったんだろうか。


あの夜、神谷なおのインスタアカウントで配信したまいまいの〝謝罪会見〟は、リアルタイムの視聴者が三万人を超えた。はるちんが言うには、ほんの十分やそこらの配信でそこまでの数字に達するなんてそうはないことらしい。現役アイドルとその元メンバーのAV女優が、事務所に無断でライブ配信しているというだけでも視聴者の目を引くのに十分だったが、明日発売の週刊誌の記事がネットに出回りはじめていたこともあって、劫火《ごうか》のごとく一瞬でアイドルファンのあいだに拡散されたようだった。なにかが起こることをみんな期待していた。丸坊主でも土下座でも過呼吸でも、なんでもいいから事件の目撃者になりたがった。

きっちりカーテンを閉め切った窓を背景に、白いラグの上でまいまいが正座している。

「どうもー、こんばんはー。えーっと、もしかしたらすでにご存じの方もいらっしゃるかもしれませんが、わたくし菊原《きくはら》まいこは、このたび、いわゆるあのですね、ピーッ砲というのを食らってしまいまして」

「はい、カットー。だめでしょ、もっとアイドルっぽく、申し訳なさそうにしなきゃ。とりあえず泣いてみようか。だれかー、目薬持ってきてー」

カメラの外側からはるちんの声が差し込まれ、

「監督、これライブ配信ですってば。流れてますよ、全世界に」

さらにそこへ私の声がかぶさる。カメラがぐらりと動き、はるちんと私の横顔をさっとかすめる。あとから見たら、はるちんだけきっちり決め顔をしてるから笑ってしまった。私はいいよ、出ないほうがいいと思う、と最初のうちは出演を拒否していたくせに。

「醸しちゃいますよ物議。それでなくても最近いろいろうるさいんですから」

「あーもううるせえなあ。いいじゃん、醸していこうよ物議。まいまい、この際だから好きにやっちゃってー」

打ち合わせしたとおりの寸劇が終わると、再びカメラが正面からまいまいを捉えた。

「いまは、ごめんなさいという気持ちでいっぱいでいます」

そう言って、まいまいは深く頭を下げた。意図していたわけではなかったが、結果的に土下座のような格好になってしまった。

「でも、だれに対してのごめんなさいなのか、なんに対してのごめんなさいなのか、一つ一つ手繰《たぐ》っていくとよくわからなくなるんです。いけないことだってわかって

てやってしまったこと、それはほんとうに申し訳ないと思っています。だけど、私のしたことはほんとうにいけないことだったんでしょうか。好きな人ができて、触れたいと思って、そうしました。いまもできることならその人の傍にいて、その人に触れたいと思っています。それは、いけないことなんでしょうか。考えれば考えるほどわからなくなって混乱します」

まいまいは静かに言葉を重ねていった。今後どうなるかはわからないけれど、アイドルを続けていきたい、ヨヨギモチは私の夢であり青春であり決して切り離すことのできないもの、まだやり残したことがあるからやめるわけにはいかない、だけど彼と別れたくもないと思っている、それは私のわがままでしょうか、とカメラの向こうのだれかに向かって問いかけた。涙もなければ激情に声を荒らげることもなかったけれど、真摯《しんし》で挑発的な〝謝罪会見〟だった。

「どれだけ言葉を尽くしても、ほんとうのことを伝えられている気がしなくてもどかしいです。私はアイドルなので、アイドルらしいやりかたでいまの正直な気持ちを伝えたいと思います」

そう言ってまいまいがゆっくり立ちあがり、打ち合わせしておいた立ち位置まで下がる。私とはるちんもまいまいを挟んで一列に並んだ。スピーカーから『ママはポップスター』のイントロが流れ出す。

私のママはポルノスター
完全無欠のポルノスター
だけど　いまじゃ　トワイライトスター
いつか　私も　シューティングスター?

うそ　やだやだ　そんなのやだ
抵抗したい　抵抗しよう!
ママみたいにならない
なんてことは言わない
いまでもママは永遠のスター
私にとっては最高のスター

ロリポップ　ケーキポップ
夏にはすいか　冬にはみかん
春にはやっぱりヨモギモチ
年がら年中　ヨヨギモチ!

〝私、おばあちゃんになってもアイドルでいたいの〟

早く行こう　私と行こう
腐って溶けない　永遠に
消費期限はこない　最後まで

私をあげる　すべてはあげない
フェイクじゃないよ　本物なの
ぜんぶじゃないけど　本物なの

配信した動画は、その晩のうちに第三者の手によってSNSや動画サイトにアップされ、テレビのワイドショーでも取り上げられた。テレビ放送後、動画の再生数が爆発的に伸び、事務所のスタッフが躍起になって削除依頼を出しても、すぐにほかのだれかがアップする。そのくりかえしだった。山火事にバケツリレーで対抗しているみたいだとぐったりした顔で阿部さんが嘆いていた。

翌朝、私とまいまいはおとなしく事務所に出頭した。社長が怒り猛って手がつけられないことになっているんじゃないかと、その点に関してだけはスタッフに申し

訳なく思っていたのだが、革張りのソファに泥のように貼りついて、「論点ずらしてんじゃねえよ、バーカ」と濁った目をあげた社長は体を起こす気力もないみたいだった。もうやだ、おまえらほんとやだ、と泣き言めいたことを漏らして笑いさえした。

「気に入らないなら出てけって言ったら、おまえらほんとに出てくだろ。もういいよ、俺は知らん。この際だから好きにやっちゃってー、だ。そのかわり、責任は自分でとれよ。俺はおまえらを守ってやるのはもうやめた」

私とまいまいは社長に気づかれないようにさっと目を見交わした。これまで社長に守ってもらったおぼえなどまったくないのだが、それを言ったらさすがに怒鳴られると思って黙っておいた。まいまいは一週間の謹慎を言い渡され、私にいたってはは沙汰なしだった。

「これまでみたいなやりかたは通用しないって、社長もわかってるんだよ、あれで。君らがしたことは、俺の立場からしたら絶対に認められることじゃないし、マジでかんべんしてくれってかんじだけど、ネットの反応見てると、擁護するような意見が多くて正直びっくりした」

私たちのせいで昨晩は一睡もしていないのだろう。目の下に青黒いくまを浮かべた阿部さんが車で寮まで送ってくれた。

「社長なんか、恋愛禁止なんて俺言ったかあ？　とか言い出してたからね。なにに

驚いたって、それにいちばん驚いた」

「は⁉」

「なにそれ？」

後部座席に座った私とまいまいは、ほとんど同時に身を乗り出した。

「社長やばくない？」

「歴史修正エグい」

爆笑する私たちにつられるように、阿部さんもへらへらと力なく笑っていた。

ほっとしたというよりは、なんとなく肩透かしを食らったような気分だった。ねじ伏せたというより、すり抜けたという感触。

私たちは、すべて覚悟の上で〝謝罪会見〟を決行することにした。社長もそこまで話のわからない人でもないだろうし、私たち二人がいきなり抜けたらヨヨギモチが終わってしまう。この春にはみーちゃも卒業するし、事務所としてはそれだけは避けたいはずだという打算もあったが、なんにせよ衝突は避けられないだろうと思っていた。私たちを応援してきてくれたファンならわかってくれる、多少のペナルティを負うのはしかたがない、そのためならなんだってしよう――ちがう、私たちにできることならなんだってしようと決めていた。

劇的なドラマを期待していたのは私たちも同じだったのだ。なによりも意気消沈したような社長の様子に私はショックをおぼえていた。社長にはいつだってくそ憎

たらしいくそ親父でいてほしかった。そのほうが、こちらとしても遠慮なくぶつかっていける。

またあとで、と部屋の前でまいまいと別れ、そのまま着替えもせずにベッドに倒れ込んだが、この一日のあいだに見聞きしたさまざまな声や言葉が脳をざわつかせ、とても眠れそうになかった。

ライブ配信後、私たちはそれぞれスマホを凝視して火が燃え広がっていく様子をつぶさに見ていた。「ヨヨギモチ終了のお知らせ」「穢れ×××金返せ」「ご愁傷様wwwwおまえらがさんざん貢いだ女は裏で彼氏とパコりまくってましたwwwwww」「【悲報】現役AV女優とポルノ女優の娘に感化され俺たちのまいまいが大変なことに」「こいつなに開き直ってんの。ファンを騙してたのは事実だろ」「恋愛するなとは言わんけどバレないようにやるのが最低限のマナー」といったような書き込みも当然あったが、アイドルファンのあいだだけでなく一般視聴者にも騒ぎが広がっていくにしたがって、発信力のある文化人や評論家が擁護にまわりはじめ、「**#アイドルだって人間です**」というハッシュタグのもとに肯定派の意見が寄せられるようになっていった。

「なにがあってもヨヨギモチについていくと決めやした（ ´ロ`）✓ おじいちゃんになってもアイドルヲタでいたいのー！ **#アイドルだって人間です**」

という電ズマンの書き込みを見つけて二人に知らせたら、いや、あのオッサンな

らほっといても一生アイドルオタやってるだろ、と即座に二人とも突っ込んでいた。何時間もずっと液晶を睨んでいたせいか、真っ赤に充血した目には涙が浮かんでいた。

ブーイングと歓声が同時に沸き起こる、狂乱の渦の中に投げ込まれたみたいだった。


それが先週のことだ。

「私のママはポルノスターって、思い切ったことするよな。作詞だれ?」

マンションに向かう坂道をゆっくり歩きながら、監督が口ずさむ。えっ、と私は声をあげた。

「原曲では、ポップスターって歌ってるんです。あれは、私たちで考えた替え歌で……」

まさかそんな基本的なことを把握せずにあの動画を見ている人がいるなんて、と一瞬思ったが、ヨヨギモチの知名度からすればそちらのほうが圧倒的多数にちがいなかった。ワイドショーではご親切なことにパネルまで用意して、原曲の歌詞と動画の歌詞とを比較していたが、それぐらいやってちょうどいいのかもしれない。

「あ? やっぱそう? さすがに歌わせないよな、そのまんまだもんな……ってなんだよ、変な顔して」

「いや、いまバリアフリーの重要性を改めて感じていて」

「ふうん？」

角を曲がったところで赤レンガのマンションが見えて、あそこです、と指差した。

うん、と神妙な顔で監督がうなずく。その反応になにか引っかかるものをおぼえ、もしかしたら監督は前に――私が生まれる以前に、ここに来たことがあるのかもしれないと思った。駅からの足取りがスムーズだったのもそれで合点がいく。錯覚か。

うつむいて、少し笑った。

「かなわんなあって、おじさん思っちゃったよ」

「え？」

監督がなんのことを言っているのか、すぐにはわからなかった。思わず立ち止まった私につられることなく、それまでのペースを崩さず坂道をのぼっていく。途中、くるりと体を反転させて、フレームから私を逃さなかった。

「傷つけられると思ったんだ、最初は。めちゃくちゃにしてやるって。そういう映画を撮るつもりだった」

いいかげん私もわかってきた。ほんとうのことを言うときほど、監督はなんでもないような態度を貫く。

「漁網でこうざばっと、根こそぎさらえると思ってたんだよな」

そう言って監督は、カメラを持っていないほうの手で宙をすくいあげた。

「でも、俺が手にしてたのはあれだ、金魚すくいのあれ」

監督のぼやきを、私は黙って聞いていた。

「やっぱり母娘なんだなって思った。するっと抜けていくんだな」

血を持ち出してなにかを語ろうとする人たちと言ってることは変わらないのに、監督の言葉にはしみじみとした実感と諦念がこめられていて、不思議と腹は立たなかった。魂が同じ色をしている、と最初に監督は言っていた。だから私を撮りたいのだと。

もしかしたら監督も運命の作品を求めていたのかもしれない。澄川たい子にとっての『激情』。平川みすずにとっての『涙の海をわたって』。数多くの女優に運命の作品を授けてきた小向井祐介を、さらなる地平へ連れていってくれるような運命の一本。

「つまんない映画になっちゃうってことですか？」

「うん。そうだね、たぶん」

「最悪」

「監督失格だな」

「そうやって逃げ道を用意してるところが最悪っていうかずるいなって思う」

「……君さっきバリアフリーがどうとか言ってなかった？」

「そういう意味じゃない」

「こう見えてぼく、立派な前期高齢者よ？」

「自分を高齢者だと思ってない人ほどそういうこと言いがちだよね」

甘やかさないという態度を貫くことで甘やかしてる。そういうやりかたをする自分に半分驚きながら、もう半分のところでは汚らしさを感じていた。この人に出会ってから、知らなかった自分の一面をいくつも見せつけられた気がする。

エレベーターで七階まで上がり、サコッシュバッグから取り出した合鍵でドアを開ける。訪れるのはひさしぶりだったが、フィーがこまめに空気を入れ替えにきているのか、部屋の中は清潔に保たれていた。

「ママ」

そう言って私は、テーブルの上に置かれた赤い骨壺を指差した。

結局フィーは新しい骨壺を用意しなかったようだ。散骨の話も宙に浮いたままほったらかしになっている。いまとなっては、ちゃんと火葬しただけでも上出来だとさえ思う。私やフィーがするよりも長い時間、赤い骨壺の前で監督は手を合わせていた。

「霧子と最後に会ったのは、ばあさんの葬式だって言ってたよな」

監督は、部屋の中にあるもの——高級品からがらくたまで一つ一つ手で撫でるように撮影していった。最後に寝室に足を踏み入れ、サイドテーブルに置かれた電話の子機にズームしてから、私をふりかえって訊ねた。

「じゃあ、最後に電話で話したのは？」

答えを知っているみたいな顔をしていた。

長い時間をかけてたどり着いた真理をそっと打ち明けるように、女優の声が響いた。

悲劇ほど軽薄に、喜劇こそ深刻にやるの。

暗闇の中、息をひそめて、私はその声を聴いていた。

ママから電話がかかってくるのはいつも決まって日付が変わったころで、ベッドの中で私は電話に出る。もしもし、とは言わない。黙ったままスマホに耳を押しあてると、ママが一方的にしゃべりだす。ママというか、ママが作り出した架空の女が。

いつもそうだった。ママはママ以外のだれかになってしゃべり続けた。過去に演じた役のこともあったし、ぜんぜん知らない女の名前を名乗ることもあった。なんとかスカヤとかなんとかイナとかロシアっぽい名前を名乗ることもあった。なにかの戯曲をまるまる演じることもあったし、架空の女のおしゃべりに興じることもあった。調子っぱずれの歌を聞かせることもあったし、えんえんと羊を数えているだけのこともあった。鼻が詰まったような声で、酔っぱらってるんだとわかった。それもひどく。毎日のように頻繁にかかってくることもあれば、半年ぐらい間が空

くこともあった。

画面に表示されるのは、私が人生で唯一記憶している電話番号だった。世田谷の男と別れ、目黒の部屋にママが戻っているということは聞いていた。「もういやになっちゃったの」の一言だけで、ソフィーはなしくずしにママを受け入れた。気まぐれにかかってくるママの電話を私が受け入れたように。

こういう形を取らなければ娘に電話することができなかったママが情けなかった。ほんとうにこの女は、と心底から呆れもした。けれど、私はそれに乗った。正面からママと向き合うのを恐れていたのは私も同じだったのだ。なんと声をかけたらいいのか、言葉が見つからなかった。「ひさしぶり」もちがうし、「元気だった？」はもっとちがう。そうやって言葉を探しているうちに、私が声を発したらこの〝公演〟が終わってしまうという暗黙のルールができあがっていた。

あのおぞましいできごとを、なかったことにして私は逃げた。いまから考えればあのときの私の行動は、とりかえしがつかないほど大きな事件が起こったと暗に言ってるようなものだった。十七歳の娘がなにも告げずに家を飛び出し、それきり帰らなかったのだから。

由里子おばさんの家から電話を入れ、なんでもないんだと言うことだってできたのに、それきりママとは没交渉になった。ママは追いかけてもこなかった。薬で一日中ラリっていたとはいえ、ママもそこまでバカじゃない。なにがあったかうすう

す勘づきながら、結局のところ、ママも見なかったことにしたんだと思う。世田谷の男を愛していたからか、それとも惰性からか。

切らないで。切らないで。

ときに陽気に、ときにシリアスに一人芝居を繰り広げるママの声が、そう言っているように聞こえた。だからこれは喜劇なんだと思った。

「あの夜、ママはまゆみという名前の女優だった。年の離れた演出家と不倫して、整形を重ね、楽屋弁当を口汚く罵る盛りをすぎた女優――どっかで聞いたような設定だね？　自作自演だから、あんまり役のバリエーションがないんだよ。そのかわり、さすがに真に迫ってたけどね。深刻ぶってるのにときどき鋭角でギャグを差し込んでくるから噴き出すのを堪えるのがたいへんで」

ママのベッドに腰かけ、私はカメラに向かって話した。ママの観客は一人しかいなかったけど、私にはカメラの向こうに無数の観客が控えている。

「本棚の整理のしかたについて、まゆみはしゃべってた。あいうえお順に作家ごとに並べるのか、本の大きさで分けるのか、小説と写真集と戯曲をいっしょにするのか、古い雑誌はどうするの？　とかって。いったんルールを決めたら、それに従わないといられないたちだから決めないでおくのがいいって。決めないでおけば自由でいられるでしょ？　ご覧なさいよ、私の本棚はいつもくっちゃくちゃだわ。本棚だけじゃない、クローゼットの中もドレッサーの中もバッグの中もなんでもそうよ。

私はなんでもそう。おかげでほら見てよ、顔までくっちゃくちゃになっちゃった！　もうなにもかもがくっちゃくちゃ！　でもいいの。だってそうでしょう？　私の体は私のものよ。どうしようが私の自由だわ」

いつのまにか、赤いランプは消えていた。

陽が沈んでしまう前にベランダに出て、最後の撮影をすることにした。ママの遺体が発見された寝室であのまま撮影を続けたら、ニュアンスが出すぎると監督がいやがったのだ。

三月に入ったばかりで気温はまだ低い。一度外に出てから、さむいさむい、と二人して上着を取りに引き返した。東京の空に長いこと居座っていた厚ぼったい雲を押しのけるように、さああっと地上に光の筋が差し込んで、おあつらえむきのロケーションだった。

台所にあった、いつのものなのかわからない粉で淹れたコーヒーをテーブルに置き、改めてカメラに向きなおる。

「今日で撮影終わりですけど、いまどんなかんじ？」

「えーっ、ざっくりした質問」

「ざっくりでいいから教えてよ」

私の顔に影が差し、逆光がやわらかく輪郭をふちどっている画が、目にしなくて

も想像できた。

「ほんとのことを、言っていい?」

「いいよ。っていうか、いままで話してたのはほんとのことじゃなかったのかよ」

私は笑った。お見通しか。

「そういうんじゃないけど、カメラの前で言っちゃいけないことなのかなって、避けてたのとかあるし」

「いいね。そういうの、そういうのちょうだい」

「あ、なんか急に言いたくなくなった」

「なんだよそれ」

ぽんぽん言葉がはねかえってくるのが楽しくて軽口を叩いていたけれど、太陽のお尻のほうが隠れはじめている。いつまでも引き延ばすわけにはいかなかった。

「ママが死んだとき、悲しいって思わなかった。いまも、悲しいとはあんまり思わない」

「それはどうして? 実感がなかったから?」

「そういうのもあるけど、最初はほんとに単純に困るって思った。そんな急に死んだって言われても、いやいやいまからライブだしって」

「ひでえ」

「ほんと、ひどい話。ママのことがばれたらファームにいられなくなるかもってそ

ういう心配のほうが先に立っちゃって」

「そこから変化はあった？」

「いまは、ほっとしたって気持ちが大きいかな。私とママは、ちょっといろいろこじらせてて――といっても週刊誌で書かれていたようなどろどろの愛憎劇があったわけじゃないんだけど、空中ブランコをしているみたいなかんじっていうか。あれって、どっちかが落ちるか、どっちかが台に戻るかしないと終わらないでしょ。手を離さなきゃ終われない。やっと終わってくれたって、だからいまはほっとしてる。

……薄情なのかな？」

「薄情っていう印象はあんまりないけど。まあ、べったりしてるのだけが濃い関係ってわけでもないし」

「……最初に週刊誌に記事が出たとき、ファームのメンバーに、悲しい？　って訊かれたらやだなって思ったんです。なんて答えたらいいんだろうって。母親が死んだらふつうは悲しむものだ、悲しまなきゃいけない、それぐらいのことは私にもわかってたから、ほんとのことを言ったらおかしいと思われるかも、嫌われちゃうかもって心配だった。でも、だれ一人として訊いてこなかった。あたりまえだよね。この人いま悲しいんだろうなって人にそんなこと訊かないじゃん。たとえその人がぜんぜん悲しくなさそうに見えたって、ああ、無理してるんだな、健気だなって勝手に解釈して、じゃあ自分も普段どおりに接しようってなるじゃん。っていうか、

なってたの、みんなが。示し合わせたとかじゃなくごくごく自然に。そういう気遣いができるのがやさしいって思った。ぜんぜんまちがってるんだけど、私のことなんにもわかってなくて勝手なあれなんだけど、すごくやさしいって思った。想像するのもいやだけど、メンバーのだれかが死んだら私は悲しいし、泣くと思う」

真面目に話しているのに、監督はずっと声を殺して笑っていた。話してしまったことを、少しだけ後悔した。まちがいなく監督はこの部分を使うだろう。

「この一ヶ月とちょっと、赤井霧子の半生を追う……って言ったらちょっとちがうな、欠片《かけら》を集めるような作業をしてきたわけだけど、それでなにか変わったことは？」

「よくわかんない」

私は首を横に振った。どうしたら映画が面白くなるかなんて、もう考えなかった。

「この映画を撮れば、ママのことがわかるかと思ってたけど、そうでもなかったっていうか、整理してうまく飲み下して次に行こうって、そんな単純な話じゃなかった」

「うん」

「悪い母親だって、ママのことを言う人がいるでしょ。ママの娘になったこともないくせに、そんなことどうして決められるんだろうって思った。みんなママを不幸だと思ってるみたいだけど、それだって他人が決められることじゃない」

ママが死んでからしばらくすると、ママを悪い母親だと罵ったのと同じ筆で、私を悪い娘だと糾弾する記事が出た。なんにも知らないくせに、よくこんなことが書けるなと思った。

ママがこわれてしまって、それまでのママじゃなくなって、もういっしょにはいられなくなって、離れて暮らしているうちにママのことを考えない時間が増えていった。びっくりした。あんなにいつもママでいっぱいだったのに、どんどんママが抜け落ちて、私だけの時間が増えていった。ふとした瞬間、ママのことを思い出しては罪悪感をおぼえていたけど、いつしかそれも薄れていき、私はママより私を優先するようになっていた。ママのことをまったく考えない日だってあった。

深夜の電話も、突然の死も、ママの逆襲だったのかもしれない。私を見て。私のことを忘れないで。まったく、どんだけ自己顕示欲が強いんだろう。

「会いたいとは思わない？」

「どうかな。会ったところで、どうしたらいいか、ちょっと困るってのはあるかも。あ、でも、つまんないなとは思う」

「つまんない？」

「うん。最高に楽しい人だったからね。こんなとき、ママだったらどうするだろう、なんて言うだろう、ママがいなくていまいち盛りあがりに欠けるな、とかはよく思う」

「それは、会いたいってことなんじゃないの」

「わかんない。私、だれかに会いたいって思ったことないんだよね」

「しれっとすごいこと言うよな。でもそれ、会いたいでいいと思うよ」

「うーん、そう……なのかな？　やだな、そんなふうに言い切っちゃうと、そうなっちゃうじゃん。少なくともそういうふうに、これには映るじゃん」

そう言ってカメラを指差すと、監督はいやそうに顔をしかめた。うるせえなあ、と声には出さず口の動きだけで言う。いまいち締まらなくて、撮影を終えられずにいるみたいだった。

「最後に、なにか言っときたいこと、ある？」

少し考えてから、私はカメラを差した指を監督のほうへとずらした。

「監督は？　監督のインタビューはなし？」

「いいんだよ、俺は」

「えー、ずるい」

「俺は監督だから、いいの！」

「そういうとこ、あるよね」

「あー、もういい、もう終わり」

カット、と短く告げると、監督はさっさとカメラを片づけはじめた。

あっけない幕引きにうまく心が追いつかず、深呼吸をしたら春のにおいがした。

撮影が終わるときは、みんなこんな気持ちだったんだろうか。澄川たい子も平川みすずも赤井霧子も。見あげるほどの大男が足元にしゃがみこんでごそごそ手を動かしているのを見下ろしているうちに、なにか予感のようなものが胸をかすめていく。私もこの人を恋しく思い、この人に会いたいと願うようになるんだろうか。この先、何度でも。

冷たい風が吹いて、伸ばしっぱなしにしてある前髪をぺろりとめくりあげる。冷めきったコーヒーを口に含んだら、苦みと渋みがわっと口の中に広がった。

「DNA鑑定、しとく？」

片づけをしながら、ぽいっと投げ捨てるみたいに監督が訊ねた。カメラがまわってないときに言うんだ、と思った。

「もしかして、映画の宣伝のため？」

微妙な間があって、うん、と監督がうなずいた。

「しない」

と答えて、私は笑った。それから、はい、撤収ー、と言って、上着のポケットに突っ込んであった鍵をちゃらちゃらちゃらと鳴らした。

腹減ったなー、どっかで飯食ってかない？　とずるずる引き留めようとする監督を、このあと用事あるんで、と目黒の駅前で振り切った。なんだよ、つまんねーの、

と形だけ不満そうに唇を尖らせて、改札に吸い込まれる私を監督は見送っていた。

「撮影終わった。いまからそっち向かう」

　ホームで電車を待っているあいだに佳基にメールを送った。少し考えてから「三十分後に駅前のドトールで」とつけ足し、すぐに「駅前のカラオケで」と打ちなおした。動画の騒ぎがあってからさらに有名人になってしまったので、なるべく人目につかない場所で会ったほうがいいと判断した。新宿で乗り換えて幡ヶ谷に向かうあいだに、「了解」と短く一言だけ返信があった。

「うち来ればいいのになんでわざわざカラオケ？　なんか飲み物注文した？　俺ビールにしよっかな。あっ、あの話題の新曲リクエストしていい？　せっかく本物いるんだし、生で見たいじゃん」

　個室に入ってくるなり、佳基は一方的にまくしたてた。彼にしてはめずらしくテンションが高いから、うすうす感じ取ってるんだろうなとすぐにわかった。

「もう二人では会わない」

　と、だから単刀直入に告げた。上着も脱がず、そのままますとんと佳基は私の向かいに腰を下ろした。長い脚が窮屈そうに、茶色いソファとガラスのテーブルのあいだにつっかえている。

「だけど、あのリーダーの子は……」

　さっきまではしゃいでいたのが嘘みたいな低い声だった。天井でくるくるまわる

ミラーボールが、佳基の顔に七色の光を落とす。

「まいまいはまいまい、私は私だよ。関係ない」

一週間の謹慎が終わり、まいまいは昨日スキャンダル発覚後はじめてのステージに立った。ぽつぽつと虫食いのように空席があったり、いつも必ずいるまいまい推しの参拝客の顔が見えなかったりしたけれど、会場の雰囲気は温かく、終始なごやかなムードだった。調子に乗ったエリンギとペコがことあるごとにスキャンダルネタでまいまいをいじり、そのたびに会場がどっと沸いた。絶対泣かないと宣言していたくせに、途中で泣き出してしまったまいまいに、こっちが泣きたいよー、と客席から声がかかってまた笑いが起こった。ここには味方しかいない、と実感できる空間だった。

この先、どれだけの困難にさらされることになるのか想像もつかないが、これまで以上にまいまいを支えたいといま私は思っている。私たちをとりまくすべてを変えたいと本気で思っている。そのこととこの決断はまた別の話だった。

「知ってるでしょ？　うちのママ、男にだらしがなかったせいで、私、父親がだれかはっきりしてないんだよね。どこかに生き別れのきょうだいがいるかもしれない。だから、そんな気やすくだれかとセックスしちゃいけないんだ」

アイドルだからセックスしちゃいけない――なんていまさらどの口が言うってかんじだし、佳基を納得させせられるだけの理由を探していたら、ついおかしなことを

口走っていた。

「そんな、韓流《はんりゅう》ドラマじゃないんだから」

そう言って佳基は流そうとした。冗談にして笑い流し、うやむやにしようとした。この関係に名前をつけたがっていた彼とは思えない態度だが、そうさせたのは私だった。

「ごめん、まちがえた。あなたのことを好きじゃない。私はだれのことも好きになったことがない。これからも、好きになるかわからない。だからもう会えない」

線を引く。

ここまでと決める。

私はそんなに器用じゃないしだらしがないから、無理やりにでもそうしなきゃいけなかった。彼が私に恋しているかぎり、それを利用してはいけなかった。

「いとは、いつもそうだよな」舞台を終えた後のような、かすれた声で佳基は言った。「そうやってぜんぶ一人で決めて、俺を従わせようとする」

「ごめん」

「それでもいいって俺が言ったら?」

「佳基がよくても、私がだめなの。どんな理由があっても、だれかを欲望のはけ口にしちゃいけないってそう思ったから」

「欲望のはけ口って……」

言葉の強さに、佳基はぎょっとしたように目を剝いた。だけど、私がしていたのは実際そういうことだった。

あきらめたように佳基は立ちあがった。これ以上なにを言ったところで、私の意志が変わることはないと悟ったのだろう。去り際にてきとうな言葉が見つからないのか、口を開けたまま出口のところでしばらく立ち止まっていた。

「いままでありがとう。楽しかった」

かわりに私が言った。なにも言わずに佳基は部屋を出ていった。

12

朝、蛇口をひねる。手にふれる水が少しずつやわらかさを増していく。

窓を開ける。風が部屋を洗う。容赦のない速度に目が覚める。

レッスン場のあちこちから聞こえてくるちいさなくしゃみ。春山のおでこにできた大きなにきび。だれかの泣いてる声がする。

ビルから外へ飛び出したときの、もったりとした空気の動き。とろりと煮詰めたシロップのような、地上に蠢《うごめ》く生き物の気配。粉っぽく、かすみがかったような視

界。刻々と色を変えていく並木道。

春だ。

春がきた。


三月の終わりに、粗編集があがったからと日楽の本社に呼び出された。試写室には絢さんと金沢さんの姿しかなく、「監督は？」と訊ねると、「さあ？」と絢さんが肩をすくめた。

「どうせまた逃げたんでしょ」

絢さんらしくもない口ぶりだなと思って首を傾げると、冗談、と言って、顔の前で手を振った。

「忙しい人だからね。この映画のために無理にスケジュールを空けてくれたみたいだし、いまはその埋め合わせに追われてるんじゃない」

「そっか、売れっ子だもんね。子っていうか、売れオジ」

「売れオジって」

子どもの戯言《ざれごと》を聞き流すみたいに絢さんが笑った。

もしかしたらこの先、監督に会うことはそんなにないのかもしれない。わかっていたつもりだったけど、こんなふうに実感させられると、やっぱりさびしかった。

私は最前列に、絢さんは後方に席を取って、できあがったばかりのフィルムを観た。

思っていたより静かで、ひねたところのない映画だった。

いくらでも意地悪にも通俗的にもできただろうし、お得意のメロウで感傷的な作品にもできただろうに、ろうたけた熟年のそれというより、もの慣れない青年の若々しく繊細な手つきを思わせた。こわごわと恥じらいながら核心に触れようとしているが、あと少しのところで取り逃す。監督の言っていたとおり、ドキュメンタリー映画としてはぜんぜんだめなのかもしれない。だけど、その迷いや不甲斐のなさが、何層にも重ねられた嘘と秘密の上にさらにもう一枚、淡いヴェールをかぶせているみたいだった。真実を暴くことが正しいことだとは限らない、というはっきりとした監督の意志を感じた。

終盤に差しかかり、日没前の、薄く引き延ばしたような橙色《だいだい》の光の中で、ベランダの手すりにもたれかかって笑う若い女の横顔がスクリーンに映し出される。あのとき、こんな顔をしていたんだと自分で驚いた。よく知っている顔なのに、はじめて見る顔だった。ステージの上で、どこかのスタジオで、代々木の路上で挑むようにカメラを睨みつけていた彼女とはちがう。こんなの、裸より恥ずかしい。

足もとから這いあがってくるような羞恥をおぼえ、スクリーンから目をそらしていると、視界の端をちらつく光がある瞬間、色を変えた。

古いフィルムを掘り起こしてきたのだろう。ざらりとした粒子の粗い映像と音声。露光オーバーの白っぽい画面の中に若い女が映っていた。ママでも赤井霧子でもない、知らない女だった。日当たりのいい古ぼけたアパートの一室、風呂からあがったばかりなのか、頭にバスタオルを巻き、男物のタンクトップとトランクス姿で、ささくれた畳の上に胡坐をかいている。なに撮ってるの、お金取るよ、と甘い声で言って、女がカメラに向かって手を差し出す。男の——おそらくは撮影者の笑い声がかぶさる。脇から乳房がのぞき白い太ももが剝き出しになっているのに卑猥なかんじがしないのは、あまりにも無防備にあどけなく女が笑っているからだろう。

恋をしていると一目でわかる。身も心も、一人の男に明け渡してしまった女の顔だった。ぐにゃりと水っぽく溶けた視界の中で、ママと赤井霧子の影が、その上に重なりひとつになる。

映画はそこで、ろうそくの火を吹き消すようにふつりと終わった。

「むかつく」

最初に口をついて出てきた言葉がそれだった。

「エモ封印と思わせておいて、最後にエモ爆発させるのきたなくない？　なんなのあのおじさん」

日楽の本社ビルを出たとたん、私は悪態をついた。『涙の海をわたって』よりも『激

情』よりも、ずっとずっときたないと思った。あんな不意打ちひどい。なにを見せられてても動じないいつもりだったのに、こんな気持ちにさせられるなんて予想外だった。監督のしてやったり顔が目に浮かぶ。

「え、待って、なにあれ。最後にあんなのずるくない？　ない、ない、ぜったいない。許せない」

思い浮かんだ言葉をそのまま舌に乗せてぽんぽん飛ばす私に、絢さんは声もあげずに笑っていた。

「それ聞いたら、小向井監督は喜ぶと思う」

「えっ、やだ、むかつく。ぜったい言わないで」

「了解。あなたが泣いてたことも言わないでおく」

「――――」

私は絶句して、絢さんの顔を見た。琥珀色のレンズ越しに、まばたきもせず視線を返す。絢さんをこわいと思うのはこういうときだ。

少し歩かない？　と言うなり、絢さんはトレンチコートの裾をはためかせ、駅とは反対方向に歩きはじめた。三歩遅れて、私はその後を追った。昼下がりの銀座の街に、寝ぼけたような陽が射している。

「絢さんは、あの映画どう思った？」

人の流れに逆らいながら、ずんずん先へ進んでいく背中に向かって問いかけた。

だれよりも赤井霧子を伝説にしたがっていたのは絢さんだ。センセーショナルな話題ばかり先行しがちだが、赤井霧子こそ本物の女優だった——そして、芸能界というシステムの被害者であったと証明することに執念を燃やしていた。しかし、実際にできあがった映画はその思惑から外れ、赤井霧子に下駄を履かせるどころか、平凡な一人の女の、平凡な幸福のワンシーンで幕を閉じていた。

「しあわせになったら、いい芝居ができなくなる」

「え?」

「よくある決まり文句よ。女のクリエイターが結婚するときなんかに言われがちな呪いの言葉。とくに赤井霧子みたいな女優はしあわせになったらだめになる……なんてね」

「は?　ばっかみたい」

きっぱり言い切ったら、絢さんは愉快そうに首をのけぞらせた。

「私が言ったの。あなたを妊娠しているときに、私が霧子に」

高層ビルのあいだをすり抜ける強い風が吹いた。ママが死んでから伸ばしっぱなしだった髪を、昨日、短く切ったばかりで首元がすうすうする。

「いまでも考えることがある。その言葉が楔《くさび》となって霧子を縛りつけていたんじゃないかって」

くさび、と私はちいさくくりかえした。どんな漢字を書くのか、それがどんなも

のかさえわからなかったけど、縛りつけられているのは絢さんのほうじゃないかと思った。火葬のときも、偲ぶ会のときも、こうしてるいまだって、絢さんは涙も流さず泣いているみたいに見えた。

「そのとき、ママはなんて答えたの？」

「それが、思い出せないの。どんな顔をして、どんなことを言ったのかまったく」

唇の端に笑みを残したまま、絢さんは首を横に振った。

通りの向こうから、ママや絢さんと同年代の女性たちが歩道いっぱいに広がって歩いてくる。観劇帰りかなにかだろうか。着物や淡い色のセットアップでそれぞれめかしこみ、はちきれんばかりのつやつやした顔でなにごとか懸命に話し込んでいる。私と絢さんは歩道の隅に寄ってその集団をやりすごした。華やかな笑い声が空にのぼっていく。絢さんは、つうっと気を引かれたように、彼女たちの去っていく姿を目で追いかけていた。

「私も白い部屋に行けることがあるって言ったら、驚く？」

なんでそんなことを言い出したのか自分でもわからなかった。どうにかして話題を変えたかったのか、絢さんを慰めようとしてか。大人が泣いてるところなんてばつが悪くて見たくなかった。

「驚かない。呼びかたがちがうだけで、要はゾーンと同じことでしょう？　優れたクリエイターはみんな行けるものだと思ってる」

私は笑った。絢さんのこういうところが、私は好きだった。すべてのことを合理的に割り切れるわけではないみたいだけれど。

「いまだになんで自分がアイドルやってるのか不思議なんだけど、ライブで踊るのはすごく好きなんだ。自分の体が自分のものだっていちばん実感できるから。ママもそうだったんだと思う。芝居をしてるときがいちばん、細胞一個一個まで自分のものだって思えたんじゃないかな。白い部屋に入ると意識が飛んで、どんどん自分が消えていくかんじがするのに、気持ちがよくてくせになる……ってこれ、なんかやばい薬の話をしてるみたいだね」

「実際同じことだと思うけど。脳内物質を使うか、ドーピングするかのちがいでしかない」

「だけど、私はもうあそこに行きたいとは思わない。あの場所に囚われたら、どんどん孤独になる一方な気がする。……最後、ママがいた部屋、あの古いアパート」

「ああ、おそらくだけど、小向井監督の、昔の」

あちこち話が飛ぶ上に言葉足らずなのに、躓くことなく絢さんは汲み取ってくれる。さすが、赤井霧子のマネージャーをやっていただけのことはある。

「ママはあそこに還りたかったのかなって、ちょっと思った」

ママからの深夜の電話について私が語った場面は、映画には使われていなかった。

「まるで『千夜一夜物語』だな」とあのとき監督は笑って言っていたけれど、もし

ママがシェヘラザードのようにだれかのために物語を語り続ける人だったら、いまごろ母娘でおめかしして、マチネの後に銀座の街を歩く未来もあったかもしれない。

ママは、自分のためにしか生きられない人だった。

あの電話に特別な意味などないことを私はわかっていた。娘とのつながりを求めて？　そんな母親みたいなことをママがするわけがない。ママには観客が必要で、それにうってつけなのが私だった。どういうつもりで監督が『千夜一夜物語』を持ち出したのかはわからないけれど、ママからの電話にそれ以上の意味なんてなかった。受話器越しにおしゃべりを続ける女優の声を聴きながら、私はいつも白い部屋にうずくまるママの姿を思い浮かべていた。極まる孤独の中に取り残されたママ。

「決まり文句っていえば、ドラマとか映画でよくあるじゃん？　母親が子どもに向かって、あんたなんか産まなきゃよかったっていう定番中の定番。ヒステリックにわめきちらして、安い芝居をさせられるやつ」

続きを促すように、怪訝な顔で絢さんがふりかえった。

「安心して。その手の言葉をママに言われたとかって話じゃないから」そう言って私は、大きめの歩幅でざくざく歩きはじめた。「でも、ほんとはどうだったんだろう。ママの転落……って言葉はあんまり使いたくないけど、それは、私を産んだところからはじまってる。どう考えたって、言い訳の余地なくそうじゃない？　わからないんだ。そこまでして、どうしてママは私を産んだんだろうって」

「子どもを産むのに理由なんている？」

今度ははっきり、声をあげて絢さんが笑った。あっ、と思わず声をあげてしまう。ものすごくシンプルで明快な答えだった。

「産むにしろ産まないにしろ、そんなのいらないのよ、ほんとは。理由が必要なんだとしたら、本心からそれを望んでいないからでしょ」

いと。いーとちゃん。さむい。のどがかわいた。たすけて。気まぐれに私を呼ぶ声。子どもみたいに笑う声。真夏でもひんやりと冷たい手。恋する男の面影を探してすっと細めた目。アルコールとうがい薬と甘いおしろいのにおい。白い亡霊が通りすぎていく。

罪滅ぼしでも弔い合戦でもビジネスでも――絢さんがどんなつもりだとしても、私はうれしかった。こんなふうにママのことを話せるようになって。こんなふうにママの話を聞かせてくれる人がいて。

報われない片思いをしているみたいだ。

わかりやすく母親らしい愛情を注いでもらったわけじゃない。ふつうに考えれば、擁護する余地なくひどい母親なのかもしれない。ほんとうにどうしようもない人だと思う。〇点どころかマイナス。だけど、どうやっても私はママを嫌いになれなかった。

「絢さん」

ありがとうのかわりに名前を呼んだ。なに？　と背中からやさしく答える声がする。

「私、まだアイドル続けようと思ってる」

線を引く。ここまでと決めて線を引けるものは楽だ。わかりやすくていい。

「絢さんになんて言おうか、ずっと考えてた。でも理由なんていらないんだよね。いつか女優になりたいと思うときがくるかもしれないけど、それはいまじゃない」

言いながら、驕《おご》ってる、と自分で思った。二十四歳。ママが私を産んだ年まであと四年。私はどこかで、永遠に若いままでいられると思っていた。それこそ若さからくる思いあがりだ。生きていく上で、なにかにすがるような切実さがまだない。だからこそ恐れることなく直感に従えるのかもしれなかった。

「そう、それは残念」

そっけない声で絢さんが言った。ちっとも残念そうには聞こえなかった。


骨を砕く。

金槌で叩き、すり鉢で擂《す》って、粉末にする。

気が遠くなりそうな作業。正気の沙汰とは思えないことをはじめてしまった。朝からやっているのに、まだ半分近く残っている。腕は痺れ、感覚はほとんど残っていない。私はぐったりして時計を見あげた。すでに正午をまわっている。

「無理。つかれた。こんなの二人がかりでやってもいつまでかかるかわかんないよ。もう残りは業者に頼もうよ」

一心不乱に金槌を振りおろしていたフィーが、顔をあげてこちらを見た。風で飛ばされてしまうといけないからと窓を閉め切り、鼻息やくしゃみも厳禁だとマスクをして作業していたから額に玉の汗が浮かんでいる。ちょっとぐらい散ろうが飛ばされようが別にかまわない、どうせママなんだしと私が言っても、「ネットに書いてあったから」と頑なにフィーは聞き入れなかった。

「だけど、遺族の手で粉骨してあげるのがなによりの供養だって……」

「それもネットに書いてあった？」

からかうように言ったら、フィーは少しむっとしたようだった。

粉骨をしようとフィーが言い出したので、休日に朝早くから目黒にやってきたら、テーブルの上に赤い骨壺と小さな乳鉢、大きめのすり鉢とすりこぎ、金槌が用意されていた。「えっ、粉骨ってそういうこと？」と思わず声をあげたら、「なんのつもりだったの？」ときょとんとした顔でフィーは言い、「前に散骨するって言ってたでしょ？　どこに撒くにしろ、粉骨はしなくちゃならないからね」とこれもネットで読んだのであろう知識を大真面目な顔で告げた。

火葬を途中で抜け出してしまったので、ママの骨を見るのははじめてだった。白く乾いた欠片をつまんで手に取ると、あっけないほど軽く、すべすべしていた。き

れい、とつぶやいたら、うん、とフィーがうなずいた。ママのママの骨もたしかこんなふうだった。死んだ人はみんな、こんなきれいな骨になるんだろうか。

なんて悠長なことを考えていられたのは最初のうちだけで、あとはただ作業、ひたすら作業、下手にしゃべって息や振動で遺灰を飛ばすといけないからと無言で作業、はっきり言って苦痛でしかないこんな作業がなによりの供養になるなんて、そんなばかみたいな話があるだろうか。ひょっとしたらこれは、初七日も四十九日もうやむやにしてしまった私たちへの罰かなにかなのかもしれない。

「そろそろお昼にしようか。かんたんなものしかできないけど。それとも外に食べに行く？」

そう言ってフィーは、まくりあげたシャツの袖で汗を拭き、ぽきぽきと首を鳴らした。私もすりこぎから手を離し、うーんと伸びをする。

「外出るのめんどくさいし、なんでもいいからフィーの作ったものが食べたい」

「冷蔵庫になんにもないから、具なしナポリタンぐらいしかできないよ」

「やった！」

具なしとは言っても、冷凍庫にハムがあることも、パントリーにマッシュルーム缶があることも私にはわかっていた。

「途中のこれ、どうしよう？　ここで食べるなら片づけたほうがいいよね？」

テーブルの上のすり鉢を見下ろして訊ねると、パスタ鍋に水を溜めていたフィー

がふりかえった。

「僕は平気だけど。遺骨を食べちゃう人もいるみたいだし、多少口の中に入っても大丈夫じゃないかな」

そういうところはけっこう雑なんだな、と思いながら、私はすり鉢の上に新聞紙をかぶせてテーブルの端に寄せ、布巾で白い天板を拭いた。少しだけざらりとした感触があったけれど、そのまま流しで布巾を濯《すす》いだ。どうせ最後には海にたどり着くんだから問題ないだろう。

食器棚には、ママが買ってきたがらくたやもらいものの高級ブランド品、フィーがそろえたシンプルで洒落たもの、フィーの女たちが置いていった主張のはげしいもの、てんでばらばらの食器類がぎゅうぎゅうに詰められていた。

食器棚に限ったことではなく、この部屋全体がそういうふうだった。ステンドグラスのテーブルランプ、凶器になりそうなクリスタルの置時計、壁には旅先でママが買ってきたベネチアンマスクが飾られ、大量生産のコーヒーテーブルと百円ショップのプラスチックかご、いろんな国のいろんな形のいろんな紋様の壺……そこに、白の時代の遺物が配置されている。ちぐはぐで、福笑いみたいにめちゃくちゃな顔になったママのねぐらとしてはお似合いだけれど、太一さんはよく何年もこんなところに暮らしていられたものだ。

ナポリタンのときはこの食器と決まっている楕円形の平皿を二枚、奥のほうから

取り出してキッチンまで運ぶ。パスタを茹でるときのねっとりした湯気が、やわらかく体を押し返すような密度であふれ出る。

「太一さん、元気？」

野菜室から掘り出した〝年代物〟の玉ねぎを刻んでいたフィーが、驚いたようにふりかえった。その反応に、むしろこちらが驚いた。

「なに？」

「いとから彼の話を切り出すなんてはじめてだから。嫌ってるんだとばかり思ってた」

「嫌いだよ。向こうも嫌ってるだろうし。たぶん、私たち、前世で殺しあってたんだと思う」

ふふふとフィーは笑って、刻んだ玉ねぎをまな板の上からフライパンに流し入れた。ざらっと油のはねる音がする。玉ねぎの香ばしく澄んだにおい。

ああ、やっぱりそうか、と私は思う。ふいに、ばね仕掛けの人形みたいに心臓がはねた。気づきたくないことに気づいてしまった。

フィーはそれでも平気なのだ。家族――私や太一さんがフィーの家族でないなら、いったいなにを家族と呼ぶんだろう？――がいがみあっているのに、それをどうにかしようとも思わない。その発想すらない。

この部屋を見ればあきらかだった。なにかを捨てることも選ぶこともせず、水の

上に浮かべられた紙の船のように流されるまま生きている。意志を持ってそうしているというよりは、ただ怠惰なだけなのだろう。責めることはできなかった。そういう彼をこそ、私たちは必要としていたのだから。

高校最後の夏休みに世田谷の家を飛び出した私はまっすぐこの部屋にやってきた。なにも聞かずにここに置いてくれという私を、「霧子さんのところにいるべきだ」と言ってめずらしく彼は拒否した。びっくりした。フィーの口から「べき」なんて言葉を聞いたのははじめてだったから。

太一さんがそうするように仕向けたのだと十七歳の私は思い込んだ。そういうことにしておけばフィーを恨まずに済んだ。だけどもう私にはわかっている。あのときフィーは逃げたのだ。めんどうなことから。なんのつながりもない未成年の他人を庇護するなんて、彼にできるわけがなかった。生まれながらの被庇護者の彼に。

——私はだめだったのに、どうしてママのことは受け入れたの？

喉元までせりあがってきた言葉を呑み込み、かわりに私は調理台の上にあったマッシュルーム缶を開けた。お手伝いありがとう、と手際よく具材を炒めながらフィーがほほえむ。この部屋では、なにをするのもおままごとみたいに感じられる。

ママが死んでしまったいま、私とフィーをつなげるものはなにもない。あるとすれば、ともにすごした長い時間の記憶だけだ。この部屋でのおままごとみたいな暮らし。彼に育てられたという実感は驚くほど淡く遠く、ほろほろと崩れやすいクッ

キーみたいなその頼りなさにたじろいでしまう。

私の世界の中心がママだったように、フィーの世界の中心もママだったのだろう。この部屋にたどり着く以前に彼がどんな生活をしてたかなんて知らないけれど、雛《ひな》鳥《どり》が最初に目にした相手を親だと思い込むみたいに、フィーにとってママは飼い主であり、母なるものであり、好きなだけ愛情を注ぐことを許された器だった。

「でも、なんか、もういいやってかんじ。憑《つ》き物がとれたみたい。むしろいまなら太一さんと仲良くやれる気がする。向こうは望まないかもだけど」

「いいよ、伝えておくから前世からの因縁同士、お茶でもしてきたら?」

「そうする。太一さんと二人でフィーの悪口言いまくる」

「なんだかこわいな」

そう言って首をすくめる彼を、自分でもぞっとするような冷たい目で見ているのがわかる。とりかえしのつかないスピードで執着がほどけていく。こうやってひそやかに失望していくのだろう。いつか再び、私が彼を捨てる日まで。

あー、おなか空いたなー、と歌うように言って、私はキッチンを離れ、テーブルのセッティングをした。お待たせ、と言ってフィーが運んできたナポリタンは一面真っ赤に染まり、つやつやと輝いていた。子どもみたいに口のまわりをケチャップで濡らしながら、私たちはナポリタンを食べた。

「十年ぶりぐらいに食べた気がする」

「大げさだなあ」

「だって私もう二十四だよ。最後に食べたときから、それぐらい経ってる」

「そうだっけ？」

「次は二十年後か三十年後か、これが最後って可能性もあるからよく味わっておかないと」

私の言葉に、フィーが目をすがめた。悲しそうな、そうでもなさそうな、なんとも言いようのない表情をしていた。

「だって、明日どっちかが死ぬかもしれないし、わかんないじゃん、そんなの」

言い訳するみたいに急いで言って、食べかけの皿に目を落とした。油が浮いたケチャップの海にマッシュルームの欠片が泳いでいる。フィーのナポリタンはなみなみとケチャップを使う。薄味が好きな彼にしてはめずらしくジャンクな味で、私とママの好物だった。寮で暮らすようになってから試しに何度か自分で作ってみたけれど、フィーの味には遠く及ばなかった。

近いうちにまた作ってよ、食べにくるから。そう言うのが正解だったのかもしれない。だけど、いまなら線を引ける、と思ってしまった。

やっぱり私は薄情なんだろう。永遠に時間が止まってしまったようなこの部屋にフィーを置き去りにして、一人で出ていこうとしている。彼の手を引いてやれたらよかったけれど、いまの私には持ち重りがする。いとが決めたのならそうすればい

い。おそらく彼は引き留めもしないだろう。ここから連れ出してほしいだなんて、そもそも望んでいないのだから。

「いとに話そうか、迷ってたんだけど」

ナポリタンを平らげると、フィーはあずき色のお茶を淹れて運んできた。カップから立ちのぼる湯気で長い睫毛がしっとりと震える。

「太一のジムの会員に、美容整形クリニックをやってる人がいて、霧子さんのことを話していたんだって」

美容整形、と口にするとき、フィーはほんの少しだけ言いにくそうにした。

「霧子さんが死んだ翌日に予約が入っていたみたいでね。連絡もなしにキャンセルするなんてそれまで一度もなかったからおかしいなと思ってて、あとでニュースを見て驚いたんだってよ」

話が読めなくて、すぐには言葉が出てこなかった。

「何度か電話をかけてみたけど通じなかったと言っていたらしいから、携帯のほうにかけてたんだろうね。ずっと電源を切ってあったから気づかなかった」

「え、待って、予約ってなんの予約を？」

テンポのずれた私の問いに、フィーは少しだけ首を傾け、クリニックの？　と答えた。

「それはわかってる。クリニックで、なんの予約を？」

「……豊胸」

　さっきよりもさらに言いにくそうにフィーが言った。

「は？」

「近々ハリウッド映画のオーディションがあるからって話していたらしい。ネオ花《おい》魁《らん》の役だとかって……」

「なにそれ、やる気まんまんじゃん」

　はっと息を吐いて私は笑った。いったん吐き出したらどんどんおかしくなって、声をあげて笑ってしまった。この期に及んで性懲《しょうこ》りもなくそんなことをしていたなんて。ネオ花魁って。さすがママ。

　自殺を疑っていたわけではないけれど、でもどこかでママは死にたがってたんじゃないかというひとひらの疑念を拭い去れないでいた。この新たな事実は一息できれいにそれを吹き飛ばしてくれそうだった。紅を刷いた肉感的な唇がまるくすぼめられるのを、目の前にあるかのような鮮やかさでそのとき私は見た。

「いとがそう思うならよかった」

　つられたようにフィーも笑っていた。

「でも、お金は？　そんなお金どこにあったの？」

「まだわかってないみたいだね。君のママは赤井霧子なんだよ。金づるなんていくらでも、掃いて捨てるほどいる」

疑問に思っていたことが、それで解けた。なんだよ、と私は思った。憐れで惨めな隠遁《いんとん》生活を送ってるのだとばかり思っていたけれど、よろしくやってたんじゃないか。無意識のうちに不幸のヴェールを彼女にかぶせていたのは私も同じだったのだ。

「え、すごいバカ」

「バカだよね。さすがに僕もこれには驚いた」

「ママもだけど、自分のバカさにいちばん呆れてる」

ママが死んでからずっと、最後の夜にかかってきた電話の内容を反芻《はんすう》しては、そこに込められた意味を汲み取ろうとしていた。最後の電話だからと躍起になって特別な意味を持たせようとした。バカみたいだ。最初から意味なんてなかったのに。

「さあ、そろそろ作業をはじめないと、今日中に終わらないよ」

カップを持ってフィーが立ちあがった。

「えーっ、どうしても？　どうしてもやらなきゃだめですか？」

すりこぎに手を伸ばしながら、白く粉々になったママを見下ろす。ママと対面することはもう恐れなくていいのだと思ったら、自然とうまく笑えた。

「なに笑ってるの？」

キッチンから戻ってきたフィーが不思議そうに訊ねたが、

「なんでもない」

と答え、儀式を再開した。

陽が暮れるころになってやっと作業を終えた私たちは、痺れる腕をぶらさげて電車に乗り、渋谷の駅ビルに入っている洋食屋でハンバーグを食べ、レイトショーを観た。ナイフを握る手が、ポップコーンをつまむ手が震えているのをたがいにからかって笑った。

時間が合う映画がそれしかなかったので、深夜ドラマや映画をメインに活躍している若手女優と、出産後第一線を退いていたかつてのトレンディ女優が母娘役で出演している新作の邦画を選んだ。長年にわたる母と娘のすれちがいを描いた愛憎の物語だ。観る前から嫌な予感はしていたけれど、これでもかというくらいの不幸のフルコースで胸やけがした。

ごめんね、愛してる。

映画のラストに差しかかったところで、死の直前に最後の力をふりしぼって書いたという母親からの手紙が娘のもとに届く。拙く歪んだその文字列を目にしたとたん、感傷的な音楽とともに瞬く間にわだかまりが消滅し、娘は雪解けの涙を流す。お母さん、お母さん。

もう少しで、ポップコーンをまき散らすところだった。世界がこんなに単純なら、愛を巡る人間の悩みなど存在しなくなるだろう。愛してるから許せないことだって

あるのに。

無言で映画館を出て、寮まで歩いて帰るからとビルの前でフィーと別れた。少しでも感想を口にしたら罵詈雑言《ばりぞうごん》をまき散らしてしまいそうだった。

「篤郎」

ふと思いついて、駅の方向に去っていこうとする薄い背中を呼び止めた。ぎくしゃくと彼がふりかえる。

「びっくりした。どうしたの?」

「ママの……私たちの映画、チケット送るから観にきてよ」

じゃあね、と一方的に言って、くるりと背を向けた。ごめんね、愛してる。いまはまだ口の中でつぶやくだけにした。これは、なにもかもうやむやにする魔法の呪文なんかじゃない。最後の最後に放つ滅びの呪文だ。

いまだに震えている手をジャンパーのポケットに突っ込み、肩をすぼめて私は歩き出した。


年に一度のYO!YO!ファーム武道館公演は今年で三回目になる。

このタイミングで新メンバーのお披露目をするのははじめてのことで、楽屋では五期のオーディションを勝ち抜き、新しく研究生となった女の子たちが小動物のように身を寄せ合って震えていた。いきなりの大舞台、緊張するなと言うほうが無理

である。

「あなたたちはほんとにラッキーだと思う。それだけは肝に銘じておいてほしい。四期生まではみんな小さな劇場からスタートしたんだから。今日はYO！YO！ファームの歴史に恥じないステージにするようにがんばって」

わざわざいらぬプレッシャーをかけにいったA－DASHの末永に、やめろっておまえ、これは確実に老害と言われる案件、武道館こわくない、こわくないからねー、と同じA－DASHのメンバーたちからガヤが飛んだ。その中心で、今日卒業するみーちゃはそんなけぶりも見せずリラックスした様子でげらげら笑っていた。

自然体のみーちゃらしい態度ではあったけれど、いつもどおりでいるのは彼女ぐらいで、その他のメンバーほぼ全員に妙な力みと揺らぎがあった。普段へらへらしている春山でさえ、みーちゃ先輩の卒業公演なんだから気合い入れろよ、と同期のメンバーに声がけしているほどだった。

まいまいのスキャンダルの余波もまだ残っていた。

「ハンパな気持ちでここにいてほしくない」

謹慎が解けてすぐ、遅れを取り戻そうと空回りしていたまいまいに里中が厳しく放った。武道館公演のリハーサルの真っ最中だった。

「私はぜったいに認めない。すべてをここに預けないならやる意味なんてない。まいこ先輩だけには負けない」

蒼白な顔に、燃えるような瞳がはっとするほど美しくて、場の空気などそっちのけで見とれてしまった。赤井霧子が女優だなんてだれが認めても私だけはぜったいに認めない、と言い放った澄川たい子をほうふつとさせる誇りの高さだった。里中の大きな瞳に涙が浮かんでいるのを、その場にいただれもが見逃さなかっただろう。

「悪いけどあきらめてくれるかな。それが里中の思う正しいアイドルだってことはわかる。でも、私はあなたの許可をもらうためにやってるわけじゃないから」

しかし、まいまいは一歩も引かなかった。よく言い返したものだと感心したが、メンバーの中には複雑な感情を抱いている子も少なからずいたようだ。里中が反感を表明したことによりまいまいへの風当たりが強まり、なんとなくファーム全体に嚙み合わないような雰囲気が生まれている。

里中とみーちゃが反目していたときのようなプロレス感は皆無、どうやらガチだということで、この様子がインターネットテレビの番組で放映されるや、再びSNSでの論争が盛りあがった。「アイドルの恋愛は是か非か?」なんて論争してる時点でもはやちょっと古いかんじがする――と、ある著名人がすべてを見透かしたふうに語っていたけど、安全圏からなにを言っているんだろう。古いも新しいもない。私たちのいるところではいまだ切実な問題だというのに。

三月のランキングでみーちゃは有終の美を飾り、次いで里中が二位にランクインし、まいまいは七位まで順位を下げた。「思ったより耐えたね」とランキング表を

見たまいまいはあっけらかんと笑っていた。これまで見た中でいちばん勝気な顔をしていた。

五期生のオーディションに受かった夢芽とは、レッスン場で何度か顔を合わせる機会があった。視線を感じてそちらを見ると、向こうがさっと目を伏せる。そのくりかえしで、一向に話しかけてくる気配はなかった。研究生の分際で正規メンバーに話しかけるなどあってはならない、という暗黙のルールがあるらしかった。

休憩時間にレッスン場のすみで体育座りをして固まっている五期生にこちらから近づいていったら、彼女たちはいっせいに悲鳴をあげ、強風になぎ倒される草花のようにその場に伏した。オーディションでさんざんアピールしていたので、夢芽がかなり強火の斉藤いと推しだということをみんな知っているようだった。まわりの子たちに支えられ、わ、わ、わたしのことを、おぼえていてくださったのですか？とやっと言葉を発した夢芽に私は笑った。はじめて話したときより、よほど緊張しているみたいだった。

「私のことを好きになってくれてありがとう」

つるりと口から言葉が飛び出してきて自分で驚いた。いままで一度だって、そんなふうにだれかに感謝を伝えたことなどなかったのに。

ぎゃー！　と彼女たちが真っ赤になって声をあげた。両目からぽろぽろと涙をこぼす夢芽につられ、泣き出す子までいた。映写機のスイッチを押したみたいに、こ

れまでに触れ合ったファンの顔、顔、顔が頭の中に高速で映し出され、もう二度と自分のためだけに踊ることはないだろうとそのとき私は思った。

「ちょっとちょっとちょっと！　みーちゃ先輩の衣装見たですか？　やばですよ、激やば！」

武道館の舞台袖で出番を待っていると、遅れてやってきたペコが騒ぎ出した。

「いまここに来るとき廊下ですれちがったんですけど、黒のタキシード着てました！　かっこよすぎて死ぬかと思いました！　やばです！　やばですよ！」

最後の公演でみーちゃがなにを着るかは、ファンのあいだでもメンバー内でも注目の的になっていた。みーちゃの好きな水色のドレスを着るのではというのが大方の予想だったが、まさか男装でくるとは。女性ファンの多いみーちゃらしい最後のおもてなしだった。

「ぎゃー！　想像だけで死ねる！」

「私も見たい！」

「あとでゆっくり見に行きな。いまはこっちに集中」

まいまいに窘められ、興奮を漲《みなぎ》らせていたメンバーたちが唇をぎゅっと結ぶ。現在ステージでは、ｔｕｎｅＵＰが二曲目を歌っているところだった。それぞれのユニットに与えられた時間は十五分。壁に貼られた進行表に改めて目を通す。セットリストの一曲目は『ママはポップスター』だ。

「どうする？　せっかくの武道館だからスペシャルエディションでポルノスターかましちゃう？」

そう言って、私はにやりと笑った。おなじみのスモーキーグリーンのドレスも、今日は普段よりスパンコールやリボンなど装飾多めのスペシャルエディションになっている。

「よき」

「よき」

「やっちゃいますか」

「原曲よりポルノスターのほうが認知度高いし？」

「ほんとにやったら、社長めちゃくそに怒るだろうね」

「いまとなっては社長より里中タンのほうがこわですよ！」

舞台袖でくすくす笑い出した私たちに、もー武道館だっていうのに緊張感ないなー、とまいまいがぼやく。その一部始終をスタッフのまわすカメラが写していた。武道館公演のＤＶＤ特典でこの場面はきっと使われるだろう。

出演者やスタッフがひっきりなしに行きかう舞台袖で、私たちは小さな円陣を組んだ。どこからが自分でどこからがメンバーのものなのか、わからなくなるぐらい深く固く肩を組む。だれかがつけてるコロンなのか、甘い綿菓子のにおいがした。

「さあ、行くよ、ヨヨギモチ！」

リーダーのかけ声とともに、メンバーそれぞれが立ち位置につく。出際に、行ってきまーすとカメラに向かって手を振った。ちょっとやりすぎたかなと後悔する間もなくセリが上がり、歓声がかたまりになって降ってくる。

またここに戻ってきた。

顔をあげ、光のほうへと私たちは踏み出した。

解説

和田彩花

「女優の娘」というタイトルを見たとき、女優の母を持つ子の苦悩や人生が綴《つづ》られた物語だろうかと想像しました。本書を読み進めていくと、大きな流れとしてはタイトルから想像させられた物語を沿っていくようだったとも言えそうですが、お話が展開するたびに見えてくる登場人物の価値観、登場人物が置かれた環境に横たわる社会的な価値観が幾層にも重なっており、「女優の娘」という言葉の奥深さを考えさせられました。

娘という言葉には複数の使い方とイメージがあるように、『女優の娘』の物語には、親にとっての自分の子供という意味に由来する物語と、未婚や乙女という意味にまつわる物語とがありました。

また、亡くなった女優（母）のドキュメンタリー撮影というかたちで物語が進んでいくので、女優という職業を通して見つめられるあらゆる女性に届けられる物語ではないかと感じました。

人生の半分以上をアイドルとして過ごしてきた私にとって『女優の娘』は、わたしの物語でもありました。アイドル界の内側からはなかなか語られることのない、アイドルや若い女性が従来的に強いられてきた役割の描写に大きくうなずきながら、女性クリエイターが結婚するときに言われがちな呪いに自分の未来を想像させられつつ読みました。

とはいえ、主人公いとが他人からの評価で得たやりがいではなく、「白い部屋」に描写される、楽しいと思える気持ちでアイドルを続けていることは大きな励みです。また、物語上のアイドルのスキャンダルに対して、温かい物語が紡ぎだされることで、現実に良い影響となればいいななんて思ったりもしました。

しかし、一般的には女優やアイドルは、特殊な職業のように思われることが多いと思います。まさに小説のなかの、テレビのなかの、ステージ上の登場人物の一人でしかないかもしれません。

そこで、『女優の娘』の幾層もの女の物語、アイドルグループで活動してきた経験のある私が感じるわたしの物語から、より広い視点でこの物語を探ってみたいと思います。

いとやその母である赤井霧子《あかいきりこ》を中心に物語は進みますが、周囲の登場人物それぞれの立ち位置も非常に個性的です。

例えば、「いちばんの理解者で崇拝者がマネージャーだなんて、心強い反面、さぞ息苦しかったろう」と描写される赤井霧子のマネージャー絢《あや》さん。

子供ができた霧子にもう裸では稼げないと言われたときの回想場面の、「そのときまで私は赤井霧子を二人のものだと思っていたのね。霧子さんと私の二人で作りあげたものだと。だからよけいにショックで、自分が切り捨てられたような気持ちになって途方に暮れてしまった」という絢さんの気持ちは、共同で物や出来事を作っていくような日常の場面で共感できる気持ちなのではないかと感じました。

青春を捧げ、大きな夢に向かって走り続けるアイドルとファンは、喜怒哀楽の様々な感情と出来事を共有します。ライブで全国を回るときには、一緒に旅をしている感覚にもなるそんなファンの方との心の距離感は、二人で赤井霧子を作りあげたと振り返る絢さんの立場と近い気がします。

あらゆる場面で誰かを応援する経験は、絢さんの気持ちと通じるのではないでしょうか。

または、一緒に夢を見ていた仲間が将来はお母さんになりたいと語るたび、みんなで叶える夢は今だけなのかとどこか寂しさを覚えていた頃の経験を思い出すと、学校や仕事、生活のなかで同じ目的に向かって作業する経験も絢さんの気持ちと重なりそうです。

物語後半で、絢さんは妊娠中の霧子に向けて言った「しあわせになったら、いい

芝居ができなくなる」という言葉が「楔《くさび》となって霧子を縛りつけていたんじゃないか」と振り返ります。時間をかけて、絢さんが霧子に向けた自身の愛に向き合う姿が印象的でした。

　どちらかの愛が尊重されなければいけない状況になってしまうと、一瞬にしてぎこちない関係性になってしまう、愛の向けかたの難しさを考えさせられます。

　この物語が、読んだ方にとってのわたしの物語にもなってくれたら嬉《うれ》しいです。というのも女優・アイドル側の立場としては、やはり現実世界での出来事と重ね合わせながら、ときに問題意識を持ってこの物語を読んでいるからです。従来的な業界の文化は様々あると思いますが、本書のアイドルオーディション場面の「望みどおりの女の子でいなきゃ愛してやらないと脅《おど》しているのと同じ」というのは、アイドルに限らず有名人の熱愛報道が出るたび目撃している光景です。アイドル卒業時にそのプロ意識（？）を語る言葉として「スキャンダルゼロ」という文句が使われていたことも記憶に新しいです。

　望みどおりの女の子でいたいという意見を否定したいわけではありません。自分のしたいようにするのが良いと思います。けれど、自分のしたいようにできるか否かの選択肢があるかないかで、「望みどおりの女の子」の意味は変わってくるものだと思います。

この本を手にした今日のあなたの装いは、あなたが望むものですか？　誰かのために選んだものですか？　どちらにせよ、あなたがそうしたくて選んだ装いであったら嬉しいです。

本書を閉じたあと、日常生活とこの物語の接点をいつかどこかで、見つけてみてください。

（アイドル）

この作品は二〇一九年七月にポプラ社より刊行されました。

女優の娘

吉川トリコ

2022年3月5日　第1刷発行

発行者　千葉 均
発行所　株式会社ポプラ社
〒102-8519　東京都千代田区麹町4-2-6
ホームページ　www.poplar.co.jp
フォーマットデザイン　bookwall
組版・校閲　株式会社鷗来堂
印刷・製本　中央精版印刷株式会社

N.D.C.913/350p/15cm　ISBN978-4-591-17334-3

P8101443